Ronso Kaigai
MYSTERY
295

ネロ・ウルフの災難

激怒編

Rex Stout
Nero Wolfe Mysteries
Unfortunate Cases in all his fury

レックス・スタウト
鬼頭玲子［編訳］

論創社

Nero Wolfe Mysteries : Unfortunate Cases in all his fury
2023
by Rex Stout
Edited by Reiko Kito

目次

悪い連〝左〟　5
犯人《イニ・ミニ・マーダー・モ》、だれにしようかな　89
苦い話　185
ウルフとアーチーの〝仲間たち〟の紹介　279
訳者あとがき　285

主要登場人物

ネロ・ウルフ……………私立探偵。美食家で蘭の栽培にも傾倒している
アーチー・グッドウィン……ウルフの助手
フリッツ・ブレンナー……ウルフのお抱えシェフ兼家政担当
セオドア・ホルストマン……ウルフの蘭栽培係

クレイマー……………ニューヨーク市警察殺人課の警視
パーリー・ステビンズ……クレイマーの部下。巡査部長

ソール・パンザー……ウルフの手助けをする腕利きのフリーランス探偵
フレッド・ダーキン……ウルフの手助けをするフリーランス探偵
オリー・キャザー……ウルフの手助けをするフリーランス探偵

マルコ・ヴクチッチ……ニューヨークの一流レストラン〈ラスターマン〉のオーナーシェフ。ウルフの幼なじみ
ロン・コーエン…………『ガゼット』紙の記者。アーチーの友人
リリー・ローワン………アーチーの友人

悪い連〝左〟

本編の主な登場人物

ベンジャミン・ラッケル……………ラッケル輸入商社の経営者
ポーリーン・ラッケル……………ベンジャミンの妻
アーサー・ラッケル………………ラッケル夫妻の甥
オーモンド・レッデガード………労使関係の専門家
フィフィ・ゴヒーン………………女優
ヘンリー・ジェイムソン・ヒース……資産家。共産主義の後援者
デラ・デブリン……………………買い付け担当者《バイヤー》
キャロル・バーク…………………映像関連の仲介業者
ウェンガート………………………FBIのニューヨーク支局員

第一章

「甥のアーサーはロマンチストで」ミセス・ベンジャミン・ラッケルは、結んだ薄い唇を必要最低限に動かしてこう言った。「共産主義者になるのはロマンチックだと考えていたんです」

ネロ・ウルフは机の奥で、七分の一トンの体重をものともしない特大の椅子に座ったまま、顔をしかめた。ぼくは自分の席でペンとノートを構えていたが、ばれないようににやりと笑った。同情していなかったわけじゃない。はらわたが煮えくりかえるような怒りにさらされながらも、ウルフはなんとか我慢しているのだから。西三十五丁目に建つ古い褐色砂岩《ブラウンストーン》の家の一階にある事務所を六時に訪問するというラッケル氏の約束は、ラッケル輸入商社の事務所にいる秘書からの電話で成立し、妻が同行するとは一言も伝えられていなかった。見た目からして魅力的ではないその奥さんは、人の話に割りこみ、手垢のついた決まり文句を連発した。男であってもウルフは顔をしかめただろうが、ましてや相手は女だった。

「お言葉ですが」ウルフは言ったが、喧嘩腰とまではいかなかった。「甥御さんは共産主義者ではないと言ったではありませんか。それどころか、共産党に加わったのは、ＦＢＩの活動の一環だったと」

ウルフは消え失せろと言いたくてたまらなかっただろう。だが、屋上にある蘭でいっぱいの植物室と地下室を入れれば、この家は五階建てだ。おまけにシェフのフリッツ、蘭の世話係のセオドア、腕利きの腹心の助手で私立探偵ウルフの所得関係以外は免責のぼく、アーチー・グッドウィンを抱えている。さらには、手付金として渡されたラッケルの三千ドルの小切手が机の文鎮の下に置いてあった。

「言いましたとも」ミセス・ラッケルはかちんときたようだ。「FBIのために働くのは、ロマンチックじゃないとでも？　だけど、アーサーはそんな理由で行動したわけじゃありません。祖国に尽くすためです。そのために、殺されたんです。アーサーのロマンチックな性格は、なんの関係もありません」

ウルフは苦い顔で、ミセス・ラッケルを会話から締めだそうとした。ラッケルに目を向ける。この奥さんなら、夫はずんぐりむっくりで手足が短いと決めつけそうだが、ちびではなかった。胴は長くて幅があり、頭は長くて幅が狭い。目尻と口角がさがっていて、悲しそうな顔にみえた。

ウルフはラッケルに質問した。「ラッケルさん、FBIとは話してみましたか？」

が、答えたのは奥さんだった。「いいえ、話してません」そのまま続ける。「昨日、わたしが出向いたんですけど、ありえない対応をされました。何一つ教えようとしないの。アーサーが祖国のためにFBIの工作員として働いていたことさえ、認めようとしないんです！　ニューヨーク市警が担当なので、そっちへ問いあわせるべきだって――問いあわせてないとでも思ってるのかしら！」

「言っただろう、ポーリーン」ラッケルの口調は控えめだが、怯えてはいないようだった。「FBIは、市民に情報を提供したりはしないんだよ。警察だって同じだ。殺人事件だし、共産主義者が絡んでるとなればなおさらだ。だからこそ、真相を探りだすためにネロ・ウルフのところへ行こうと言ったんだよ。アーサーが工作員だった件についてFBIが公表に否定的なら、それが殺人犯を野放しにすることを意味するとしても、他にどんな対応を望める？」

「わたしの望みは正義よ！」ミセス・ラッケルははっきりと唇を動かして言いきった。

ぼくはノートへ記録したその言葉に線を引いた。

ウルフは眉をひそめてラッケルを見ていた。「多少混乱があるようです。あなたの望みは殺人事件の捜査だと、こちらでは理解していました。ですが今、真相を探りだすためにここへ来たとの発言がありましたな。警察とＦＢＩについての捜査をわたしに依頼するつもりならば、無理というものです」

「そうは言わなかった」ラッケルは反論した。

「たしかに。とはいえ、はっきりさせてください。なにを望んでいるのです？」

ラッケルの垂れ目がさらに悲しそうになった。「望みは事実だ」きっぱりとした返事だった。「警察とＦＢＩは、公共の利益と考えるもののためなら平気で民間人の権利を犠牲にできるのだろう。甥は殺されたんだ、妻には公的機関がどういう方針なのかを訊く権利がある。そして、返答を拒まれた。これで終わりにするつもりはない。これが民主主義なのか、そうじゃないだろう？　わたしとしては——」

「そうよ！」奥さんが決めつけた。「そんなの民主主義じゃない。社会主義でしょ」

「では」ウルフが憤然として宣言した。「わたしが正しく理解しているかどうかの確認のため、要点をまとめたいと思います。新聞で読んだ内容とあなたがたの話を統合しますので」ウルフはミセス・ラッケルを見据えた。目が合っていれば、話に割りこむ回数が少なくなると判定したからだろう。

「アーサー・ラッケル氏はご主人の甥で、両親はいない。輸入商社では非常に優秀な社員であり、不足のない給料をもらって、ここニューヨークの六十八丁目にあるあなたがたの家で暮らしていた。三年ほど前、アーサー氏が政治や社会問題を議論する際、かなり左派的な立場をとっていることに気づき、あなたがたは諫めたものの、効果はなかった。時間が経つにつれ、アーサー氏はより左派的で過激な言動をとるようになり、最終的に考えかたや主張が共産主義者同然になった。あなた、ご主人とあなたは、甥御さんと話しあい、言い聞かせたが――」

「わたしは言い聞かせましたけど」ミセス・ラッケルが切り捨てた。「夫はやってません」

「おいおい、ポーリーン」ラッケルは異議を申し立てた。「多少は話をしてみたよ」そして、ウルフを見やる。「わたしは甥を説き伏せようとはしなかった、そんな権利はないと思ったのでね。他人の信念を曲げさせる行為が公正だとは考えられない。わたしは給料を払う立場だったし、アーサーを追い詰めて、否応なしになんてことは――」ラッケルは片手を振った。「アーサーが好きだったんですよ、そもそも、実の甥だ」

「いずれにしても」ウルフは奥さんに視線を向けたまま、素っ気なく言葉を継いだ。「アーサー氏は信条を曲げなかった。あくまで共産主義者の立場を崩さなかった。朝鮮戦争での共産主義国の攻撃を礼賛し、国際連合の行動を罵倒した。ついにあなたは我慢できなくなって最後通牒を突きつけた。常軌を逸した行動をやめるか――」

「最後通牒じゃありません」ミセス・ラッケルが訂正した。「夫が許してくれなかったので。わたしはただ――」

ウルフが大声でかぶせた。「少なくとも、もう限界で自分の家では受け入れがたいとアーサー氏に通告した。かなり強硬な態度だったはずです。アーサー氏は非常に重大な極秘事項を打ち明ける気になったのですから。さかのぼること一九四八年、アーサー氏は諜報活動のために共産党に加わるよう、FBIに求められた。生半可な脅しでは、そんな話は聞きだせなかったはずです」

「生半可だったなんて言ってません。わたしが言ったのは――」ミセス・ラッケルは言いさして、薄い唇をさらに薄く引き結んだ。それを言葉が押し出せる程度にまで緩める。「アーサーは首になると思ったんでしょう。給料はよかったですからね。業績や仕事量にくらべて、破格の額でした」

ウルフは頷いた。「どのみち、アーサー氏は秘密を打ち明け、あなたは秘密を守る約束をして協力者となった。内心、頭がさがる思いでいたものの、他人の前では非難し続けるふりをしなくてはならなかった。夫にだけは話した。それが一週間ほど前、そう言っていましたね？」

「そうです」

「そして三日前の土曜の夜、アーサー氏は殺された。今度はその問題へ。あなたの話は各種新聞の内容とほとんど変わりませんでしたが、検討してみましょう。アーサー氏はあなたがたの家であるマンションを出て、夕食の約束をしたレストラン〈チェザーズ〉へタクシーで向かった。そこに三人の女性と二人の男性を招いていて、アーサー氏が到着したときには全員バーにいた。アーサー氏と合流後は、揃って予約してあったテーブルへ移動し、カクテルを飲んだ。甥御さんは小さな金属製のケースをとりだし――」

「金の」

「金は金属です、マダム。アーサー氏はそれを上着の脇ポケットから出してテーブルに置き、ウェイターと相談している間、そのままにしていた。それから、歓談した。皿やロールパンやバターが置かれ、薬のケースはあちこちへ押しやられた。通しで十分から十二分、テーブルに置きっぱなしだった。

前菜が供され、アーサー氏は食べはじめたが、薬のケースを思い出し、ロールパンのかごの陰にあるのを見つけた。そこからビタミン剤のカプセル一錠を出し、水と一緒に飲んで、再び前菜にとりかかった。六分から七分後に、アーサー氏は急に叫び声をあげて立ちあがり、椅子をひっくり返して、激しい痙攣《けいれん》に襲われた。そして身をこわばらせ、崩れるように床に倒れて、絶命した。ほどなく医者が到着したが、すでに手遅れだった。金属製のケースには、甥御さんが服用したものと外見上は同じようなカプセルが二つ入っていたが、ごく普通の中身で無害だった。しかし、服用されたものは、青酸カリだった。アーサー氏はビタミン剤のカプセルを毒入りのものとすり替えられ、殺害された」

「そうなんです。つまりそれが――」

「失礼、話を続けます。カプセルのすり替えは夕食の同席者の一人、甥御さんがFBIのために活動していることを知った共産主義者の仕業だと、あなたは終始一貫して信じている。そこで、警察のクレイマー警視に情報を提供した。あなたは警視の情報の受けとめかたに納得していない。昨日、月曜日の朝、二度目の話し合いをしたあとには不満が募った。そこで自らFBIの事務所へ出向き、アンストレイ氏なる人物に会ったが、はっきりした回答を得られなかった。FBIは、マンハッタンで発生した殺人事件はニューヨーク市警の管轄だという立場だった。憤懣《ふんまん》やるかたなく、あなたはクレイマー警視の事務室へ行ったが面会できず、ステビンズという巡査部長と話した。一層腹を立てながら警察署を出たあと、わたしに相談すべきだという今朝のご主人の提案に一理あると思って、ここに来た。なにか重要なことを言い落としましたか？」

「些細な点を一つ」ラッケルが咳払いをした。「アーサーがFBIのために共産党に加わった件をクレイマー警視に話した点だが、それは内密のことだ。もちろん、この会話も内密となる、わたしたちは依頼人だから言うまでもないことだが」

ウルフは首を振った。「まだ決まったわけではない。あなたは甥御さんの死を捜査するためにわたしを雇いたいのですか？」

「ああ、そのとおりだ」

「では、深慮遠謀にかけてわたしをしのぐ人物が出てこない限り、一切制限は受けないとご承知おきください」

「もっともだ」

「結構。明日、ご連絡します。おそらく昼前に」ウルフは手を伸ばして文鎮を押しやり、小切手をとりあげた。「これはその間お預かりして、依頼をお受けできない場合には返却するかたちでよろしいですか？」

ラッケルは困惑した様子で、眉をひそめた。ミセス・ラッケルが鋭い口調で言った。「どういうわけで引き受けられないって言うの？」

「わかりません、マダム。引き受けられることを願っています。金が必要なので。ですが、少し調べてみなくてはなりません。もちろん、慎重に進めます。遅くとも明日にはご連絡しますよ」ウルフは小切手を持った片手を差し出した。「こちらを持ち帰って、他のところをあたってみたいのでなければ」

ウルフの返事は二人のお気に召さなかった。特に奥さんは、赤革の椅子から立ちあがり、小切手の回収までやってのけて、唇を引き結んだ。が、夫妻は多少意見交換したあとで様子見を決定し、奥さんは小切手を机に戻した。二人はもっと細かい情報、特に甥の夕食の客五人について話したがったが、ウルフに後回しでいいと宣告され、上機嫌どころではない状態で帰っていった。玄関から送り出すとき、ラッケルは感謝をこめて丁寧な会釈をしたが、奥さんはぼくの存在に気づきもしなかった。

事務所に戻って、小切手を金庫にしまい、ぼくは立ったままウルフをじっと見た。ウルフの鼻が動いていた。ホースラディッシュを載せた牡蠣が口に入っているみたいな顔だ。ウルフはその取り合わせが大嫌いだった。

「しかたありませんね」ぼくは言った。「依頼人にもいろんな人がいますから。なにを少し調べるつもりなんです？」

ウルフはため息をついた。「FBIのウェンガート氏に連絡を。きみは会いたいだろう。できれば今夜だ。わたしが話す」

「もうすぐ七時ですよ」

「やってみろ」

ぼくは自分の机の電話から、RE二の三五〇〇にかけてみた。最初に知らない相手、次に二回会ったことのある男と話し、ウルフに報告した。「連絡がつきません。明日の朝になります」

「約束をしておけ」

ぼくは言われたとおりにして、電話を切った。

ウルフは座ったまま、ぼくにしかめ面を向けていた。「夕食後に指示を出す。この三日間の『ガゼット』紙はあるか？」

「もちろんです」

「では、用意してくれ。けしからんな」ウルフはまたため息をついた。「土曜日に発生、明日は水曜日だ。温め直しの料理のようだ」ウルフは体を起こし、明るい顔になった。「あの魚を、フリッツはどう調理しているのだろう」

ウルフは椅子から立ちあがって、廊下から厨房へ向かった。

第二章

水曜の朝、マンハッタンの空気にはまんべんなくエアコンが効いていた――間違ったほうへ。ペンギンの居場所はどこにもなかった。タクシーでフォーリー広場に向かう間、ぼくは上着を座席の横に置いていたが、支払いをすませて降車したあとに着た。私立探偵は汗をかいてもへこたれない根性を持てるんだと、世間に見せつけなくちゃならない。

　少し待ったあと、ウェンガートの大きな角部屋へ通された。相手はネクタイを緩め、襟を開けたワイシャツ姿だった。立ちあがって握手をし、ぼくに椅子を勧める。挨拶を交わした。

「久しぶりだな」ぼくは言った。「会ったのは、ここに栄転してくる前だった。昇進おめでとう」

「ありがとう」

「どういたしまして。偉そうな口調になったみたいだけど、しかたないんだろう。ウルフさんがよろしくと言っていた」

「こちらからもよろしくと伝えてくれ」声が若干、かろうじてわかる程度に温かみを帯びた。「あの水銀事件の見事な解決ぶりは忘れられないね」ウェンガートは腕時計をちらりと見やった。「どんな頼みがあるのかな、グッドウィン?」

　数年前、一緒に軍情報部《G2》に所属していたときはアーチー呼びだったが、そのときのウェンガートは机に五台電話を備えつけられた角部屋にはいなかった。ぼくは急いでいないことを示そうと、足を組んだ。

「なんにもないよ」と答える。「ウルフさんは話をつけておきたいだけなんだ。昨日、ラッケルっていう夫婦が事務所に来た。甥のアーサー・ラッケルの死を捜査してほしいって依頼でね。話は通じてるかい、それともだれかを呼びたいかい？　ミセス・ラッケルの話した相手はアンストレイさんだった」

「事情は聞いてる。続けろよ」

「なら、話が早い。取引銀行の評価じゃラッケルの信用は小数点の左側に七桁の数字が並ぶ金額になるらしいし、こっちは殺人犯を捕まえて報酬を稼ぎたい。ただ、よかれ悪しかれ、祖国は祖国だ。今回の嵐で国の船を撃沈するようなことは避けたくてね。ラッケル夫妻がウルフさんのところへ来たのは、ＦＢＩとニューヨーク市警がアーサーの死を遺憾ではあるけれど小さな出来事としてとらえてると思ったせいだ。二人の意見じゃ、アーサーはＦＢＩの回し者だと気づいた共産主義者に殺されたってことだった。その考えに従って捜査を進める前に、ウルフさんはそっちの許可をとりたいんだよ。もちろん、アーサーがそっちの手下だったことは認めたくないかもしれないな、たとえぼくらだけの内緒話だとしても。どうだい？」

「今日は昨日より暑いな」ウェンガートが言った。

「ああ。なにか合図をしたいってことかな、例えばウィンクとか？」

「いや」

「だったら、もっと一般的な話にしてみよう。新聞では、共産主義方面についてはなにも書かれていなかった。一言も。だからFBIにも触れられていなかった。FBIは殺人事件について活動しているのかな、公式にか、それ以外で？」

「ぐっと暑くなった」ウェンガートは言った。

「たしかに。他の連中、五人の夕飯の客についてはどうなんだ？　もちろん、連中はこっちの格好の標的だ。提案とか、要求とか、命令とかはあるのか？　ぼくらに引っかかってほしくない線はあるかな？」

「湿度も高い」

「まったくだ。一般原則に基づいて手を引けって言いたい一方で、明日の新聞の見出しになる可能性を心配してるんだろ。『FBI、ネロ・ウルフにラッケル殺害事件の捜査差し止めを警告』。だいたい、一時停止を指示するなら、理由を説明しなけりゃいけない。そうじゃなければ、ぼくらは捜査をやめない。物事の整理のために訊くんだが、天気の話を忘れさせる質問はあるかな？」

「ない」ウェンガートは立ちあがった。「会えて懐かしかったよ。ウルフにはやはりよろしく伝えてもらいたい。ただし、邪魔するなとも言ってくれ。何様のつもりなんだ。お前をここに寄こして、話をつけておきたいなんて大嘘をつかせるとはな。内部資料を送れって言ったらどうなんだ？　今度来るときは、留守のときにしてくれ」

ぼくは席を立ったが、ドアの手前で振り返った。「今朝のラジオじゃ華氏九十五度になるって言ってたよ」そして、部屋を出た。

フォーリー広場にはいつだってタクシーがいる。ぼくは上着を脱いで乗りこみ、西二十丁目の住所を告げた。到着したとき、ぼくのシャツは座席の背に張りついていた。それを剝がして支払いをすませ、車から降りて上着を着たうえで、ビルに入った。マンハッタン西署殺人課の本部はぼくにとって、FBIの入っている合衆国裁判所の建物よりずっとなじみがある。そこにいる人たちもだ。特に、ぼくが案内された狭くて薄汚い部屋の、狭くて薄汚い机に向かっている警官はおなじみさんだ。大事に保管していた書類をぼくが隠し撮りした日以来、連中は決してぼくに本部内の自由通行を認めてくれない。隠し撮りの証明はできなかったのにな。

パーリー・ステビンズ巡査部長は馬鹿力の大男だが、二枚目ではない。古くて錆びついた回転椅子は、パーリーがもたれると耳障りなきしみ音をたてた。

「しまったな」ぼくは腰をおろしながら言った。「うっかりしてた。今度ここに来るときはその椅子のために油差しの缶を持ってくるつもりだったのに」そして、首をかしげる。「なんで睨むんだ？顔に汚れがついているのかな？」

「汚れなんて関係ない」パーリーはぼくを睨み続けた。「まったく、なんでよりによってネロ・ウルフに依頼したりするんだ？」

ぼくはちょっと考えた。たぶん二秒くらい。「嬉しいよ」愛想よく応じた。「警察とFBIがそんなに仲良く協力してるなんてね。おかげで市民の安眠が守られる。ウェンガートは、ぼくが引きあげてすぐ電話したんだな。なんて言ってた？」

「電話の相手は警視だ。お前の用件はなんだ？」

「警視に話したほうがいいかもしれないな」

「警視は忙しい。つまり、ラッケルたちはウルフを雇ったんだな？」

ぼくは顎をあげた。「ラッケル夫妻はウルフさんに甥の死についての捜査を依頼した。ウルフさんはサイクロンみたいな勢いで捜査をする前に、国家の安全を考えてその勢いを抑えるべきかどうかを確認したがってる。ウェンガートに会ってみたが、暑さのことで頭がいっぱいでね。話に乗ってこないんだ。そこで、新聞じゃ触れてないけど共産主義者絡みだから、あんたに会ってるってわけさ。ぼくらが捜査を引き受けるのが公共の利益に反するのなら、理由を教えてくれ。あんたと警視の考えだと、捜査どころか、ぼくらが飯を食うのも公共の利益に反するんだろうけど、それじゃ不充分なんだ。事実が必要だ」

「そういうことか」パーリーは怒鳴った。「お前らに事実を渡したら、ウルフは警察より自分たちのほうが有効に活用できると判断するってわけだな。ふざけるなよ。一つだけ事実を教えてやる。この事件にはとげがある、手を引け」

ぼくは思いやりをこめて頷いた。「たぶん、立派な忠告なんだろうな。ウルフさんに伝えておくよ」そして、立ちあがった。「この面談の内容を含めた供述書に署名をもらいたい。写しは三部で、うち一部は――」

「ほざけ」パーリーは嚙みついた。「出ていけ。消えろ」

パーリーは気が緩んできたのかなと思ったが、廊下に出ると潰れた鼻に腹の出たじいさんの警察官が待っていた。ぼくが正面玄関にさっさと歩いていく間、後ろからひょこひょこついてきていた。

ぼくが事務所に戻ったときには十一時を過ぎていて、ウルフは植物室での二時間を終えて、ビールを手に机の奥で鎮座していた。生命のあるもので、これ以上サイクロンに似ていないものはないだろう。

「それで？」ウルフはぽつりと声をかけてきた。

ぼくは腰をおろした。「小切手を預け入れしてきました。ウェンガートがよろしくと言ってました。パーリーは言いませんでした。二人とも、あなたが秘密情報の無料入手を目的にぼくを寄こしただけだと思っていて、ぼくらが公共の福祉をおもんぱかっているという考えを鼻で笑いました。ぼくが帰った途端、ウェンガートはクレイマーに電話をかけました。どっちからも一言だってありません。情報は新聞で読む内容だけですね」

ウルフは唸った。「ラッケル氏に連絡を」

というわけで、ぼくらは事件を引き受けることになった。

第三章

水曜日の夕食後、事務所に集まった七人については、未解決の問題が二つあった。このなかに共産主義者はいるのか、そのうちの一人が殺人犯なのか？　偏見を持っていると思われては困るので、依頼人も含めて七人とした。

客が到着して集まったとき、ぼくは観察してみた。そして今、全員が視界に入るように自分の机で着席しているが、本命は見つかっていなかった。何年も前のぼくには、殺人犯は男であれ女であれ人目に耐えられずにぼろを出すもので、立派な観察眼があれば発見可能だと思っていた時期があった。今ではもっと利口になっている。それでも、観察はした。

ぼくから一番近いのは、ひょろひょろの中年男、オーモンド・レッデガードだった。生業としている労使関係の扱いはお手のものだったのかもしれないが、手先の扱いは素人以下だった。煙草の包みを出して、マッチをとりだし、火をつけたが、どれもこれも手間どって、芝居の可能性がなければ、容疑者一覧では下位になる。あの不器用さではいろいろなものがあるテーブルから薬のケースをちょろまかし、中身を入れ替え、気づかれずに戻すのは無理だろうとぼくが計算できるのなら、向こうだってできるから。もちろん、そんな些細なことは優秀な探偵、例えばソール・パンザーが友人知人の十人程度に二日ほど聞きこみをすれば、あっさり答えが出るだろう。

その隣、どんな角度から写真を撮られてもいいように足を組んでいるのが、フィフィ・ゴヒーンだ。足を組む技術は、昔の習慣由来の機械的なものだった。七、八年前には最優秀新人女優で、どの雑誌もフィフィの写真なしでは発行が難しいほどだったのだ。まあ、もう昔の話で、今の彼女は殺人の容疑者として新聞の一面を飾っている。独身。噂では、フィフィの色香に迷った百人もの男が結婚の申しこみで口を開こうとしたものの、うっとりするような黒い目に潜むきつい光に気がついて、言葉が出なくなってしまったらしい。その結果、フィフィはまだミス・ゴヒーンで、パパやママとパーク・アベニューで暮らしていた。

ウルフの机に向かって弧を描くように並んでいる椅子で、フィフィの一つ向こうに着席しているのがベンジャミン・ラッケル。依頼料の小切手はその日の午後ぼくらの銀行に預け入れられ、細長い顔は前日よりさらに悲しそうにみえた。ラッケルの右にいるのは、解剖学的には女性だが、それ以外では〝名もなき人〟だ。名前はデラ・デブリン。年齢不詳。郊外店舗向け新商品を現地で買い付ける担当者《バイヤー》。平日ならニューヨークの中心部《ミッドタウン》に彼女は一万人もいるし、全員がなにかにはめられている。顔を見れば、それがわかる。問題はだれがはめているのかを見つけることだが、いずれぼくはその問題に取り組んでみるかもしれない。それを除けば、耳が大きすぎる以外にデラ・デブリンに外見上の問題はなかった。

ぼくの職務上からはさしあたり全員が重要人物なのはもちろんだが、それでもデラの隣は重要人物だった。ヘンリー・ジェイムソン・ヒース。今は五十近いが、若い頃にかなり高額の財産を相続した。ただ、ヒースと同じ財政的上流階級に属する人たちのほとんどが、ヒースの名前を口には出さない。共産主義やその政党に金を出しているのかどうかはわからないし、出していたとしても金額は不明だ。

とはいえ、告発された共産主義者たちの保釈金を提供したり集めたりする中心人物の一人だというのは、秘密でもなんでもない。最近では本人も議会侮辱罪で告発されて、多少の懲役刑を食らう羽目になりそうだ。小さすぎる古いシアサッカーのスーツを着て、ずんぐりした丸顔、いつも目を見張るようにしてこっちを見る。

ヒースの向こう側、弓形に並んだ椅子の端にいるのが、キャロル・バーク。この女性に関してだけは、ここで一言触れるほど個人的に含むところがあった。お客の集団を迎えたときはいつでも、ぼくが座席を割り振る。研究の価値がありそうな人物がいれば、自分に一番近い椅子に座らせる。このキャロル・バークもそうしたのだが、最後に到着したレッデガードの出迎えでぼくが廊下に出た隙に、キャロルは裏をかいて離れた席に移っていた。で、ぼくは気を悪くして、警戒の必要があると感じていた。午後に『ガゼット』紙のロン・コーエンと一緒に、他の連中と併せて身元を洗っていたら、キャロルはテレビ業界でフリーランスの仲介業者だと思われていたが、だれもはっきりそうと認めてはいないし、あっちこっちに移籍してばかりなこと、三年前にハリウッドを去った理由に異なる六つの説明があることが判明した。おまけに、外見が目の保養になるかどうかの問題もあった。大多数の人については、すぐにちがうという答えが出るし、ごく少数はすぐになるという答えが出る。その場合はけりがついて、どうでもよくなる。が、境界線の人々については、精神を集中して健全な判断をする必要がある。キャロル・バークが敷居をまたいで、正面から見るとまるで表情のない茶色の目をちらっと横に向けてこちらを見たとき、ぼくは境界線に分類した。今は移動した椅子に座っていて、たっぷり五歩分は離れている。

ミセス・ベンジャミン・ラッケルはますます唇を強く結んで、ウルフの机の端に近い赤革の椅子に座っていた。

　ウルフは並んだ客にざっと鋭い視線を向けた。「来てくださったことに礼は言いません」低い声が響いた。「お門違いでしょうから。あなたがたはラッケル夫妻の要請でここに来た。要請を容れて来たのか、来ないのは得策ではないと判断したのかは、重要ではありません」

　だいたい、ぼくにはみんながこの場にいるかどうかもそんなに重要ではないように思えた。ぼくをフォーリー広場と殺人課から承認を得るために派遣して以降、ウルフの捜査方針は、アーサーがＦＢＩの回し者だと見抜かれて共産主義者、もしくは共産主義者たちに殺されたというラッケルの理論に従っていたからだ。ただし、その理論は表沙汰にされていないし、ウルフもうかつに口にできなかった。私立探偵として生計を立て、免許をなくしたくないなら、たとえ死者でもＦＢＩの覆面捜査官の身元を明かすわけにはいかない。万一アーサーが大嘘をついていたとしたら、実際はぼくと米国愛国婦人会《DAR》（独立戦争参加者の子孫による保守系婦人団体）に関わりがないのと同じくＦＢＩとは無関係だったとしたら――いや、そんなことは言っちゃいけなかった。

　というわけで、ウルフは肝心の点に触れられないどころか、なにが肝心なのかをほのめかすことさえできない。一体全体、どうやったら話ができるというんだ？

　ウルフは話した。「わたしは」と続ける。「警察があなたがたの立場を明らかにしたかどうか、把握しておりません。わたしがこの事件に手を出したことを、警察は快く思っていませんので。ラッケル夫妻がわたしに相談を持ちかけたと当局が知った今朝から、この家の玄関は監視されています。おそらく、あなたがたのうちの一人、ないし複数に、今夜は尾行がついていたでしょう。ですが、ラッケルさんは適正な方法でわたしを雇っても問題ありませんし、わたしが適正な方法で依頼を引き受けることにも問題ありません。その気になれば、あなたがたは適正な方法でわたしに情報を提供して問題ないのです」

「そんな気になるかどうか、わからないね」レッデガードは座ったまま身じろぎし、ひょろ長い足を伸ばした。「少なくとも、わたしはならない。遺族に対する礼儀として来たまでだ」

「ありがたいことです」ウルフは請けあった。「さて、あなたがたの立場についてです。昨日わたしはラッケル夫妻と、今日の午後には奥さんと再度話をしました。あなたがた五人に焦点をあてるのは、新聞の流儀です。明白かつ刺激的な事実ですから。なんだかんだ言っても、アーサー・ラッケルが毒を飲んで死んだとき、あなたがたはその場にいたのです。とはいえ、そんなわかりきった事実以上に、なぜあなたがたなのか？　警察は率直にすべてをさらけ出していたのか？」

「くだらない質問だな」ヒースが言いきった。平坦なバリトンの声だが、挑むような口調だった。

「警察が率直になるなんてありえない」

「昔、率直な警官と知り合いだったけど」フィフィ・ゴヒーンが余計な口出しをした。

「思うんですが」キャロル・バークがウルフに言った。「わたしたちをここへ来させて、あなたも人の心を刺激しようとしてるんじゃないですか。見とがめられずにアーサーのポケットから薬のケースをくすねてカプセルをすり替えて戻す、なんて手品師じゃなきゃ無理ですよね。だいたい、ケースが置いてあったのは、わたしたちの目の前のテーブルだったんですから」

　ウルフは唸った。「あなたがた全員がケースを注視していたんですか？　十二分間ずっと？」

「ミス・バークは注視していたなんて言ってない」レッデガードが喧嘩腰に口を挟んだ。

「くだらん」ウルフは不機嫌になった。「のろまでも、やってのけられる小細工ですよ。ロールパンやカクテルのグラスへ手を伸ばす。その手をケースの上に置いて、周囲の視線を確認しながら引っこめる。テーブルの下でカプセルをすり替え、また何気ない自然な動作でケースを戻す。わたし自身それほど追いこまれずとも挑戦すると思います。フーディーニ（アメリカの有名な奇術師）でもないのに」

「訊きたいことがある」レッデガードが迫った。「わたしは勘が悪いのかもしれないが、なぜすり替えはレストランじゃなければならないんだ？　その前ではない理由は？」

ウルフは頷いた。「もちろん、その可能性は排除できません。アーサー・ラッケル氏が一日三回食前に服用するピンクのビタミン剤カプセルについて把握できるほどの付き合いだったのは、あなたがた五人だけではないでしょう。機会を独占していたわけでもない。しかしながら……」ウルフの視線が左に動いた。「ミセス・ラッケル。今日の午後の話をこの場で繰り返していただけますか？　土曜の夜についての話を」

ミセス・ラッケルはずっとウルフに目を向けていたが、客たちのほうへ顔を動かした。椅子の面々を順繰りに見ていくときの表情からすると、そのうちのだれかが共産主義者で殺人犯だと信じているのではなく、全員がそうなのだと思いこんでいるみたいだ。もちろん、夫は除く。

視線がウルフに戻った。「夫とアーサーは土曜日の午後、大切な船荷を発送し、六時少し前に帰宅しました。二人は部屋に入り、シャワーを浴びて着替えをしました。アーサーがシャワーを使っている間に、料理人兼家政婦のミセス・クレンプが部屋に行って、シャツ、靴下、下着などを揃えました。そういう人なんです。何年も前からやっています。アーサーがポケットから出したものは箪笥の上に置いてあり、ミセス・クレンプが薬のケースを確認したところ空だったので、引き出しの瓶、半分ほど減って百錠くらい入っていたものから三錠出し、ケースに移しました。毎日そんなこともしてたんです。優秀な家政婦ですが、とても世話好きで」

「その家政婦には」ウルフは確認した。「甥御さんの死を願う理由はなかったんですね？」

「あるわけないでしょう！」

「もちろん、警察にも経緯を話しましたね？」

「あたりまえです」

「そのときマンションにはあなたがた四人、あなたとご主人とアーサー氏とミセス・クレンプ以外にだれかいましたか？」

「いません、だれも。メイドは不在でした。夫とわたしは週末を田舎で過ごす予定でしたから」

「ミセス・クレンプがカプセルをケースに入れてから、甥御さんがシャワーから出て着替えに戻るまで――その間に、あなたは甥御さんの部屋に入りましたか？」

「いいえ。一歩も入っていません」

「あなたはいかがですか、ラッケルさん？」

「入っていない」ラッケルの声は顔と同じように悲しげだった。

ウルフの目が左端のキャロル・バークから右端のレッデガードまで移動した。「では、アーサー・ラッケル氏はシャワーを浴びて着替え、薬のケースはポケットに入った。警察の内部情報はないのですが、新聞で読んだ内容を。マンションを出る際、アーサー氏はエレベーターを利用し、歩道に出たところでドアマンがタクシーを呼んだ。同乗者はなく、タクシーはレストランへ直行した。瓶に残っていたカプセルは調べられたが、細工はされていなかった。こういった次第です。ミセス・クレンプ、もしくはラッケル夫妻に疑いをかける気になりましたか？　三人のうちのだれかがアーサー・ラッケルを殺害したという仮説を支持できますか？」

「考えられなくはないですね」デラ・デブリンが小声で言った。

「そのとおりです」ウルフが相づちを打った。「あるいはアーサー氏が自殺するのにあの瞬間と方法を選んだという説も考えられなくはない。毒入りのカプセルが偶然瓶に入ったという説すら否定はできない。ただし、考慮に値するほどの蓋然性はないとわたしは考えますし、警察を含め、皆さんも同意見でしょう。あれこれ掘り返しても、確実な根拠を得られることはあまりありません。憶測でなんとか進めていくしかなくなるのです。ですから、わたしは証拠に基づいて、アーサー氏がレストランに到着した際ポケットにあったケース内のカプセルは無害だったと憶測しています。この仮説に反対意見をどうぞ。反対できないのであれば、すり替えはレストランで行われたとなり、ご自身の立場もわかるでしょう。警察はあなたがたを追っています。わたしもです。あなたがたの一人か？　それとも、全員か？　突きとめるつもりです」

「おお怖い」フィフィ・ゴヒーンが言った。「わたし、気が弱いから参ってしまうかも」そして、立ちあがる。「行きましょ、レッディ。一杯奢る」

レッデガードはフィフィの肘に手を伸ばし、軽く揺すった。「待てよ、フィー」不機嫌そうな声だった。「この男はどんでん返しで有名なんだよ。様子をみよう。座るんだ」

「ばかじゃないの。あんたこそ怖いんでしょ。弱虫だって評判だもの」フィフィは乱暴に腕を振り払い、ウルフの机の端に向かって二歩前に出た。声が少し大きくなった。「ここの空気が嫌なのよ。あんたは太ってて、見てられないんだけど。なんなの、この蘭！」片手をミルトニアの丸い花瓶にすばやく伸ばし、手首を返す。花瓶はなめらかな机の表面を滑り、床に落ちた。

一騒ぎ起きた。ミセス・ラッケルは転がってきた花瓶をよけるため、急いで足を引いた。キャロル・バークはなにか言った。レッデガードは席を立ってフィフィに近づこうとしたが、フィフィはくるりと身をかわしてヘンリー・ジェイムソン・ヒースの頰を両手で挟み、顔を寄せてねだった。「ハンク、愛してる。あなたはどう？　わたしをどこかに連れてって、一杯奢ってよ」

デラ・デブリンが椅子から飛びあがり、腕を引いて身構えるや、フィフィの側頭部をひっぱたいた。小突く程度ではなく、フィフィはバランスを崩して、ばったり倒れるところだった。ヒースが立ちあがり、二人の間に割って入った。デラは目を怒らせ、息を弾ませながら立っていた。その場を撮影するには充分な静止場面が続いたが、フィフィがヒースの肩越しにデラに声をかけ、終了となった。

「そんなことしてもなんの役にも立たないから、デル。ハンクがあなたと一緒のときに、相手がわたしだったらなあと思ったとしたら、当人にどうにかできる？　わたしにどうにかできる？　こんなことして、かえって悪くなるだけよ。ハンクが新しいスーツを買って、共産主義者を保釈させるのをやめて、刑務所入りをしないですんだら、わたしが幸せにしてあげられるかもね」フィフィはヒースの頰に、指先を触れた。「頃合いになったら声をかけてね、ハンク」ヒースから身を翻して、ウルフの机に近寄った。「ねえ、あんたが一杯奢ってよ」

ぼくはその場で花瓶を回収しているところだった。水は敷物を傷めたりしないだろう。ぼくはフィフィの腕をしっかり握って、大型地球儀近くのテーブルまで連れていった。フリッツとぼくとで飲み物を用意しておいたのだ。どれがいいかと訊いた。フィフィはスコッチのロックと答えたので、たっぷり入れてやった。他の人にも勧めたら、好みの酒の答えが返ってきて、キャロル・バークが手伝いにきてくれた。デラとフィフィの間にいたラッケルは席の変更を決め、キャロルの椅子に移ったので、飲み物を配りおえたキャロルはラッケルの椅子に座った。

この幕間に、二人が身動きもせず、口も開かなかった。ミセス・ラッケルとウルフだ。ウルフは視線を左から右に向け、戻した。

「わたしとしては」ウルフは不機嫌そうだった。「ミス・ゴビーンが即興劇を完了したものと信じています。先ほどは、あなたがた五人が苦しい立場にあることを明確化していたところでした。事件当夜のレストランでの位置や行動、なにを見てなにを見なかったかなどについて、質問攻めにするつもりはありません。なにかを指し示したり除外したりする情報があれば、警察がすでに行動を起こしているでしょうから、完全に後手に回ります。数時間かけて根掘り葉掘り質問し、あなたがたの一人、もしくは複数がアーサー・ラッケルの死を望んでいた理由を突きとめようとするのも手かもしれませんが、そちらについても警察が四日間先行しており、追いつけそうにありません。あなたがたはミセス・ラッケルの要請でわざわざここまで出向いてくださったのですから、多少の質問には答えるつもりなのでしょうが、事件に関して訊く価値のある質問はないようです。さて、土曜日の夜以降、いつでもかまいませんが、あなたがたが顔を合わせたことはありますか？」

みんなが目を見交わした。レッデガードが訊いた。「五人全員で、ですか？」

「そうです」

「いや、ないです」

「そうであれば、話したいこともあるでしょう。ご自由にどうぞ。わたしはビールを飲みながら、聞かせてもらうことにします。もちろん、少なくとも一人は警戒するでしょうが、他のかたは気楽に話してかまいません。なにか有益なことを口にするかもしれませんので」

今はぼくとの距離が縮まったキャロル・バークは、軽く鼻を鳴らした。フリッツが盆を運んできた。ウルフはビール瓶を開けてグラスに注ぎ、泡が所定の位置に来るのを待って、飲んだ。だれも口をきかなかった。

レッデガードが話しだした。「うまくいかないみたいですね。まさか期待していたとか？」

「うまくいくようにしなくちゃ」フィフィが力強く言いきった。「この人、太ってるけどすごく察しがいいみたい。力を貸すべきよ」頭の向きを変える。「キャロル、お話ししましょ」

「喜んで」キャロルは承知した。「あなたからね。さあどうぞ」

「そうね、こんな感じでどうかな。わたしたちはみんな、アーサーが共産党統制員（政治強化と主義逸脱者の発見を担当する政治委員）みたいなものだと知ってた。わたしはいつも同志って呼んでたし。叔母さんと叔父さんは本気で嫌がってたから、アーサーは首になって生活保護を受ける羽目になるんじゃないかって心配してた。それでも、勇敢かつ正直だったんで、黙っていられなかった。みんな知ってたでしょ？」

「もちろん」

「じゃあ、これも知ってた？　たしか一週間前、アーサーが言ってたの。叔母さんに、心を入れ替えるか、家から追い出されるかを選ぶように迫られたって。で、自分は密かにＦＢＩの活動をしていて、共産主義者の内偵をしてるって話したわけ。でも、ちがう。アーサーはＦＢＩはゲシュタポ（ナチスドイツの秘密国家警察）みたいなものだと思ってた。わたしはアーサーにそんなこと——」

「嘘です！」

ミセス・ラッケルの声は大きくはなかったが、たくさんの感情がこもっていた。全員の視線が集中する。ラッケルは立ちあがって、片手を妻の肩に置いた。囁き声もした。

「そんなの、恥ずべき嘘です」ミセス・ラッケルは言った。「アーサーは国を愛するアメリカ人でした。あなたたちよりも、あなたたちのだれよりも。そうよ、だれよりも！」席を立つ。「もうたくさん。来るんじゃなかった。行きましょう、ベン。帰ります」

ミセス・ラッケルはさっさと出ていった。ラッケルはウルフへ煮えきらない挨拶をした。「妻は心労で……ひどい心労なので……わたしから電話する……」ちょこまかと追いかけていく。ぼくは二人を送り出そうと廊下に出たが、奥さんはもうドアを開けて、ポーチにいた。ラッケルも続いた。ぼくはドアを閉めて事務所に戻った。

室内はざわついていた。たしかに、フィフィはみんなをしゃべらせたようだ。ウルフはグラスにビールのお代わりを注いで、泡があがってくるのを見ていた。ぼくはフィフィに近づいてグラスをとり、テーブルへ持っていって酒を補充した。ちょっとしたおもてなしを受けるだけのことはしたと思ったのだ。フィフィはざわめきの中心にいて、爆弾発言の詳しい説明をしていた。アーサーは嘘なんかついていなかった、自信がある。絶対に内緒だと言って、叔母さんにFBIの極秘活動をしていると真っ赤な嘘をついたことを打ち明けてくれたのだから。場所や時間の情報は教えられない。いや、警察には話さなかった。警察は嫌いだ。特に自分の尋問を三回担当したロークリッフという警部補が嫌いだ。あの男は礼儀を知らない。

ぼくはフィフィの様子をみて、耳を傾け、芝居をしているのかどうかを判断しようとしていた。フィフィはとらえどころがなかった。他のだれかがかばっているのだろうか、だとしたら、だれだろうか？　結論は出なかったし、第六感が働くこともなかった。全員が興味津々で、あれこれ訊きたがった。デラ・デブリンでさえそうだったが、フィフィに直接話しかけることはなかった。

ぼくがその場にいることに気づいたのは、キャロル・バークだけだった。横目でこちらを見たとき、目が合った。ぼくは片方の眉をあげた。「なんだい、ピッチアウト（野球でランナーの盗塁もしくはスクイズを防ぐために遠くにはずした球を投げること）かい？」

「なんとでも言って」キャロルは微笑んだ。浮浪者に向けるような笑顔。思いやりはあるが、優越感もある。「でも、どうして？　だれが塁にいるの？」

そのときぼくは、キャロルは目の保養になると決めた。少なくとも、よくよく目を向けてなにを隠しているのかを突きとめる必要がある。「満塁だよ」ぼくは答えた。「五人全員でね。それはルール違反だ。アンパイア、つまりウルフさんが認めないだろう」

「どっちかといえばキャッチャーにみえるけど」キャロルは投げやりに答えた。

事情が許せば、自分がキャロルを好きじゃないことを確定させるために、ある程度一緒に過ごす機会を見つける必要があるかもしれない。

突然、フィフィがまたフライを打った。酒のテーブルで二度目のお代わりをして戻ってくるとき、スコッチの瓶も持ってきて、ウルフのビールのグラスにたっぷり指三本分を注いだのだ。瓶を机に置き、身を乗りだして手を伸ばすと、ウルフの頭のてっぺんを撫でる。体を起こして、にっと笑った。

「飲んで元気出しなさいよ」と強引に勧める。

ウルフは睨んだ。

「どんでん返しをしなさい」フィフィは命じた。

ウルフは睨んだ。

「ひどい話よね」フィフィは決めつけた。「警察はあんたになにも教えないし、ここで酒を奢ってるのに、わたしたちはろくな愛想も見せない。警察が突きとめてることくらい、話しちゃいけないって理由はなくない？　警察がちょっとでも役に立つなら、突きとめてるはずのこと。このミス・デブリンのこともそう」片手を振る。「何十人も教えてくれるでしょうよ。アーサーが告げ口してなかったら、とっくの昔にハンク・ヒースと結婚できてたはずだって。告げ口の内容は知らない。あんなやつ、女ならだれだって殺すでしょ。それに――」

「フィフィ、黙るんだ！」レッデガードが怒鳴った。

「わめかせておきましょうよ」デラ・デブリンの顔は青ざめていた。

フィフィは知らん顔だった。「それにレッデガードさん。この人はわたしの親友だけど、奥さんのことがある。ばかなの、レッディ？　みんな知ってることでしょ」またウルフに話しかける。「二年前、レッディの奥さんはアーサーと一緒に南米に行って、病気にかかってそこで死んだの。レッデガードさんがアーサーを殺すのにこんなに長く待ってた理由、さっぱりわからないんだけど」

フィフィはグラスをあおり、机に置いた。「アーサー・ラッケルっていうのはね」と話し続ける。「なかなかのやつだったのよ。あいつなりにね。キャロルとわたしはほんの一か月前、あいつが二股かけてることに気づいたの。ちょっとした災難がきっかけだったんだけど、できれば説明したくない。ほんと、嫌になっちゃう。キャロルがどう思ってたのかは知らないから、そっちで訊いてみれば。でも、自分のことはわかってる。わたしに必要だったのは毒薬だけ。あんたに必要なのは、わたしがどうやって手に入れたかを突きとめることだけ。青酸カリはいろんなものに使われてて、本気になれば簡単に手に入るんでしょ。それから、ハンク・ヒースね。アーサーがわたしをうまくたらしこんだと思ってて、ま、ある意味あたってた。だけど、女を手に入れたいってだけで男は他の男を殺したりするのかな、たとえあたしみたいに純粋できれいな女の子だとしてもよ？　本人に訊いてみたらどう？いい、自分で訊く」

フィフィは振り返った。「そうなの、ハンク？」またウルフに向き直る。「わかってるでしょうけど、アーサーが開いたあれ、なかなかの夕食会だったのよ。でも、全部が全部あの人のせいだったわけじゃない。わたしがやれるもんならやってみろって言ったから。しっかり聞いてくれる人たちがほしかった、ありがたいと思ってくれるような……ちょっと、痛いじゃない！」

ヒースがフィフィの隣に来て、腕をつかんでいた。フィフィは振り払い、やはり席を立っていたデラ・デブリンにぶつかった。キャロル・バークとレッデガードはなにやら言っていた。ヒースはウルフに声をかけた。「悪ふざけだな。おもしろくもなんともない」

ウルフは両眉をあげた。「わたしがしかけたわけではありませんよ」

「ここへ来るように言ったのは、そちらだ」ヒースの声は穏やかだったが、腹立ちを抑えきれないようで、ガラスのような目はずんぐりした丸顔から今にも飛びだしそうだった。「ミス・ゴヒーンはあなたをからかったんです、だから――」

「ちがうから」フィフィはヒースのすぐそばに戻っていた。「ぜんぜん、そんなつもりじゃなかった」そして、ウルフに言う。「ほら、あんたは太ってるけどなにかあるのよね」ビールとスコッチの入ったグラスをとりあげる。「あーんして。そしたらわたしが――ちょっと、どこ行くのよ？」

返事はなかった。ウルフは椅子から立ちあがり、ドアを目指して歩き続けた。廊下を左に曲がり、厨房に向かう。

これでパーティーはお開きになった。みんなが、特にレッデガードとヒースがあれこれ言った。ぼくは調子を合わせながら全員を廊下に出し、玄関へと連れていった。そして、外のポーチまで出て、客たちが歩道へおり、十番街へと向かうのを見守った。連中が五十歩進んでも、途中の建物の間からうさんくさいやつがこそこそ出てくる気配はなかったので、ちっと思って引きあげた。一目で事務所は空だとわかり、厨房へ行ってみた。

フリッツはどろっとしたものを大きな石の入れ物に注いでいるところだった。ウルフは片手にチョウザメを一切れ、もう片方の手にはビールを持ち、その様子を立ったまま見つめていた。口にはなにか入っている。

ぼくは正面攻撃をしかけた。「たしかに」と切りだす。「フィフィは今にもあなたに酒をぶっかけそうでした。でも、ぼくがいて、拭くのを手伝えたじゃないですか。逃げてなんになったんです？ 捜査の開始前でさえ、知らなくちゃいけないことが最低でも八十六項目はあったのに、連中を集めておきながら手に入れようともしなかったなんてね。ぼくの休暇は来週の月曜からです。就寝時間に食べないというあなたの規則はどうなったんですか？」

ウルフは口を空にした。ビールを飲み、グラスとチョウザメをテーブルに置き、棚のブルサット・メロンに手を伸ばして、包丁差しからナイフをとって切ると、スプーンで種を皿によけはじめた。

「食べ頃だ」ウルフは言った。「少し、要るかね？」

「要るもんですか」ぼくは冷たく応じた。桃色の果肉は果汁たっぷりで、切り分けた両方に小さなプールができていた。開いた窓からそよ風が入ってきて、香りがぼくまで届いた。ぼくは片方に手を伸ばし、スプーンをとって、一口分をすくった……そしてもう一口……。

ウルフは食事中には決して仕事の話はしないが、これは食事じゃない。メロンを半分ほど食べ進んだところで言った。「わたしたちにとって、過去は手の打ちようがない」

ぼくはさっと舌を出して、垂れた果汁を一滴受けとめた。「はあ、そうですか」

「そうだ。軍隊が必要になる。警察とＦＢＩはもう四日間も取り組んでいるのだ。毒の出所。ミセス・クレンプ。動機に対するミセス・ラッケルの意見。ヒース氏はおそらく共産主義者だろうが、他の人たちはどうなのか？　だれもが共産主義者でありうる、だれにでも隠れたがんの可能性があるのと同じだ」

ウルフはメロンを一口分すくい、対処した。「あの放言癖のある無教養な女が示した動機についてはどうか？　どれかに根拠があるのか、だとしたらどの動機か？　あるいは、複数なのか？　それだけでも、調べるには一連隊が必要だ。警察とＦＢＩに取引を持ちかけようにも、交換条件として提示できるものはなにもない。夕食の客全員が共産主義者なのか？　全員が犯行に加担していたのか？　われわれが暴かなければならない殺人犯は一人ではなく五人なのか？　これらの疑問すべて、および他にも答えが必要になる。どの程度時間がかかる？」

「一年ですかね」

「どうだろうな。過去は手のつけようがない。労力がかかりすぎる」

ぼくは肩をすくめ、おろした。「わかりました。嫌なことを何度も言う必要はありません。手を引きましょう。ラッケル宛ての三千ドル分の小切手は今夜振りだしますか、それとも朝まで待ちますか？」

「小切手を書けと言ったか？」

「いえ」

ウルフはチョウザメを一切れとり、噛んだ。噛むという行為を、ウルフは決していい加減にはしない。たっぷり四分かかった。その間に、ぼくは自分の分のメロンを片づけた。

「アーチー」ウルフは言った。

「はい」

「ヒース氏はミス・ゴヒーンのことをどう思っている？」

「そうですね」ぼくは考えた。「表現のしかたはいろいろあると思うんです。あえて言うなら、あなたがシェリーで煮こんだテラピン（北米産の食用亀）について――視覚と嗅覚で――どう感じているかと似ていますね。食べたこともないくせに、どんな味がするか知っていると思いこんでいる場合ですけど」

ウルフは唸った。「ふざけたことを言うな。きみが専門家の資格を有し、わたしが素人の分野におけるまじめな質問だ。ヒース氏の食欲は強くかきたてられているのか？　彼女のためならば、危険を冒すのか？」

「ヒースが危険を前にどんなふうになるのか、ぼくにはわかりません。ただ、ミス・ゴヒーンをどんな目で見るのか、触れられたときどんな反応を示すのかは見ました。それに、デラ・デブリンも。あなたも見ましたよね。ぼくの意見では、ヒースは風で揺れている不安定な高い橋を渡ろうとするだろうと思います。ただし、手すりがなければ挑戦しません」

「わたしもそういう印象を受けた。試してみなければならないな」

「なにをです？」

「揺さぶりだ。あばらを突く。過去が手に余るとしても、未来はそうではない。あるいは、そうであるべきではない。試してみなければなるまい。うまくいかなければ、再度試す」ウルフは顔をしかめた。「よくて二十対一の確率だな。ミセス・ラッケルの協力が必要だ、けしからん。つまり、わたしはまたあの女に会わなければならない。避けようがない」

ウルフはメロンをすくった。「きみには少々指示が必要になるだろう。食べおえたら、事務所に行くぞ」

ウルフはメロンを置くべき場所に置き、味蕾《みらい》に意識を集中した。

第四章

思ったとおりにはいかなかった。計画では、ミセス・ラッケルを翌朝木曜日の十一時に事務所へ呼ぶ必要があったが、ぼくが九時少し前に電話をしたところ、メイドに女主人へのとりつぎには時間が早すぎると言われた。十時になっても折り返してこなかったので、ぼくからかけて、話ができた。ウルフが重要かつ内密の質問を望んでいると説明したところ、十一時半までには事務所に行くという返事だった。十一時少し前、ミセス・ラッケルから電話があり、会社にいる夫に連絡したところ、質問が重要かつ内密なのだとしたら、二人一緒に伺って考えたいとの結論になったと言ってきた。ラッケルは昼食後一時間ほどなら都合をつけられるが、四時にははずせない約束があるらしい。結局六時に決めて、会社にいるラッケルにはぼくから電話で確認をした。

ヘンリー・ジェイムソン・ヒースは、その日の朝も『ガゼット』の一面に出ていた。殺人事件絡みではない。起訴された共産主義者の保釈金として資金援助をした人物たちの名前の開示をまたしても拒否して、どんなに侮辱罪が増えても折れるつもりはないらしい。その日のラッケル殺害事件の記事は七面に出ていて、コオロギの餌ほどの実りもなかった。ぼくはといえば、電話で一時間かけてソール・パンザーとフレッド・ダーキンとオリー・キャザーの居場所を突きとめ、指示を伝えた。そのあとは、いっそ野球観戦にでも行けばよかった。ウルフの指示は山ほどあったのに、依頼人が同意して承諾するまで、もしくはそうしない限り、行動できなかったのだ。

　ミセス・ラッケルが先に着いた。六時きっかり。一分後にはウルフが植物室からおりてきて、ミセス・ラッケルは文句を並べはじめた。亡くなった甥に対するフィフィ・ゴヒーンの嘘だらけの中傷は、ウルフに責任がある。ウルフの事務所での発言だったのだから。その件についてはどんな対処を提案するのか？　なぜあの女を逮捕させなかったのか？　ウルフはよく辛抱していた。それでも口調がとがりはじめたとき、呼び鈴が鳴り、ぼくは玄関に出てラッケルを迎え入れた。ラッケルは短い足でそそくさとぼくを通過して事務所へ進み、ウルフに軽く頭をさげ、妻の頰にキスをして、どっかりと腰をおろし、細長い顔をハンカチで拭った。疲れた口調で尋ねる。「用件はなんだね？　連中を相手に少しは収穫があったのか？」

「いえ」ウルフは素っ気なかった。「なんの結論にも至っていません」

「問題の重要な質問とは？」

「ぶしつけ、かつ、単純な質問です。あなたがたは代償が必要でも真実を望むのかどうかを知る必要があります。そうであれば、金額はどれほどか？」

　ラッケルは奥さんを見た。「なんの話だ？」

「その件を話題にしていたわけではありません」ウルフは説明した。「奥さんが提起した問題を検討していたのです。わたしとしては些末な問題だと思いますがね。先ほどの質問、いや、提案と言うべきでしょうな。こちらから一つ提案があるのですよ」

「どんな？」

「まずはその土台について説明します」ウルフは椅子にもたれ、半ば目を閉じた。「昨日、例の五人に、カプセルのすり替えが彼らの一人によって行われたと推測される理由を話すのを聞きましたね。その推測に基づいて、さらに彼らと話をしたあとで、別の推測を重ねました。立証された状況ですり替えが行われたのであれば、だれにも見られずにすむとはおよそ考えにくい。それには信じられないほどの機敏さとよほどの幸運を伴う偶然が必要だったでしょう。わたしは説得力のある証拠に基づかない限り、そのような偶然は受け入れません。従って、カプセルのすり替えがレストランで行われたと推測するならば、少なくとも試験的に、客の一人がその行為を目にして犯人を知っているものと推測します。つまり、犯行には目撃者がいたのです」

ラッケルの悲しげな顔は、気を引かれて元気づいたりしなかった。唇を突き出したせいで、口角がよりはっきりさがった。「可能性はある」ラッケルは認めた。「しかし、その人物が話そうとしない以上、なんの役に立つんだ？」

「その男に話すよう、申し出るのです。もしくは女に」

「どうやって？」

ウルフは顎を親指と人差し指でさすった。視線をミセス・ラッケルに移し、またラッケルに戻す。

「こういったことには」ウルフは続けた。「巧緻《こうち》、慎重、緘黙《かんもく》が必要となります。言いかたを変えましょう。わたしには一人の人間を無実の罪で処罰させるつもりはありません。問題の五人全員が共産主義者であり、国家の敵である可能性も否定できませんが、だからといって、そのうちの一人を殺人犯として罪に陥れることを正当化するものではありません。わたしの目的は明確かつ合法的です。本当の殺人犯を暴き、その人物の責任を問うことなのです。回りくどい方法を提案するのは、単にそれ以外には達成の見こみがないからですよ。警察が捜査を開始して五日になりますが、明らかに行き詰まっている。ＦＢＩもです、もし関わっていればですが。あなたたちは関わっているとみなしていましたな。わたしは報酬を稼ぎたい。名声には興味がありません」

ラッケルは眉を寄せていた。「そちらがなにを提案しているのか、まだはっきりわからないのだが」

「わたしにはわかっています。長広舌をふるったのは、誤解を招きたくなかったためです」ウルフは座ったまま体を前に倒し、両手のひらを机に置いた。「目撃者は明らかに口を開きたがっていない。従って、二万ドルの提供に同意されるよう提案します。わたしの方法が成功した場合のみの支払いです。こちらが行う異例の捜査に対する報酬、およびこちらが負担するかもしれない並外れた経費も、それでまかなえるでしょう。了解の必要な事項が二つあります。ご自身のため出費に同意すること、有罪の人間の逮捕を明確な目的とすること」ウルフは両方の手のひらを立てた。「こういうことです」

「なんとまあ。二万ドルか」ラッケルは首を振った。「大金だ。今その金額の小切手を振りだせと？」

「ちがいます。一件落着したときに支払われるべきものです。口約束でかまいません。記憶力の抜群のグッドウィン君が、この場で聞いていますから」

ラッケルは口を開いたが、また閉じた。奥さんを見やる。そして、ウルフに視線を戻した。「聞いてくれ」真剣な口調だった。「わたしは頭の回転が悪いのかもしれない。今の話は実質上、目撃者を買収すると言っているように聞こえた。わたしの金を使って」

「ばかなまねしないで、ベン」奥さんが鋭い口調で言った。

「誤解されているようですな」ウルフは言い聞かせた。「買収とは、なんらかの思惑で不正な影響を与えることです。わたしを介してあなたの金を受けとる人物がだれであれ、金は真実を語る誘因となるだけです。影響を与えるのは、たしかです。不正かというと、断じてそうではない。金額に関しては、あなたが躊躇されるのも無理はありません。かなりの金額ですから。ただ、わたしはその金額以下で引き受けるつもりはないので」

ラッケルはまた妻を見やった。「ばかなまねをするな、とはどういう意味かな、ポーリーン?」

「話に乗らないなんて、ばかだっていう意味よ、決まってるでしょ」あんまり強くそう思っていたのか、唇が動いた。「そもそもウルフさんのところへ来たがったのは、あなただったじゃない。そのウルフさんが本気でなにかをしたいとなったら、今さら買収がどうのこうのって。お金の問題なら、わたしにだって充分な財産があるんだから、わたしが――」ミセス・ラッケルは突然言葉を切って、唇を結んだ。「わたしが半分払うわよ」こう続けた。「それでいいでしょ。半分ずつの支払い」ここでウルフに訊く。「相手はだれなの、あのゴヒーンって女?」

ウルフは奥さんを無視して、ラッケルに確認した。「ラッケルさん? いかがですか?」

ラッケルはいい顔をしなかった。妻の強い視線は避けたが、見つめられていることも、圧力をかけられていることも承知していた。ぼくの目がなにかの助けになると思ったのか、こっちにまで視線を向けたが、ぼくは無表情だった。そこで、ウルフに視線を戻した。

「わかりました」と答える。

「受け入れるのですね、わたしが提案したとおりに?」

「そうだ。ただし、支払いはわたしだ。できればやめて――いや、できれば自分で払いたい。落着したときに支払うとの話でしたね。だれが落着したか、しなかったかを決めるんだ?」

「あなたです。そこは解決すべき問題にはならないと思いますが」

「妻がした質問について――目撃者がだれか、知っているのかな?」

「そんな質問をする奥さんは、どうかしていますな。知っていたとして、あなたに教えるのですか？　あるいは、あなたは教えてもらいたいのですか？　今？」

ラッケルは首を振った。「いや、そうではないと思う。ちがうな。理解はできる、そちらに任せておくだけのほうが……」そこで言いよどむ。「この問題について、他になにか話しておきたいことはあるかな？」

ウルフはないと答えた。ラッケルは腰をあげ、自分こそなにか話しておきたいが、なにを話したらいいのかわからない様子で、その場に立っていた。ぼくは席を離れ、ドアに向かった。二万ドルかかる提案を買ってくれたばかりの依頼人に対して失礼なまねはしたくなかったが、依頼人が承諾したからには、ぼくにはやらなければならない仕事があるし、さっさととりかかりたかった。ウルフがどこを目指すつもりか、ぼくにはまだわからなかったが、指示にとりかかるのが早ければ、その分早くわかるだろう。結局二人は戸口に来て、ぼくはそのまま進んで玄関のドアを開けた。ミセス・ラッケルは階段をおりるとき、夫の肘につかまっていた。ドアを閉め、ぼくはウルフのいる事務所に戻った。

「それで？」ぼくは訊いた。「進めるんですか？」

「そうだ」

「そろそろ六時半ですよ。仮に食事をごちそうするとしたら……それが正しい接近方法かどうかは、疑わしいですけど」

「きみは女性への接近方法を心得ている。わたしはちがう」

「そうですね」ぼくは席につき、電話を引き寄せた。「言わせてもらえば、あなたがもくろんだこの離れ業は、刑務所へのすばらしい接近方法ですよ。ぼくら二人ともにとってね」

ウルフは唸った。ぼくはダイヤルを回しはじめた。

第五章

ニューヨークもその気になれば気持ちのいい夕方になることもある。その日はそんな夕べだった。夏らしい気温だったが、暑くもなく、蒸してもない。レキシントン・アベニューの東五十一丁目の歩道脇で停まったタクシーに支払いをして降り、ぼくは観察をした。明るい日差しのなかなら、古い煉瓦造りの灰色の建物はきっと傷みが目についただろうが、黄昏時ではそこまで悪くなかった。ポーチに入り、壁のパネルに並んだ名前を確認する。上から二番目にデブリン＝バークとあった。ぼくはボタンを押し、かちりという音を合図にドアを押し開けて屋内に入った。エレベーターをざっと目で探してみたが、なかったので階段をあがっていった。三階分あがったところ、ドアが開いていて、デラ・デブリンが待っていた。

ぼくは親しみをこめてこんにちはと挨拶したが、なれなれしくならないようにした。デラはあまり親しみをこめずに頭をさげ、壁際に体を寄せてぼくを通し、ドアを閉めた。そのまま先に立ってアーチ型の出入口に向かい、居間に入った。ぼくは同志に対して興味を持っているような顔で、室内を見回した。椅子や長椅子は夏用のカバーをかけられて、きれいで涼しげだった。本棚がいくつかあった。通りに面した窓があり、出入口の横には扉が三つあった。二つは開けっぱなしだったが、一つはきちんとしまっていない状態だった。

デラは腰をおろし、ぼくに椅子を勧めた。「見当もつきませんけど」開いた窓から通りのざわめきが聞こえているとはいえ、やけに大きな声だった。「そんなに謎めいた感じの頼みごとなんて」

座りながら、ぼくはデラを見つめた。隅にある照明が一つついているだけで、薄暗い明かりでのデラは、不美人などではなかった。耳がもっと小さくて、強烈な光を浴びていないときなら、なかなかの器量だったろう。

「謎めいてなんていませんよ」ぼくは訂正した。「電話で話したように、個人的で内密の話ですが、それだけです。ウルフさんはもう一度事務所まで来てくれと頼むのはあんまりだろうと考えて、ぼくをここへ寄こしたんです。ミス・バークは外出中ですね？」

「はい。友達と舞台を見にいってます。『ガイズ&ドールズ』」

「そうですか。いい作品です。これはごく内密な話なんですよ、ミス・デブリン。なので、ぼくらだけしかいませんね？」

「もちろんです。とにかく、どういう話なの？」

三つ、おかしなところがあった。その一、ぼくはぴんときた。ぼくの勘の打率は高い。その二、デラの声が大きすぎる。その三、キャロル・バークの行き先、舞台の名前までしゃべった。不自然だ。

「内密にする理由は単純で」ぼくは切りだした。「自分の行動は、自分で決めるべきだからです。他の人間があなたの決断を手伝おうとどこまで踏みこんでくるのか、あなたはわかっていないんじゃないかと思いまして。ここにはぼくらだけだと言いましたね、それでもちっとも驚きませんよ——」

ぼくはすばやく立ちあがって、きちんとしまっていない扉へ進んだ。一番怪しいと思ったのだ。勢いよく引き開ける。背後からは、デラ・デブリンの押し殺した小さな悲鳴が聞こえた。目の前には、物入れの中でダンボールだのなんだのを積んだ棚までさがったキャロル・バークがいた。一目でぼくはあることに満足した。キャロルの目が、本気ではっとするようなことが起こったとき、どんなふうになるかがわかったのだ。

ぼくはさがった。デラ・デブリンがごちゃごちゃ言いながら、すぐそばまで来ていた。ぼくはデラの腕をちょっと痛いくらいにしっかりつかんで、物入れから出てきたキャロル・バークに声をかけた。「やれやれ、ぼくはそんなひどい能なしにみえたかな？　きみの横目使いは自分で思ってるほど鋭くないんじゃ――」

デラがわめいていた。「出てって、出てってよ！」

キャロルがデラを止めた。「好きにさせておきましょう、デラ」平然とした、人を小ばかにするような口調だった。「吹けば飛ぶような、たかがお使いの助手よ。ボスのために一芝居打とうとしてるんでしょ。一時間くらいで戻るから」

キャロルが動いた。デラは反対意見を並べてキャロルの腕をつかんだ。が、キャロルはその手をほどいて、開いた扉の片方へ入っていった。隣のその部屋からは物音がして、やがてキャロルは上着を身につけ、頭にちょっとしたものを載せて、ハンドバッグを持ち、また出てきた。そのまま玄関に向かう。外へのドアが開き、閉まった。ぼくは窓へ移動して頭を突き出したが、一分ほどでキャロルは歩道に出てきて、西へ曲がっていった。

ぼくは椅子に戻って腰をおろした。開けっぱなしの物入れの扉が目障りだったので、いったん閉めにいった。「なかったことにしようか」座ったぼくは明るく声をかけた。「どのみち、物入れはまずいね。窒息死する。座って、楽にして。その間にぼくがボスのために一芝居打ってみるから」

デラは立っていた。「そっちが言えと命じられたことには、一つも興味がないので」

「だったら、ぼくを入れるべきじゃなかった。ミス・バークを物入れに詰めこむべきじゃなかったのは、もちろんだけどね。片づけてしまおうよ。ぼくは、きみには一万ドルの必要性があるかどうか、見極めたいだけなんだ」

デラは目を見張った。「わたしになんですって?」

「座りなよ、そうしたら話す」

デラは椅子に移動して、座った。ぼくはもっと楽に向きあえるように、体勢を変えた。「まず、殺人事件の捜査についてちょっと話したい。そう――」

「殺人事件の話なら、もうたくさん」

「わかってる。だけど、それが捜査についての話の一つなんだ。殺人事件に巻きこまれたら、きみがどんな話をどれぐらい聞きたいかは問題じゃない。だれもきみの意向を尋ねはしないよ。ラッケルの事件が解決するまで、いや、解決して答えが出そろわない限り、この先一生事件の話を聞かされ続ける。現実に向きあおう、ミス・デブリン」

デラはなにも言わず、両手を握りあわせていた。

「殺人事件の捜査についてもう一つ。だれかが殺されて、警察が捜査に乗りだす。有力な情報を持っていそうな全員が事情聴取される。五十人くらいのいろんな人だとしようか。その五十人のうち、すべての質問に正直に答えるのは何人だろうか? 十人くらいかな、四人か五人だけかもしれない。ベテランの殺人課の刑事ならだれでもいい、訊いてみなよ。刑事はそれくらいだと知ってるし、そう予想してる。だからこそ、それだけの価値があると思えば、同じ相手に何度も何度も同じ質問をぶつけにいく。真実を求めてるんだ。そのやりかたで成功するのは珍しくないから、自分が見たことしたことで細かい点まで話をでっちあげる相手は、だいたいそうやって落とす。もちろん、きみはちがう。あれこれ話をでっちあげたわけじゃない。単純な質問に、『はい』ではなく、『いいえ』で答えただけだ。警察はきみの尻尾を――」

「なんの質問？　今のはどういう意味？」

「いずれその話になる。ぼくは――」

「わたしが嘘をついたってこと？　なんについて？」

ぼくはデラを嘘つき呼ばわりしないために、首を振った。「話が進むまで待ってくれ。あの晩フィフィ・ゴヒーンがレストランでカプセルをすり替えてアーサー・ラッケルを殺し、きみは犯行を目撃した。そう単刀直入に指摘したら、もちろんきみは驚いた顔をするんだろうね。それが当然だ。犯行か、その一部でも見たかと警察に訊かれたとき、見てないと答えたんだから。ちがうかい？」

デラは眉を寄せ、頭を絞っていた。両手はまだ握りあわせている。「でも――でも、そんな指摘はしていないじゃない」

「まあね。なんなら、別の言いかたをしたいな。ネロ・ウルフには独自の捜査方法があるし、結論へ到達する独自の方法がある。ぼくをきみに会いにいかせて、フィフィ・ゴヒーンがカプセルをすり替えるところを見たと警察に言うように促したら、真実と正義のためになると、ウルフさんは結論づけたんだ。だからこそ、ぼくを寄こした。そして、ぼくはきみに促してる。きみにとっては決まりの悪いことかもしれないけど、そんなに大変じゃないよ。さっき説明したとおり、警察がだれかの記憶を突然よみがえらせるのは、はじめてのことじゃないから。ミス・ゴヒーンとは友達だったのでばらしたくなかったが、今になって話さなければならないと気づいた、そう言えばいい。お望みなら、ぼくがここへ来て話すように説得したと言ってもかまわない。ただし、確実に一万ドルの件は持ちだすべきじゃないね。それは――」

「なんの一万ドル？」

「これから話す。ウルフさんはもう一つ結論づけたんだ。なんらかの配慮なしにきみがそんな決まりの悪い思いをしてくれると考えるのは、合理的じゃないだろうってね。そこでラッケル夫妻に提案をして、一定の金額の提供に同意してもらった。そのうち一万ドルがきみの取り分になる、正義への協力に対する感謝の印だ。きみが自分の役目を果たしてくれたら、四十八時間以内に現金で渡す。きみが警察になにを話すか、そこはきっちり議論する必要があるけど、ネロ・ウルフの代理として四十八時間以内の支払いをぼくが保証する。お望みなら、ぼくと一緒にこれから事務所まで行けば、ウルフさん本人が保証するよ。フィフィ・ゴヒーンが犯人で、きみが犯行を目撃したって、ウルフさんが結論づけた根拠は訊かないでくれ。知らないからね。どっちみち、ウルフさんの考えが正しければ、まあいつも正しいんだけど、フィフィは当然の報いを受けるだけだ。それは、きみ自身もわかってるだろう」

ぼくは言葉を切った。デラは座ったまま、身動きもせずにぼくを見つめている。あまり明るくなかったので、その目からはなにも判別できなかったが、すっかり感情がなくなったみたいだった。待ち時間が秒単位から分単位となり、ぼくは本当にデラを麻痺させたんじゃないかという気がしてきて、揺さぶりをかけた。

「わかりやすく説明できていたかな？」

「そうね」デラは呟くように答えた。「わかりやすく説明はできていた」

突然、デラは全身を震わせた。頭を前に垂れ、膝に肘を突いて両手で顔を覆う。震えは止まり、そのまま動かなくなった。あんまり長い間そうしているので、ぼくはもう一押しが必要かなと判断した。が、その言葉を口にするより先に、デラは体を起こして、こう訊いた。「どういうわけで、わたしがそんなことをすると考えたの？」

「考えないよ。考えるのはウルフさんだ。所詮、ぼくは吹けば飛ぶようなお使いの助手だからね」

「帰ったら。帰ってよ！」

ぼくは立ちあがり、ためらった。これまでは指示どおり絹のようになめらかな説明をしてきたと思ったが、そのときは確信が持てなかった。デラに、「はい」か「いいえ」の答えを迫る努力をするべきだろうか、それとも、答えが出ないままにしておくべきだろうか？　デラに見つめられたまま、じっくり考えながら永久に立っているわけにはいかず、ぼくはこう言った。「いい話だと思うよ。番号は電話帳に出てるから」

ぼくは玄関に向かったが、デラにはその背中にかける言葉はなかったようだ。ぼくは部屋から出て、階段を三階分おり、レキシントン・アベニューに向かって歩いた。ドラッグストアで電話ボックスを見つけ、一番よく知っている番号にかける。ほどなく、ウルフの声が聞こえた。

「もしもし」ぼくは言った。「電話ボックスからです。今、出てきたところです」

「先方の意向は？」

「はっきりしません。ミス・デブリンは物入れにキャロル・バークを隠してました。それに対処して、二人きりになってからは筋書きどおりに進めました。ミス・デブリンは心を動かされました。ぼくの説明が上出来だったので、なにも質問する必要はなかったようです。あまり明るい部屋ではなかったんですが、ぼくに見てとれた限りでは、一万ドルを手に入れるという見通しは、ミス・デブリンにとって嫌でたまらないわけじゃなかったようです。ミス・ゴヒーンを苦しい立場に追いこむという考えも同じでした。ただ、決心はできませんでしたね。帰れと言われて、そのとおりにしたほうがいいだろうと判断しました。引きあげの際は、ミス・デブリンは自分自身と格闘中でした」

「ミス・デブリンはこのあとどうするつもりだ?」

「たしかなことは言えませんね。ですが、警察に話す内容はきちんと話しあう必要があると伝えてありますから、その気になれば連絡があるはずです。ぼくの感想を聞きたいですか?」

「ああ」

「わかりました。計画を台無しにする方法の一つ、この件を警察にぶちまけるのは、四十対一でないと思います。ミス・デブリンの気分は、そちらには向かわないでしょう。ぼくらに協力する決心については、二十対一でないです。そこまでの度胸はありません。だれにも話さないでおくことについては、十五対一でないですね。一般原則に基づいた考えです。ミス・ゴヒーンにばらすことについては、十対一でありません。相手を嫌いすぎです。キャロル・バークに話すことについては、二対一ですかね。ただし、ぼくはどっち方向にもあまり深く肩入れしたくありません。ヒースに話すのは、五分五分。だれが共産主義者で、だれがそうじゃないにしても。打ち明ければ、自分がいかにいい人で寛大で気高いかを見せつけることになりますから。もしかしたら、実際にそのとおりなのかもしれませんし。こんなところです。ソールはそこにいますか?」

「いる。これ以上貧弱な可能性に、わたしはだれかの金、自分の金ですら、費やしたことはないのだが」

「特に自分の金は、ですよね。ちなみに、ぼくは自分の身を危険にさらしてるんですが。ぼくの身の危険となると、あなたは恐怖なんてまるで知らんぷりですね。このまま進めるんですか？」

「他にどんな選択肢がある？」

「ありません。ソールは仲間をそこに集めたんですか？」

「そうだ」

「車を飛ばしてぼくと落ちあうように言ってください。六十九丁目と五番街の北東の角です。この瞬間にも、デラはヒースに電話しているかもしれません」

「結構だ。で、きみは戻ってくるのか？」

ぼくはそうしますと答え、電話を切り、オーブンのような電話ボックスから出た。そのときは、唇に氷を触れながら飲むコークアンドライムの大サイズがほしいもの第一位だったが、デラはもう電話をかけていて、ヒースは家で応答しようとしているかもしれない。そこで、ソーダ水売り場を通過して、店の外へ出た。六十九丁目と五番街の角まで、タクシーは六分で到着した。腕時計は九時四十二分をさしていた。

六十九丁目をのんびり東へ進み、ヘンリー・ジェイムソン・ヒースが住んでいる高層マンションのひさしつきの入口から、通りを挟んだ向かい側で足を止めた。下調べの必要はなかった。現地調査と身を隠す場所の確保のために、ソール・パンザーがその日の午後に来ていたからだ。念には念を入れた格好だが、妥当なところだ。三人ずつの三交代で行うかなり難しい尾行になる予想だったのだ。指揮を執るのは、一班がソール、二班がフレッド・ダーキン、三班がオリー・キャザーだ。この編成には一時間につき十五ドルかかる。ウルフが二十対一と認めた可能性に対して、かなりの出費だ。ひさしの近くには制服のドアマンしかいなかったので、ぼくは通りの角までとっとと戻ることにした。

タクシーが到着し、三人の男が降りてきた。二人は経歴を把握して名前を知っている程度だったが、三人目はソール・パンザーだ。崖にぶら下がっているぼくにジェット戦闘機のような鷲の群れが向かってきた日には、声の届く範囲にいてほしい相手だ。なで肩で、鼻ばかり目立つ顔で、実際の五分の一しか強さと体力があるようにみえないし、実際の十分の一しか賢そうにみえない。ソールと会うのは一週間ぶりくらいだったため握手をして、他の二人には軽く頷いた。

「話しておきたいことはあるかい？」ぼくは訊いてみた。

「特には。ウルフさんが詳しく説明してくれた」

「オーケー。頑張れよ。殺人課の連中も張ってる可能性があるのは、承知してるか？」

「もちろん。連中に躓かないように気をつけるさ」

「こいつは大ばくちで、唯一の方法だってわかってるよな？　だから、かまうことはない、さっさと尻尾をつかまえるんだ」

「死ぬ気でやるさ」

「その意気だ。そこから、公園に私立探偵の像が建つことになる。証言台で会おうな」

ぼくは三人と別れた。ぼくが一刻も早く行きたかったのは、コークアンドドライムのあるマディソン・アベニューだったが、一ブロック北の七十丁目に向かった。六十九丁目はもうソール班の担当だ。

第六章

翌金曜日の十一時、ぼくは事務所の机に向かって、ウルフを乗せて植物室からおりてくるエレベーターの重い金属音を聞いていた。

デラ・デブリンから連絡はなかったが、別にどうでもよかった。望みのもの、少なくとも第一段階分は手に入れていたのだ。木曜日の夜十二時四十二分、ソールが電話をしてきて、ヒースが一人でタクシーに乗って到着し、六十九丁目の家に入ったと報告した。その夜はそれだけだった。翌朝六時二十分、フレッド・ダーキンと仲間の二人に引き継いで、現地周辺について説明したとの電話があった。十時二十三分、フレッドが電話をしてきて、ヒースがマンションを出て、タクシーで東五十一丁目七一九番地へ向かい、入っていったと報告された。前日、ぼくが訪問した灰色の煉瓦造りの家だ。当局が尾行している気配はないらしい。要所要所に張りこんでいるのだ。フレッドには、頑張ってくれたらぼくのお気に入りのアイルランド人のままでいられるぞと伝えた。そして、植物室のウルフに内線電話をかけ、現状について説明した。

やがてウルフは事務所に来て、机に向かい、朝の郵便物に目を通し、小切手二枚にサインをして、ウィスコンシン州の男へソーセージに関する問い合わせの手紙を口述し、最終的に『ロンドン・タイムズ』のクロスワードパズルに取り組んだ。ぼくはいつもの仕事をちゃんと普段どおりにこなし、どんなにきわどい緊迫した情勢になってもウルフと同じくらい落ち着いていられるところをしっかり示した。封筒の宛名書きを終えて、タイプライターからくるくると引き出しているとき、玄関の呼び鈴が鳴った。廊下に出て応答しようとしたが、マジックミラーを一目見ただけで、回れ右をして事務所に戻り、告げた。

「賭けの胴元として、ぼくは失格みたいです。四十対一でデラは警察にぶちまけないと言いましたから。ウェンガートとクレイマーが来ています。裏口からこっそり抜け出して、メキシコに高飛びできますが」

ウルフは顔をあげる前にきちんと手紙をしまった。「ふざけているのか？」

「ちがいます。二人が来ています」

「ほほう」ウルフの両方の眉が少しあがった。「通せ」

ぼくは廊下に出て玄関に向かい、ノブをひねってドアを開けた。「やあ、どうも」と明るく声をかける。「ウルフさんはほんの一分前にクレイマー警視とウェンガートさんの顔が見たいと言ってたところなんです。ちょうどよかった」

明るく声をかけたのに、うまく通じなかった。二人は最初の「やあ」のところで入ってきて、言いおわったときには廊下の先まで進んでいた。ぼくはドアを閉め、あとを追った。事務所に入ると、ウェンガートとウルフが握手をしていて、先行きは明るいように思えたが、攻撃開始前にいつも被告人と握手をして私情はないと見せつける検事を思い出した。クレイマーは普段ウルフの机の端に近い赤革の椅子に座るのだが、今回はウェンガートに譲った。ぼくは黄色い椅子を一脚運んできた。

「先日グッドウィンによろしく伝えてくれと頼みました」ウェンガートは言った。「忘れられていないといいのですが」

　ウルフは頭を少し傾けた。「聞いていますよ。ありがとうございます」

「こんなにすぐ会うことになるとは思わなかったもので」

「わたしもです」

「いや、そうでしょうね」ウェンガートは足を組み、椅子にもたれた。「グッドウィンの話では、ベンジャミン・ラッケル夫妻の依頼を引き受けたとか」

「そのとおりです」ウルフは受け流した。「甥の死についての捜査です。二人の話では、アーサー・ラッケル氏はFBIのために働いていたそうですな。あなたたちの攻撃地点をうろうろするのは無分別だろうと判断し、グッドウィン君を面会にいかせたわけです」

「詭弁《きべん》はやめましょう。グッドウィンを寄こしたのは、有益な情報を手に入れるためだった」

　ウルフは肩をすくめた。「全知の神を前に、嘘ではないと誓ってもいいですよ。わたしの行動目標は自分でもはっきり特定できないことが多いが、そちらではすべて把握しているのでしょうな。あなたの強みだ。グッドウィン君の目的がそちらの見立てどおりだったなら、失敗に終わった。あなたはグッドウィン君に何一つ話さなかった」

「そのとおり。われわれの捜査資料は自分たちのものであって、私立探偵用ではない。わたしがここへ来た以上、FBIが今回の事件の捜査に着手したのはわかるだろうが、その点は非公開事項でね。仮にそちらがわれわれの攻撃地点に入りこみたくなかったのなら、間違いなくしくじった。とはいえ、公式な捜査担当はマンハッタンの殺人課です。ですから、わたしはここでは立会人です」クレイマーに向かって頷く。「進めてください、警視」

クレイマーはやっとのことで我慢していた。我慢はクレイマーにとって慢性的な課題で、いろいろな症状が現れる。一番よくわかるのは、大きな赤ら顔がさらに赤くなり、その色が太い筋肉質の首まで広がっていくところだ。たまりかねたようにウルフへ言う。「まったく、驚いたぞ。グッドウィンならまだしも、あんたもか！　偽証教唆。証人に嘘の証言をさせるために買収しようとするとはな。そこそこ火遊びをするってことは承知してたが、まさかだ！　これは火遊びどころじゃない、臆面もなく見せつけてるじゃないか！」

ウルフは眉を寄せていた。「グッドウィン君とわたしが偽証を教唆したと言っているのですか？」

「やろうとしただろうが！」

「それはそれは、重大な容疑です。逮捕状をお持ちにちがいありませんな。ぜひ、執行してください」

「渡しなさい、警視」ウェンガートが促した。

クレイマーの頭が勢いよくこちらを向いた。「お前は昨晩、五十一丁目にあるデラ・デブリンのアパートに行ったな？」

「今日は昨日より暑いですね」ぼくは答えた。

「こっちは質問してるんだ！」

「子供じみた行為ですな」ウルフが応じた。「重罪の容疑に対する訴訟手続きは承知しているはずです。わたしたちもわかっています」

「逮捕状を執行しなさい、警視」ウェンガートが繰り返した。

クレイマーはウルフを睨んでいた。「あんたが訴訟手続きを承知しているだと。いいだろう。昨日、あんたはグッドウィンをデラ・デブリンに会いにいかせた。グッドウィンはあんたの名前を出したうえで、嘘の証言のために一万ドルを申し出た。フィフィ・ゴヒーンがテーブルから薬のケースをかすめて、カプセルを一つとりだし、別のと入れ替えてから戻したのを見たってな。金はラッケル夫妻から提供され、デブリンが証言したあと現金で渡される。偽証教唆なんて言うべきじゃなかったな。偽証の企てだ。さて、グッドウィンにいくつか質問させてもらうぞ」

「わたし自身、一つ質問したいことがあります」。ウルフの目がこちらに向けられた。「アーチー。クレイマー警視が今言ったことは本当か？」

「ちがいます」

「では、質問には答えないように。警官には、市民の行動に関して不正確な発言をして、その行動について質問に答えるよう命じる権利はない」ウルフはクレイマーに矛先を向けた。「この件は無限に引き延ばすことができます。理性的かつ決定的に解決してはどうです？」そして、ぼくに声をかけた。「アーチー。ミス・デブリンに電話をかけて、すぐにここへ来るように頼みなさい」

ぼくは体の向きを変え、ダイヤルを回しはじめた。

「やめろ、グッドウィン」ウェンガートが鋭く制した。ぼくは手を止めなかった。その気になれば動けるクレイマーが、席を立ってぼくのそばまで来て、フックスイッチを押し下げた。ぼくは小首をかしげてクレイマーを見あげた。クレイマーは苦い顔でこっちを見おろしている。ぼくは受話器を置いた。クレイマーは椅子に戻った。

「では、話題を変える必要がありますな」ウルフは素っ気なく言い放った。「今の立場を守ることはできませんよ、明らかではありませんか。わたしの代理人としてグッドウィン君がミス・デブリンに話した内容をもとに、あなたがたはわたしたちを脅したがっている。まず証するべきは、実際になにが話されたかです。それを証するのに唯一の納得できる方法である以上、当事者二人をここに招集すればいい。しかし、あなたはミス・デブリンを同道しなかっただけでなく、わたしたちと接触させまいとまで思い定めている。ミス・デブリンになにが起こっているのかを知らせたくないのは明らかですな。不合理極まりない。しかし、わたしはなんの結論も導き出していません。ニューヨーク市警とＦＢＩが一市民をだますために共謀するなどとは考えられない。たとえ、わたしが相手であっても」

クレイマーはまた赤くなってきた。

ウェンガートが咳払いをした。「いいかな、ウルフ」口調は喧嘩腰ではなかった。「ここに来たのは、道理をわきまえて話をするためです」

「結構。では、進めてはどうです？」

「そうしますよ。この事件には、アメリカ合衆国政府と人民の利益が絡んでいる。わたしの仕事はその利益を守ることでね。あなたやグッドウィンはその気になれば秘密を守れることは承知しています。今から話すことは、ここだけの話だ。そこは了解できるかな？」

「はい」

「グッドウィンは？」

「この場にいられて光栄だよ」

「光栄なままでいられるようにしろよ。アーサー・ラッケルは、ＦＢＩで活動していると叔母に話した。それは嘘だ。共産党の党員か、支持者だった。当局ではどちらか断定には至っていない。自分がＦＢＩの一員だと話した叔母以外の相手は把握できていないが、調査はしている。警察もだ。なんらかのかたちでＦＢＩの件を聞いて、それを鵜呑みにした共産主義者に殺害された可能性があるからな。他にも動機はあった、個人的なものだ。ただし、共産主義者の犯行の線が除外されるまで、もしくは、除外されない限り、それが最優先事項だ。これで、わたしたちが関わっている理由はわかるだろう。このニューヨークや州だけではなく、合衆国全体の公共の利益が絡んでいる。理解できますね？」

「理解していましたよ」ウルフは呟くように答えた。「一昨日、グッドウィン君を面会にいかせたときにね」

「それはさておき」ウェンガートは腹を立てたくなかったらしい。「あなたの立場はどうか？　そこが問題です。そちらの目的は殺人犯を捕まえて報酬を得ることだけだと認めます。しかし、昨日グッドウィンをミス・デブリンの家に送りこんで金を払うと申し出たことを、こちらは知っています。ミス・ゴヒーンが犯行に及ぶ現場を見たと言わせるためにね。なおかつ、あなたがただの悪ふざけでそんな危険かつ目につく行為をしそうにないことも知っています。自分がなにをしているか、なぜそんなことをしているのか、ちゃんとわかっていたはずだ。公共の利益は尊重すると言っていましたね。そういうことなら、ここにいる警視が公共の利益を代表しているし、わたしも同じです。洗いざらい話してもらいたい。話してもらえるものと、確信しています。なにを、だれを狙っているのか？　あんな派手なまねをして、どんな結果を期待しているのか？」

ウルフは半分閉じた目で、哀れみをこめてウェンガートを見つめていた。「あなたは愚かではありません、ウェンガートさん」視線が動いた。「あなたもです、クレイマー警視」

「そりゃ結構」クレイマーは怒鳴った。

「平均を考えれば、実際そうです。しかし、ここに来て、高飛車もしくは丁重にそんな発言をするのは、浅はかですな。説明しましょうか？」

「あまり煩雑でなければ」

「できるだけ、簡潔にします。では、複合的仮説を立ててみましょう。わたしはある一定の目的のために法外な支払いの許可をラッケル夫妻からとりつけた。わたしはグッドウィン君をミス・デブリンに会いにいかせた。グッドウィン君はミス・デブリンに話をした。ミス・ゴヒーンがアーサー・ラッケルを殺害し、ミス・デブリンが犯行を目撃したとの結論をわたしが下した。その事実を警察に知らせるべきだと、わたしはミス・デブリンに勧告した。ミス・デブリンの味わう精神的苦痛や難儀の埋め合わせとして、ラッケル夫妻から提供される金のうち、相当な額の支払いを約束した」

ウルフは手のひらを立てた。「わたしがそういう行動をとったと仮定しましょう。一連の行為は、偽証の買収未遂ではありません。ミス・デブリンに偽りの証言をさせる意図がわたしにあったとの立証はできないのですから。ただし、ミス・ゴヒーンから慰謝料を請求される危険はたしかにあります。それは計算ずみの危険で、避けようがありませんでした。計算が健全かどうかは事態の動き次第です。司法妨害の罪で起訴される危険もありましたが、それもまた事態の動き次第です。司法を妨害するのではなく正義を行ったこと、ミス・ゴヒーンが不相応の損害を受けていないことが証明されれば、わたしの行為は完全に正当だと認められるでしょう。そうなることを望んでいます。そう期待しています」

「そうであれば、説明を――」

「失礼。しかし、考えてみてください。今の話がすべて実行されて、わたしがその点を認め、自分の計算と意図をあなたに話したとしましょう。そうなれば、あなたは妨害を試みるか、わたしと一緒に活動するかの二者択一を迫られることになる。妨害は、愚かな行為となるでしょう、間違いありません。従って、考えられません。しかし、積極的にしろ消極的にしろ、わたしと行動を共にするのも、やはり考えられない。結果がどうなるにせよ、殺人事件の関係者に事実の暴露と引き換えに大金を出すという申し出です。たとえ疑いようのない事実だとしても、協力して差し支えないはずがない。公的な立場上、禁じられているのです。わたしは一民間人で、その方策に堪えうる。あなたがたには無理です。いったい、なんのためにここへ来たのですか？　わたしが敗北、恥辱、処罰に向かっているのであれば、それは自業自得です。あなたたちは受け入れがたい選択肢に直面するだけなのに、なぜここへ飛んできたのです？」

ウルフは片手をひらひらと振った。「幸い、これはただのおしゃべりです。複合的仮説について議論していただけです。現実に戻ると、そちらが適切に求める情報については喜んで提供しますよ。もちろん、グッドウィン君も同じです。それで？」

二人は顔を見合わせた。クレイマーは鼻を鳴らした。ウェンガートは耳を引っ張って、ぼくを見た。ぼくは一点の曇りもない無邪気な顔で見返した。ウェンガートはなんの足しにもならないと悟って、ウルフに視線を移した。

「正確な予想を立てましたね」ウェンガートは言った。「ミス・デブリンに電話をかけろとグッドウィンに命じたときです。こちらも予想しておくべきだった。あれは失策だった」

電話が鳴った。ぼくは椅子を回して応答した。「ネロ・ウルフ探偵事務所。こちらはアーチー・グッドウィンです」

「ラトナーです」

「ああ、こんにちは。小さな声で頼む、ぼくの耳は敏感なんで」

「ダーキンに電話を頼まれました。自分が対象者に張りついていられるからって。対象者は十一時四十一分に東五十一丁目七一九番地の家を出ました。一人でした。レキシントン・アベニューまで歩き、角を曲がってドラッグストアに入り、今はそこの電話ボックスです。おれは道路を挟んで向かいのレストランにいます。指示はありますか？」

「なんにもないよ、ありがとう。家族によろしく伝えてくれ」

「了解」

　電話は切れ、ぼくは受話器を置いてパーティーに戻ろうと椅子を回した。が、どうやらお開きらしい。二人は立ちあがり、ウェンガートは出ていこうと背を向けたところだった。クレイマーはしゃべっていた。「……だからって、全部がここだけの話ってわけじゃない。そこは了解しておいてもらいたい」

　クレイマーは向きを変え、ウェンガートに続いて外に出た。ぼくが大急ぎで二人を追い越してドアにたどり着いたところで、意味はない。大の男二人なんだから、ノブを回して引っ張れるはずだ。それでも、廊下まで行って、様子を確認した。二人は外に出て、ドアが閉まり、ぼくは事務所に戻ってウルフに声をかけた。「すっかり整理がつきましたね。ですが、二人がぼくにデラ・デブリン宛ての電話をかけさせていたら、どうなんです？」

　ウルフは顔をしかめた。「くだらん。当局がミス・デブリンから情報を得ていたなら、わたしを訪ねてはこなかっただろう。きみに迎えを寄こしたはずだ、おそらくは令状を持ってな。それは予期される緊急事態の一つだった」

「それでも、電話は許したかもしれませんよ」

「考えにくい。そうすれば、当局が事情を把握していることを暴露することになる——ミス・デブリンに対して、ひいては世間に対して——それは情報提供者への裏切りだ。しかし、仮に電話をかけさせたとしても、ミス・デブリンがこちらに向かっている間に、二人と話を進めて、到着時には帰らせていただろう」

ぼくは黄色の椅子を片づけた。「ともかく、連中が電話をかけさせなかったのをぼくは喜んでますし、あなたも同じですよね。さっきの電話はラトナーからで、フレッドの代わりの報告でした。ヒースがミス・デブリンと過ごしたのは、一時間四分。十一時四十一分にそこを出て、ラトナーが電話をかけてきたときには、ドラッグストアの電話ボックスにいたそうです」

「それは結構だ」ウルフは鉛筆をとりあげ、軽くため息をついてクロスワードパズルを覗きこんだ。

第七章

　夏至は例年六月二十一日頃とされているが、この年は八月三日だった。クレイマーとウェンガートが帰ったあと、何週間も続いたような気がした。ぼくはずっと事務所で過ごし、おもしろいどころじゃなかった。やる気をあげてくれることは一つしかなくて、失わせることは一ダースもあった。ヒースを見失うかもしれない。ヒースは電話でけりをつけるかもしれない。まずないだろうが、絶対ではない。ウルフの計算が大間違いかもしれない。実際、二十対一と見積もっている。特定できない場所でヒースが犯人に会うかもしれない。警察もしくはＦＢＩが割りこんできて、台無しにするかもしれない。かもしれない、かもしれない、かもしれない。

　一時間につき五ドルが支出に追加された。万一ぼくの出動を要請する電話がきたら、移動手段を確保するのに貴重な一分、いや、一秒たりとも無駄にしたくない。というわけで、十一番街の角にあるガソリンスタンドにハーブ・アロンソンがタクシーを駐めておくことになったのだ。費用はこっち持ちだ。おまけに、ここへはお昼を食べにくるし、夜七時には夕飯を食べにくる。

　電話が鳴るたび、ぼくは飛びついた。ぼくは電話を待っていたし、待っていなかった。スタートの号砲かもしれないし、見失ったという悲惨な知らせかもしれない。ニューヨークで一人の人間を尾行し続けるのは、とりわけ相手に自由な私生活を望む重大な理由がある場合、高度な技術だけじゃなく、運もたっぷり必要だ。技術は買ってある。ソールとフレッドとオリーだ。ただ、運は買えない。

運は続いていた。尾行もだ。フレッドからラトナー経由の報告は、オリー・キャザーと交代する二時までにさらに二回あった。一つ目は、ヒースが眼鏡屋と本屋に行ったあと、四十五丁目のレストランに入り、人相を聞く限りぼくには身元の心あたりのない男二人と食事をしているという内容で、もう一つはオリーに居場所を伝えるための連絡だった。相変わらず、当局が尾行している気配はない。午後から夕方にかけて、オリーからも何度か報告があった。ヒースと連れは二時五十二分にレストランを出て、ヒースの住まいである六十九丁目のマンションまでタクシーで移動し、入っていった。五時三十五分、二人の男は出てきて、歩き去った。七時三分、ヒースが出てきて、タクシーに乗り、レストラン〈シェザール〉に行き、そこでデラ・デブリンと落ちあって、夕食をとった。九時十四分、二人は店を出て、タクシーで五十一丁目にある灰色の煉瓦の建物に向かい、入っていった。オリーがソール・パンザーと交代する十時には、ヒースはまだ中にいた。オリーとソールの待ち合わせ場所は、五十一丁目とレキシントン・アベニューの角だった。

その時間には、手元にありさえすれば、ぼくは鉄道用の大釘を噛んでいただろう。ウルフは懸命に平静を装おうとしていた。九時半から十時半までの間に、四回も本棚まで歩いていってちがう本を試した。新記録だった。

ぼくは噛みついた。「なんなんです、落ち着かないんですか?」

「そうだ」ウルフは平然と答えた。「きみは?」

「落ち着きません」

事態が動いたのは十一時少し前だった。電話が鳴り、ぼくが応答した。ビル・ドイルだった。

呼吸が荒いようだった。「息が切れて」ドイルはこう言って、息を少し無駄にした。「ヒースは出てきたとき、知恵をつけていて、小細工をはじめたんです。アルをわざと発見させて、まいたように思わせました。ソールのやりかたはわかってますよね。それでも、見失いかけました。ヒースは八十六丁目と五番街の角に来て、徒歩で公園に入りました。ベンチには引き綱つきのコリーを連れた女が座っていて、ヒースは立ち止まって話をはじめたんです。ソールの意見じゃ、あなたに来てもらったほうがいいと」

「同意見だ。どんな女だ？」

「わかりません。おれは後ろにずっといて、様子がわかるほど近づいてないので」

「ソールはどこに？」

「茂みの陰の地面の上です」

「そっちは今どこだ？」

「ドラッグストアです。八十六丁目とマディソン・アベニューの角」

「八十六丁目の公園入口にいろ。今から行く」

ぼくは振り返って、ウルフに告げた。「セントラルパークです。犬を連れた女と会ってます。それでは」

「武器は持ったか？」

「もちろんです」ぼくは戸口から答えた。

「連中は自暴自棄になるぞ」

「ぼくはもうなってます」

ぼくは外に出ると、階段を駆けおり、角まで走った。ハーブはタクシーの車内でラジオを聞いていたが、駆け足のぼくに気づくとスイッチを切り、ぼくが乗りこんだときにはエンジンを始動させていた。ぼくは言った。「八十六丁目と五番街の交差点まで」車は走りだした。

十番街ではなく、十一番街を進んでいった。十番街のつながりの悪い信号では、平均二十五マイル以上は出せない。十一番街なら、車を飛ばせば一つの信号で十二ブロックかそれ以上進める。で、ぼくらは車を飛ばした。五十六丁目で東に曲がる。街を横切るのは回り合わせがよく、五番街で左折した。のろのろ運転はやめろとハーブに言うと、降りて歩けと言い返された。八十六丁目まで来ると、タイヤが停止する前にぼくはドアを開けて飛びだし、通りを公園側に渡った。

ビル・ドイルがいた。馬についての本を読みすぎるうえに信じすぎる、青白くてひょろひょろした男だ。ぼくは訊いてみた。「新しい動きは?」

「なにも。ここで待ってたんで」

「犬を刺激しないで、ソールの茂みを教えられるか?」

「同じ場所にいるなら、大丈夫です。だいぶ距離がありますよ」

「残り百ヤードまで近づいたら、草地に入るぞ。ぼくらの足音が止まったと気づかれちゃまずい。行こう」

ドイルは公園に入り、舗装された小道を進んだ。ぼくもついていった。最初の三十歩は上り勾配で、右に曲がっていた。公園の明かりの下では二組の若い男女が立ち止まって話をしていて、そこをよけて通る。小道は平らでまっすぐになり、張り出した木の枝の下に入った。別の明かりを通過する。男が一人、反対方向から杖を揺らしながら大股で歩いてきて、行き違った。小道は左に曲がり、ちょっとした広場を横切り、背の低い木々の間に入っていった。ちょっと進むと、分かれ道に出て、ドイルは足を止めた。

「二百フィート先にいます」ドイルは分かれ道の左側を指し、小声で言った。「というか、いました。ソールは向こう側です」

「わかった。先に行くよ。触って、合図してくれ」

ぼくは草地に入り、分かれ道の右に沿って歩きだした。ちょっとした上り坂になっていて、枝の下では屈んで進まなければならなかった。そんなに行かないうちにドイルがぼくの袖を引いた。振り向くと、左側を指さしている。「あそこの茂みです」囁き声がした。「真ん中の、でかい茂み。あそこに入っていきました。ただ、おれにはソールが見えないんですけど」

ぼくは両目とも視力二・〇だ。暗さにも慣れていたが、一分くらいは見つけられなかった。見つけてしまえば、茂みの下の丸まった体は見間違いようがなかった。背筋がざわざわした。ソールがまだいるということは、ヒースだってまだ視界内にいるのだ。十中八九、犬を連れた女もいる。もちろん、茂みのせいでぼくに二人は見えなかった。どうするか、考えた。二人が別れる前に、一緒のところを押さえたい。ただ、ソールが会話を聞きとれるほど近くにいるのなら、ぶち壊しにはしたくない。一番やる気をそそられる考えは、ソールのいる茂みまでこっそり移動して、参加することだが、物音を聞かれるかもしれない。二人は大丈夫でも、犬が聞きつける可能性がある。ソールの茂みをじっと見ながら、ドイルの横で立ったまま夢中になって考えを巡らせているうちに、背後の足音に気がついた。小道をこちらに向かってくる。まあ、夜の公園を散歩しているだけだろうと思って、振り向きはしなかった。その足音が止まって、声をかけられるまでは。

「虎でも探してるのか？」

ぼくは振り向いた。公園内を巡回中の警官だった。「こんばんは」ぼくは丁寧に挨拶した。「そうじゃありません。空気を吸っていただけです」

「空気なら、小道の上でも同じだろう」警官は草地に入り、近づいてくる。ぼくらを見ているのではなく、その先、ぼくらが見つめていたほうに視線を向けていた。突然、警官は唸って足を速めた。ソールの茂みにまっすぐ向かおうとしている。警官も目がいいようだ。考える時間はなかった。ぼくは急いでドイルの耳に囁いた。「制帽を奪って、走れ――行け！」

ドイルは行った。ぼくはこの先ずっとドイルを好きでいるだろう。なにしろ、十分の一秒もためらわなかった。四歩飛んで、警官に近づき、片手をさっと動かして帽子をつかむや、右に急旋回して小道へと逆走した。ぼくはその場に立っていた。警官は反射的に行動した。悪ふざけを無視して茂みの陰の物体を調べにいくのでもなければ、ぼくに向かってくるのでもなく、止まれと叫びながらドイルと制帽を追いかけてすっ飛んでいった。ドイルはもう小道に入って猛スピードで走り、かなり間をあけていたが、警官もカタツムリじゃない。二人の姿は視界から消えた。

この大騒ぎで、状況はすっかり変わってしまった。ぼくは急いで草地を左へ横切り、分かれ道の反対側に出て、進んでいった。角を曲がると、いた。ヒースがベンチで女と座っている。大型のコリーが二人の足下に寝そべっていた。ぼくが二人の正面に立つと、コリーは体を半分起こして唸り、誰何してきた。ぼくは片手をコートのポケットに入れていた。

「大丈夫だって、言ってやってくれ」と声をかけた。「犬を撃つのは嫌いなんでね」

「どうしてあんたが……」ヒースは言いかけたものの、やめた。そして、立ちあがる。

「そう、ぼくです」ぼくは言った。「ネロ・ウルフの代理です。叫んでも無駄ですよ、こっちは二人なんで。出てこいよ、ソール。犬に気をつけろ。命令を待たないかもしれないから」

茂みのほうから音がして、すぐにソールが出てきた。茂みを回って、ぼくの右側に立つ。犬が声を出した。唸るというより鼻を鳴らしているみたいで、動きはしなかった。女は犬の頭に片手を置いた。ぼくはソールに訊いた。「二人の話は聞こえたかい?」

「だいたいはね。充分だ」

「おもしろかったかい?」

「そうだな」

「これは違法行為だ」ヒースが宣言した。怒りかなにかで、半分息が詰まっている。「これは権利の侵害で――」

「ばかばかしい。他にとっとけよ、必要になるかもしれないから。八十六丁目の入口にタクシーを待たせてある。ぼくら四人と犬でちょうどよくおさまるよ。ウルフさんが待ってる、行こう」

「きみは武装している」ヒースは言った。「凶器を用いた暴行だ」

「家に帰ります」女ははじめて口を開いた。「わたしからウルフさんに電話します。でなければ夫が。そのうえで、この件に対応しましょう。わたしは犬を連れて公園に来たんです。たまたま、こちらの紳士と話しこんでしまって。こんなの、あんまりじゃないですか。まさか犬に危害を加えたりしないでしょうね」

女は腰をあげ、コリーはすかさず立ちあがって飼い主の膝に寄り添った。

「そうですね」ぼくは頷いた。「犬を撃つのが嫌なのは認めます。ウルフさんは自分を好きすぎて、隙あらば最後の審判の日に神の御座を横取りしかねないことも認めます。で、あなたは犬と一緒に家に帰る。ソールとぼくは警察とＦＢＩに行って、ぼくが見たこと、ソールが見聞きした内容を報告する。ただし、当局を言いくるめてぼくらの信頼性を損ねられるなんて思い違いはしないでください。あなたがたに一定の社会的信用があるように、ぼくらにもありますから」

二人は顔を見合わせた。いったんぼくを見て、また顔を見合わせる。

「ウルフさんに会います」女が言った。

ヒースは視線を向ける相手を見つけたいのか、右を見て、次に左を見た。そして、女に向かって頷いた。

「そうこなくちゃ」ぼくは言った。「先に行ってくれ、ソール。八十六丁目の入口だ」

第八章

　ハーブのタクシーはウルフの家の前で歩道際に駐まり、コリーは残していくことにした。西三十五丁目の家に犬が入ったことは一度もないし、ぼくと緊張状態にある犬のために前例を破るほどの意味は感じなかった。ハーブは忠告に従って、ガラスのパネルを閉めた。

　ぼくは先に立って階段をのぼり、ドアを開け、客をソールと一緒に表の応接室に通し、そこから事務所に入った。

「準備ができました」ぼくはウルフに声をかけた。「あなたの番です。この家にいますよ」

　机の奥にいたウルフは読みかけの本を閉じ、置いた。そして、尋ねる。「ミセス・ラッケルか？」

「そうです。二人は犬と一緒にベンチに座っていて、ソールが茂みの陰で話を聞くことができました。ただ、ぼくは内容を知りません。二人には、当局かあなたかの選択肢を与えたら、あなたを選びました。ミセス・ラッケルはたぶん、買収できると思っているんでしょう。先にソールと会いたいですか？」

「いや。通してくれ」

「ですが、ソールから話を――」

「必要ない。あるいは必要になった場合……今にわかる」

「ソールも一緒に通すんですか？」

「そうだ」

境目のドアまで行って、開けると、ぼくはどうぞと声をかけた。三人は入ってきた。ミセス・ラッケルは赤革の椅子を目指していって、腰をおろした。あんまりきつく唇を引き結んでいるので、口がなくなったみたいにみえた。ヒースの顔は完全な無表情だったが、たとえ感情を示そうとしても、あの手の丸いずんぐりしたご面相では難しかったにちがいない。ソールは奥の壁近くの椅子に腰をおろしたが、ウルフに近くへ来るように言われ、ぼくの机の端にある椅子に移動した。

ミセス・ラッケルが話を進めた。自分を内偵したうえに、警察を持ちだして脅すなんて、卑怯もいいところだ。恥ずべき行為で、裏切りだ。容認するつもりはない。

ウルフは言うだけ言わせて、冷たく応じた。「驚きますな、マダム」と首を振る。「生きるか死ぬかの瀬戸際に、職業倫理の理屈を振り回すとは。わたしがなにをしたか、気づいていないのですか？わたしたちの立場を把握していないのですか？」

「そっちこそ一人で理屈を振り回しているじゃないか」ヒースの声は荒々しかった。「わたしたちは脅迫によってここに連れてこられた。なんの権利があってのことなんだ？」

「説明しましょう」ウルフは椅子にもたれた。「わたしにとって、こんな話はおもしろくもなんともありませんので、手短にします――わたし側の話をね。しかし、あなたがたは状況を正確に把握する必要がありますな、きわめて重大な決断をすることになるのですから。まずは、こちらのソール・パンザー君を紹介します」ウルフの視線が動いた。「ソール。きみはヒースさんを尾《つ》けて、ミセス・ラッケルとの密会に行き着いたな？」

「はい」

「では、こちらであえて推測しよう。ヒースさんの目的は、ミス・ゴヒーンに罪を着せるための資金提供に対する抗議だったと推測する。そして、その試みを放棄するように要求した。きみは二人の会話をおおよそ聞いたんだな？」

「はい」

「その会話は、わたしの推測と食い違っていたか？」

「いえ」

「裏づけとなったか？」

「はい。充分に」

ウルフはヒースに矛先を向けた。「パンザー君のすぐれた資質は周知の事実です、あなたは今までご存じなかったでしょうがね。陪審はパンザー君を信じると思います、警察とＦＢＩは確実に信用するでしょうな。当方からの助言です。危険因子を切り捨てなさい」

「危険因子？」ヒースは鼻で笑おうとしたが、顔からして無理だった。「危険などないが」

「今、発生するところですよ。そちらでは手の打ちようがない」ウルフは指を一本、ヒースに向けて軽く動かした。「逐一説明しなければなりませんか？　一昨日、水曜日の夜、あなたと他の六人がここにいたとき、わたしは途方に暮れていました。諦めるか、一ダースの複雑な筋立ての質問をまとめて試してみるか。質問はどれをとってもわたしの才能を酷使することになったでしょう。どちらの選択肢も耐えがたかった。起きてしまった出来事については手の施しようがないと判明した結果、自分の目の前でなにかが起きるようにしてみるしかなかったのです。そこで、策略を考案しました。上出来とは言いがたいですが、それが実行可能な最善の方法でした。わたしはラッケル夫妻に提案をしました。言葉は慎重に選びましたが、要するに、証人を買収して不正工作により事件を解決するための金を求めたのです」

ウルフは鋭い視線をミセス・ラッケルに向けた。「愚かにも、あなたは馬脚をあらわした」

「わたしが？」ミセス・ラッケルは鼻であしらった。「どんなふうに？」

「あなたはその提案に飛びついた。後ろ暗いところのないご主人は懐疑的でしたが、あなたはちがった。こう考えたのでしょう。事件を手に余ると判断したわたしが、偽装工作により報酬を得ようとしていると。それをあなたは、積極的に黙認した。なぜか？　あなたの人柄には合わないし、実際とんでもないことです。甥御さんを殺した犯人を捕まえて罰を受けさせたいとの言い分だったのに、明らかにあなたは大金を、しかも自分の金を使って、他人に濡れ衣を着せることに前向きだった。この指摘どおりなのか、批判力がなさすぎるのか。少なくとも推測を巡らせる価値はある」

ウルフからまっすぐ向けられた強い視線を、ミセス・ラッケルは受けとめていた。ウルフは続けた。

「そこで、推測を巡らせてみました。あなた自身が甥を殺していたのなら、どうなのか？　毒物の入手に関しては、他の人と同程度に可能だ。機会に関しては、ミセス・クレンプがアーサー氏の部屋に行って薬のケースにカプセルを移したあと、あなた自身は立ち入っていないと言っていますが、それを証明できますか？　わたしの知っている限り、あなたを容疑者から除外する事由はない。FBIと警察につきまとったのも、自分自身の安全保障のためだった可能性がある。ここへ来ることを主張したのはご主人だった。当然、あなたは立ち会いたがった。動機に関しては究明が必要になるでしょうが、推測を巡らせるならば、あなた自身から提供された材料が目の前にある。実際の証拠はないものの、甥御さんは背信を察知した共産主義者に殺されたと、あなたは強く主張していた。火曜日に夫婦でここに来たとき、最初にその話を持ちだした。それは半ばだけ真実で、あなた自身が共産主義者なのでは？」

「ばかばかしい」ミセス・ラッケルは鼻を鳴らした。

ウルフは首を振った。「必ずしもそうではありません。わたしとしては、無責任かつ不当に共産主義よりの人々を攻撃する最近の傾向を残念に思っていますが、たとえどんな看板を掲げていたとしても、人はだれでも密かに共産主義を支持できるのです。ここで、疑問が出てきます。あなたが実際に共産主義者あるいは支持者だとしたら、甥御さんがＦＢＩで働いていると嘘をついてごまかさなくてはならないほど追い詰めたのはなぜか？　自分自身も共産主義を信奉していることを打ち明けなかったのはなぜか？　もちろん、そんな勇気がなかったのです。甥御さんは変節する危険性があった。共産主義者から転向し、知っていることを洗いざらいしゃべってしまうかもしれない。ここ一、二年で、大勢がやっていますからね。あなたは夫や友人に対する看板を守るために、甥御さんを追及し続けなければならなかった。アーサー氏が共産主義者の不倶戴天の敵であるＦＢＩの工作員だと知り、あるいは知ったと思ったとき、あなたは大変な衝撃を受けたにちがいない。甥御さんはあなた自身の家庭内に存在する、差し迫った脅威となったのです」

ウルフは座ったまま、少し体を前に出した。「二日前にはこれがすべて推測でしたが、今はちがいます。あなたがヒースさんと会ったことで、揺るぎない想定となりました。ヒースさんと密かに会ったのはなぜか？　ヒースさんがミス・デブリンへの賄賂の撤回を要求する権利は、どういう事情で生じたのか？　そうですな。あなたが密かに共産主義者だったとしたら、党本体はもちろんのこと、保釈基金にも、ほぼ確実にかなりの金額を提供しているはずだ。ヒースさんは保釈基金の受託者であり、資金提供者の名前を明かすよりはむしろ懲役を受け入れようとしています。そういうわけで、わたしの計略は功を奏した。完全に運頼みだったことは認めます。グッドウィン君とわたしは心中穏やかではなかった。数分前、グッドウィン君が入ってきて、あなたがた二人が来ていると言うまでは、五セント硬貨一枚だって賭ける気になれなかった。ありがたいことに、もうけりはついたのです。わたしの想定には堅固な礎ができた。あなたはおしまいだ」

「うぬぼれの強いばかね」ミセス・ラッケルはこともなげに答えた。はじめてぼくは、たいしたものだと思った。ウルフは痛手一つ負わせていなかった。ミセス・ラッケルは変わらず自信たっぷりだった。「そんな途方もない推測を巡らせるなんて」と続ける。「わたしは公園のベンチで休んでいたの。そうしたら、こちらのヒースさんが来て、世間話をした」ばかにしたような視線をソールに向ける。「話の内容について、あの人がどんな嘘を並べたとしてもね」

ウルフは頷いた。「もちろん、あなたとしてはそれが最善の策で、どんな攻撃がきても守りとおせるにちがいない。ですから、攻撃を試みるつもりはありません」ウルフはヒースに目を向けた。「が、あなたの立場はずっと弱い。どうやったら守りきれるか、わかりませんな」

「あなたより強い人物に抵抗して持ちこたえてきたんだ」ヒースは胸を張って言い返した。「強大な権力を持つ地位のやつら。世界の支配を企てる帝国主者による陰謀の中心人物」

「そうでしょうな」ウルフは認めた。「わたしは疑問に思いますが、仮にあなたがその人物たちに正しい判断を下しているとしても、今はわたしを判定する必要がある。わたしはなにかを支配する陰謀を主導してはいませんが、よじ登れない落とし穴にあなたをはめた。詳しく説明しなければなりませんか？　あなたは百万ドル近くにのぼる共産主義者の保釈基金の受託者であり、個人的に非常な危険を負いつつ、資金提供者の名前を隠しとおす決意をしている。裁判所命令にも動じなかった。名前を開示するくらいならどんな選択肢でも甘んじて受け入れる覚悟なのは明らかだ。しかし、今あなたはそのうちの一人の名前を明かすことになる。ミセス・ベンジャミン・ラッケル。そして、寄付の額や日付も。どうです？」

「話すことはない」

「くだらん。その態度は守りきれないと言っているのです。今後の展開を考えてみなさい。ミセス・ラッケルがアーサー・ラッケル氏をＦＢＩの一員で共産主義者を内偵していると思いこみ、殺害したことを、わたしは確信しています。事ここに至って、ミセス・ラッケル自身の秘密が暴露の危機に瀕《ひん》しているのは、言うまでもない。もうＦＢＩと警察もわたしと同じ確信を抱くでしょう。一日かかるか、一年かかるかはともかく、わたしたちが殺人犯を取り逃がす可能性があると考えるのですか？　ミセス・ラッケルが毒物を持っていたことを知りながら、入手場所や手段を突きとめないと思うのですか？」

ウルフは首を振った。「そんなことはありません。あなたはミセス・ラッケルを切り捨てなければならなくなる。関係を保つには、危険すぎるのです。警察があなたに訊きます。ミセス・ラッケルが共産主義に共感していたと知っていた、もしくはその証拠を持っていますか？　あなたは否定するか、返答を拒否する。それを受けて、当局はあなたが知っていたという証拠とともに、ミセス・ラッケルに関する証拠を押収する。逃れようのない手続きを通して、当局が寄付者全員の一覧表を手に入れることは、ほぼ確実に認められるでしょう。そしてあなたは、法廷侮辱罪による短期の収監の代わりに、殺人事件の重要な証拠を隠匿した罪でかなりの刑期を言い渡されることになる。さらに、あなたが一身を捧げた主義はどうなるか？　わたしを含め、アメリカ人の大半が抱いている共産主義への考えかたは、わかっているでしょう。すでに存在する共産主義への悪評に、殺人犯の隠蔽という汚名まで加えるつもりですか？」

ウルフは両眉をあげた。「そういうことなのですよ、ヒースさん。あなたには参考になる先例がたっぷりある。共産主義者による誤った方向性の熱意から生じた行為が悪い連鎖となるのは、決してこれがはじめてではない。共産主義者が治める国では、無分別な元同志で牢獄はいっぱいです――墓地はもちろんですがね。わたしとしては決してそうならないことを願っていますが、アメリカは共産主義国ではない。この国で、殺人犯の隠蔽という違法行為をごり押しできるのですか？　無理です。ミセス・ラッケルはあなたの手に余るのです。寄付の金額と時期は？」

ヒースの顔は本当にたいしたものだった。相続した財産がなければ、ポーカーで一儲けできただろう。ヒースを見つめても、どんなふうに賭けるか、ほんのわずかな手がかりも得られるやつはいない。

ヒースが立ちあがった。「明日、連絡します」と言う。

ウルフは唸った。「それはだめです。警察に電話をして、ミセス・ラッケルを引き渡したいのでね。あなたの供述も求められるでしょう。アーチー？」

ぼくは立ちあがり、客とドアの間へ移動した。ヒースも移動した。「失礼します」そしてこちらへ向かってきた。ぼくが動かないのを見て、迂回しようとする。殴ったらせいせいしただろうが、そこは我慢して、肩をつかまえて回れ右をさせ、ちょっと押すだけにした。ヒースはよろめいたが、ちゃんと立っていた。

「これは暴行だ」ぼくではなく、ウルフに言う。「なおかつ違法な監禁だ。後悔するぞ」

「ばかばかしい」ウルフは突然癇癪を起こした。「いい加減にしないか。そちらの政治局《ポリトビューロー》の会議招集のために、出ていかせると思っているのか？　そちらの急所を押さえたことに、わたしが気づいていないと思っているのか？　ミセス・ラッケルを切らずにいることは無理だろう。道理を踏まえて話すように。切らずにいられるのですか？」

「無理だな」ヒースは答えた。

「事実を暴露する覚悟はできましたか？」

「あなたに話す気はないね。警察にならね、結構だ」

ミセス・ラッケルが鋭く制した。「ばかじゃないの、頭がおかしくなった？」

ヒースはミセス・ラッケルを見つめた。この事務所では、あらゆる種類と言い回しの嘘くさい冗談を聞いてきたが、ヘンリー・ジェイムソン・ヒースによる今回の台詞は最高だった。ヒースはミセス・ラッケルに視線を向けたまま、穏やかにこう言った。「ミセス・ラッケル。わたしは市民としての義務を果たさなければならないのです」

ウルフが言った。「アーチー。クレイマー警視に連絡を」

ぼくは机に移動して、ダイヤルを回した。

第九章

翌日の土曜日の昼頃、ウェンガートとクレイマーは事務所にいて、ウルフの机の端に立っていた。二人が立っていたのは、もう一時間近くもいて、肝心の点はすべて議論しつくし、帰るところだったからだ。ウルフが自分たちを含めたアメリカ国民に貢献したことを、二人ともそう多くの言葉では認めなかったが、全体として愛想はよかった。

二人が背を向けて出ていこうとしたとき、ぼくは声をかけた。「すみません。ちょっとした点が一つ引っかかってて」

二人はぼくを見た。ぼくはウェンガートに話しかけた。「ウルフさんがなにか言うかと思ったけど、言わなかった。そっちもね。ぼくがあえてこの話を持ちだすのは、純粋に問題点の指摘と改善策の提示をしておきたいと思ったからだよ。たとえ共産主義者のふりをしていたとしても、ＦＢＩの潜入捜査官がおもしろ半分で人の感情を傷つける癖をつけるべきじゃない。他人の前でぼくを吹けば飛ぶようなお使いの助手呼ばわりしたって、キャロル・バークにはなんの役にも立たなかった。もちろん、物入れに隠れているところをぼくが見つけたから、へそを曲げてたんだろうけど、だとしてもね。その点について一言注意しておくべきじゃないか」

ウェンガートは眉をひそめてぼくを見た。「キャロル・バーク？　なんのおふざけだ？」

「おい、やめろよ」ぼくは機嫌を損ねた。「ぼくをどれだけ鈍いと思ってるんだ？　わかりきったことだから、ウルフさんはわざわざ指摘もしなかったんだ。ぼくとデラ・デブリンの会話を、他のだれがきみにご注進できた？　ミス・デブリンは、ミス・バークを物入れに隠すほど信用していた。だから、もちろん会話の内容もしゃべったんだ。その件について、ぼくとテレビで議論したいかい？」

「いや。他のだれともしたくないね。きみはおしゃべりがすぎるな」

「相手は選んでる。ちゃんとしろよ、口外しないと約束する。有益な助言をしたいだけなんだ。ぼくはお使いかもしれないし、助手かもしれないけど、吹けば飛ぶほど小さくはない」

クレイマーが鼻を鳴らした。「言わせてもらえば、吹けば飛ぶどころか、邪魔なくらいだ。百八十ポンドくらい、大きすぎる。行こう、ウェンガート。遅くなる」

二人は出ていった。ぼくはこれでこの話は終わりだと思った。ところが二日後の月曜の午後、ウルフが手紙の口述をしている最中に電話が鳴り、声がキャロル・バークだと名乗った。ぼくはこんにちはと気のない挨拶をして、訊いてみた。「きみの礼儀はどうなってるのかな？」

「ひどいものよ、必要なときにはね」明るい声だった。「こういう電話ボックスからとか、個人的なときなら、ちゃんとできるんだけど。あなたを吹けば飛ぶようなって言ったことを謝るべきかなと思って」

「わかった。続けて」

「直接謝ったほうがいいんじゃない？　ぜひにって言うなら、喜んで出向きますけど」

「そうだな。こうしよう。先週、水曜日だったと思うけど、ぼくがきみを好きじゃない理由について説明する時間を、いつか見つけるべきだと思ったんだ。直接会って、解決しよう。ぼくはきみを好きじゃない理由を説明して、きみは謝罪する。〈チャーチル・ホテル〉のバーに四時半でどうかな？　ぼくと一緒のところを他人に見られてもいいのかい？」

「もちろん。わたしは他人に見られることになってるの」

「よかった。ぼくはボタンホールにハンマーと鎌をつけてるから」

電話を切り、椅子を回して、ぼくはウルフに告げた。「キャロル・バークからでした。一杯、それからたぶん食事も奢るつもりです。解決したばかりの事件の関係者ですから、当然経費につけておきます」

「だめだ」ウルフはきっぱり言うと、口述を再開した。

犯人、だれにしようかな《イニ・ミニ・マーダー・モ》

本編の主な登場人物

ラモント・オーティス……弁護士。法律事務所の代表
バーサ・アーロン……オーティスの秘書
フランク・エディ……法律事務所の共同経営担当《パートナー》弁護士
マイルズ・ヘイデッカー……法律事務所の共同経営担当《パートナー》弁護士
グレゴリー・ジェット……法律事務所の共同経営担当《パートナー》弁護士
アン・ペイジ……法律事務所の勤務《アソシエイト》弁護士
モートン・ソレル……法律事務所の依頼人
リタ・ソレル……モートンの妻

第一章

玄関の呼び鈴が鳴ったとき、ぼくは事務所でポケットに両手を突っこみ、ネロ・ウルフの机の上にあるネクタイを睨んでいた。

もしネクタイがそこになければ、ちがった物語になっていただろう。いや、物語にはなっていなかっただろう。だから、説明したほうがいい。ネクタイはその日の朝、ウルフがつけていたものだ。茶色い絹地で、小さな黄色の渦巻き模様がついていた。昔の依頼人からの、クリスマスプレゼントだ。昼食のとき、フリッツがスペアリブの残りをさげて、サラダとチーズを持ってきたときに、ネクタイにソースが垂れているとウルフに教えた。ウルフはナプキンで軽く叩いた。そのあと、食堂を出て廊下から事務所に向かう際に、ウルフはネクタイをはずして机に置いた。家にいるときであっても、衣服に染みがついているのは我慢できないのだ。それでも、来客の予定がなかったせいか、つけかえるために自分の部屋まで行くほどではないと考えたらしい。四時になり、ウルフが屋上の植物室へ午後の蘭の世話をしにいったとき、シャツはまだ首のボタンを開けたままで、ネクタイは机に置かれたままだった。

ぼくは頭を悩ませた。四時少し過ぎ、買い物にいくので二時間ほど留守にすると言いにきたフリッツも、頭を悩ませた。フリッツの視線がネクタイをとらえ、釘付けになった。両眉があがる。

「だらしない《シュランピッグ》」ぼくは言った。

フリッツは頷いた。「わたしがウルフさんをかけがえのない人だと尊敬していることは知ってるね。ウルフさんは偉大な精神と品性の持ち主で、もとより名探偵だ。それでも、シェフ兼家政監督としての義務には限度がある。どこかで線を引かなければならない。おまけに、わたしは関節炎を患っている。きみは関節炎にはかかっていないだろう、アーチー」

「たぶんね」ぼくは認めた。「だけど、そっちが限界を決めるなら、ぼくだって同じだよ。ぼくの職務の一覧表は、頼りになる探偵助手からお使いまで一マイルもの長さがあるけど、身の回りの世話は含まれない。関節炎は的外れだね。人間の尊厳を重んじなければ。ウルフさんは植物室まであがるついでに、ネクタイを持っていけたじゃないか」

「それ、引き出しにしまえるだろう」

「問題の先送りだ」

「そうだな」フリッツは頷いた。「賛成だ。これは微妙な問題だね。もう出かけなくちゃ」そして、出かけた。

というわけで、個人的な電話二本も含めて五時二十分に事務所での仕事を終え、ぼくが席から離れて立ったままネクタイを睨んでいたところで、玄関の呼び鈴が鳴ったのだ。おかげで、問題はもっと微妙になった。お客が入ってきたとき、油の染みのついたネクタイは偉大な精神と品性の持ち主の机に置かれているべきじゃない。それでも、その頃にはぼくも原理原則の問題として意地になっていたし、訪問者はただの荷物の配達人かもしれない。で、廊下に出て確認したところ、玄関ドアのマジックミラーで見知らぬ中年女性だとわかった。立派な芸術作品ではないとがった鼻に丸い顎、無難な灰色のコートにつばのない黒い帽子というでたちだった。荷物は持っていない。ぼくは出ていってドアを開け、こんにちはと声をかけた。ネロ・ウルフに会いたいという返事だった。ウルフさんは手が塞がっているし、そもそも約束のある人にしか会わないと、ぼくは答えた。女性は、わかっているが緊急の用件だと言った。どうしても会う必要があるので、手があくまで待つ。

いくつか要因があった。ぼくらには今、火急の事件はない。年が明けて五日しか経っていないから、所得税の課税枠は問題にならない。ぼくは蘭の繁殖統計の記録以外にすることがほしかった。ネクタイを机に置き去りにしたウルフに苛々していた。女性は無理強いしようとはせず、距離を保ち、黒いきれいな目でまっすぐぼくを見ていた。

「わかりました」ぼくは告げた。「なにかできないか、考えてみましょう」脇へ寄って、女性を通した。コートを預かり、コート掛けに吊して客を事務所へ案内したあと、ウルフの机の端にある赤革の椅子ではなく、ぼくの席に近い黄色い椅子の一つに座らせた。女性は背筋を伸ばし、足を揃えて座った。ごく無難な灰色の靴を履いた足は小さくてかわいらしかった。ウルフには六時まで所用があると、ぼくは説明した。

「かえって好都合です」話を続けた。「ぼくが先にウルフさんに会って、あなたのことを説明するならね。実際問題、そうしなくちゃなりません。ぼくはアーチー・グッドウィンです。あなたのお名前は？」

「グッドウィンさんのことは存じております」彼女は答えた。「当然です。知らなかったら、ここにはいなかったでしょう」

「それはありがとうございます。ぼくのことを知ってる人のなかには、ちがった反応をする人もいるので。で、お名前は？」

女性はぼくをじっと見ていた。「それはちょっと」と言う。「ウルフさんが依頼を引き受けてくれるとわかるまでは、控えたいと思います。個人的な問題ですし、極秘の事件なので」

ぼくは首を振った。「無理ですね。ウルフさんが引き受けるかどうかを決める前に、事件の内容を話す必要がありますから。そうなれば、ぼくはここに座って聞くことになります。わかりますね？おまけに、まずウルフさんが会うかどうかを決める前に、ぼくはあなたのことをもっと詳しく説明しなくちゃいけません。三十五歳、体重百二十ポンド、イヤリングなし」

女性の口元がほころびかけた。「年齢は四十二です」

ぼくはにやりと笑った。「ほらね？　ぼくには事実が必要なんです。あなたがだれで、なにを望んでいるのか」

女性の口が動いた。「絶対に口外無用なんです」口はさらに動いた。「でも、あなたに説明しない限り、ここに来た意味はないのですね」

「そうです」

彼女は指を握りあわせた。「わかりました。名前はバーサ・アーロンです。綴りはAが二つのAARON。オーティス・エディ・ヘイデッカー・ジェット合同法律事務所の上席共同経営者《シニア・パートナー》、ラモント・オーティスの個人秘書です。事務所はマディソン・アベニューと五十一丁目の角にあります。最近、気がかりなことがありまして、ウルフさんに調査していただきたいのです。良識の範囲内の報酬なら、自分で支払えます。ただ、事務所から支払われるかたちになるかもしれません。かもしれない、ですが」

「事務所のだれかの指示でここへ?」

「ちがいます。だれの指示もありません。わたしがここへ来たことはだれも知りません」

「なにがあったんですか?」

　握りあわせた指に、力がこもった。「来るべきじゃなかったのかもしれません」バーサは言った。

「わかっていませんでした……話さないほうがいいのかもしれません」

「お好きにどうぞ、ミス・アーロン。ミス・アーロンでよろしいですか?」

「はい。独身です」指がぱっと離れて拳になり、唇が結ばれた。「こんなこと、時間の無駄ですね。オーティス先生のご恩に報いるために、行動が必要なのですから。二十年間勤めてまいりましたが、すばらしい雇い主です。それでも、この件について相談するわけにはいかなかったんです。七十五歳とご高齢で、心臓が悪く、命に関わるかもしれませんので。毎日事務所にいらっしゃいますが、体への負担が重くて、あまり仕事はされません。ただ、他の先生がた全員を合わせたよりも、豊富な知見をお持ちです」拳を開いた。「なにがあったかと言いますと、事務所の弁護士が非常に重要な案件、うちの事務所でも最重要案件の一つの相手方と会っているところを見てしまったんです。秘密にしたいと思っていなければ、会わないような場所で」

「相手方の弁護士、ってことですか?」

「いえ。依頼人です。相手方の弁護士なら、問題ない場合もあるかもしれません」

「事務所のだれですか?」

「お答えできません。ウルフさんが調査を承諾してくれるまでは、名前を言うつもりはありません。諾否の決定に名前は必要ないはずです。なぜ来たのかと不思議に思うのでしょうが、オーティス先生に話せない理由は説明したとおりです。他の人に相談するのも怖かったのです。事務所の一人が裏切り者なら、他の一人、いえ、複数が加担しているかもしれません。どうやって見極められます？　事務所には経営者の地位を持つ弁護士は四人しかいません。ただ、勤務弁護士は当然います。全部で十九人ですが、信用できる人はだれもいません。今回のような事件では」バーサはまた指を握った。

「おわかりいただけますね。わたしがどんな困った状態に陥ったのか」

「わかりますよ。ただ、勘違いの可能性もあります。もちろん、弁護士が相手方の依頼者と会うことは倫理違反でしょうが、例外もありえます。偶然だったのかもしれません。いつ、どこで見かけたんですか？」

「先週の月曜日、一週間前ですね。夜でした。二人は安レストラン、いえ、簡易食堂の仕切り席にいたんです。彼女が絶対行かない類《たぐい》の場所です、絶対です。街のあの地区にも行ったりしないでしょう。普通ならわたしだって入りません。ただ、個人的な用があって、電話をかけるために入店したのです。向こうはわたしに気づきませんでした」

「では、事務所の弁護士は女性なのですね？」

バーサは目を丸くした。「ああ、『彼女』と言いましたね。相手方の依頼人のつもりでした。女性弁護士は補佐役に一人いますが、ただの勤務弁護士で、事務所の経営に関わっている女性はいません」指を握りあわせる。「ほぼ、偶然とは考えられないんです。もちろん、万に一つの可能性ですが、裏切ったのではなく、なにか事情があったと考えることは可能です。ですから、対処のしかたを決めるのが、さらに難しくて。それでも、今はわかっています。まるまる一週間思い悩み、我慢の限界でした。今日の午後、わたしにできるのは、本人に経緯を話して直接言い分を聞くことだけだと判断したのです。ちゃんとした事情があるなら、それでいいわけですし。ですが、そうじゃありませんでした。受けとめかた、衝撃の受けかた。疑問の余地はありません。あの人は裏切り者です」

「どんな返事だったんです?」

「返事というより、反応でした。先方の言い分としては、ちゃんとした事情がある、自分たちの依頼人の利益のための行動だ、ただもう少し事態が進展するまではこれ以上話せない、とのことでした。一週間以内なら間違いないが、たぶん明日には話せるようになる、とか。それで、なにか手を打たなくてはならないとわかったんです。オーティス先生は最近心臓の具合を悪くされて相談するには心配でしたし、事務所の他の経営者のところへ行くつもりはありませんでした。相手方の弁護士に会いにいくことまで考えたんですが、もちろんそれでは解決になりません。そのとき、ネロ・ウルフのことを思いついたのです。それで帽子とコートを身につけて、ここまで来ました。ですから、急いでいるのです。緊急事態だとわかりますよね?」

ぼくは頷いた。「その可能性はあります。問題の案件の内容にもよりますけどね。あなたが裏切り者と考えている人物の名前を明かさなくても、ウルフさんは事件を引き受けるかもしれませんが、まず問題の案件の内容は把握しなければならないでしょう。あなたの事務所で扱っている案件のことです。たとえ間接的であっても、ウルフさんが手を出さない種類の捜査があるものですから。どんな案件です?」

「できれば……」バーサは言いよどんだ。「ウルフさんは把握される必要があるのですか?」

「間違いありません。いずれにしても、法律事務所の名称は伺いましたし、とても重要な案件で、相手方の依頼者は女性だと言ってましたよね、それならぼくにも見当が……まあ、考えるまでもないです。ぼくは新聞を読むんですよ。あなたたちの依頼人はモートン・ソレルですか?」

「はい」

「相手方の依頼者は、奥さんのリタ・ソレル?」

「はい」

ぼくは腕時計に目をやった。五時三十九分。椅子から立ちあがり、バーサに告げる。「幸運を祈りながら、そのまま座っていてください」廊下に出て階段へ向かった。二つの新たな要因が加わって、今は状況に大きな影響を与えていた。新年最初の銀行への預け入れがソレルの財産を元手とするなら、はした金ではないだろう。そして、ウルフがたとえ間接的にでも手を出さない仕事の種類の一つが、離婚問題だった。少し工作が必要だ。古い褐色砂岩の家の屋上まで三階分の階段をのぼっている間、ぼくの頭は足より速く回転していた。植物室の入口でいったん立ち止まる。息を整えるためではなく、持ちかけかたの計画を練るためだったが、ウルフの機嫌に左右されるので無理だと判断して、そのまま進んだ。あの三つの部屋——低温室、熱帯室、中温室の花台の間にある通路を抜けるとき、華麗な色彩の並びが目に入らないなんてありえないと思うかもしれないが、その日のぼくはそうだった。そして、鉢植え室に入った。

ウルフは奥の脇にある花台で、蘭の偽鱗茎《ぎりんけい》（多くの蘭にみられる肥大した茎の部分）を拡大鏡で覗きこんでいた。この家の四人目、セオドア・ホルストマンはウルフの体重二百七十ポンドに対して、ちょうど半分の百三十七ポンドで、オスマンダ（乾燥させたゼンマイの根。蘭の栽植に使用する）の袋を開けていた。ぼくは奥へ歩いていって、ウルフの背中に声をかけた。「お邪魔してすみません。ですが、問題がありまして」

ウルフはぼくの声を聞いたと判断するまでに十秒かけ、目の前から拡大鏡をよけて、訊いた。「今何時だ？」

「五時四十一分です」

「十九分くらい待てるだろう」

「わかっていますが、事情があるんですよ。あなたが一階に来て、事前の警告もなく事務所で彼女を見つけたら、お手上げですから」

「だれを見つけるだと？」

「バーサ・アーロンという名前の女性です。ふりの客でした。窮地に陥っているんですが、新しい種類の窮地なんです。それを説明しにきました。そうすれば、ぼくが一階に戻ってミス・アーロンを追い出すか、あなたが一階に来て顔を見るかを決められるでしょうから」

「きみはわたしの邪魔をした。規則を破った」

「承知していますが、すみませんと言いましたよ。もう邪魔された以上、話してもかまわないでしょう。ミス・アーロンは法律事務所の上席共同経営者ラモント・オーティスの個人秘書で……」

ぼくは説明した。少なくともウルフは拡大鏡を手にして偽鱗茎の観察に戻りはしなかった。一度など、目に光まで宿った。ウルフはたびたびぼくに主張してきた。自分を仕事に追いたてるのは、マンハッタン西三十五丁目にある古い褐色砂岩の持ち家で、シェフのフリッツ、蘭の世話係のセオドア、生け贄（ウルフの言葉ではない）のぼくとともに、受け入れ可能と称する状況下で暮らしたいとの欲望だけだというのだ。ただし、目の光は莫大な報酬の見こみのせいではなかった。ぼくはソレルの名前をまだ出していなかったからだ。ぼくの言ったとおり、それが新種の窮地だと理解したときの光だった。ぼくらはそんな事件を一度も捜査したことはなかった。

次に、微妙な部分に入った。「ところで」ぼくは切りだした。「あなたのお気に召さないかもしれないちょっとしたことが、一つありまして。ま、ただの細かい話です。問題の案件ですが、法律事務所側の依頼人はモートン・ソレルなんです。知ってますよね？」

「もちろんだ」

「で、法律事務所の弁護士と一緒にいるところを見られた相手方の依頼人は、ミセス・モートン・ソレルなんです。何週間か前、朝刊を読んで感想を言ったことを覚えているかもしれませんね。新聞では、ミセス・ソレルが一か月三万ドルの別居手当てを求めて夫を訴えたってことでした。とはいえ、世間の噂じゃ、モートン・ソレルは離婚を望んでいて、奥さんの要求額はきっかり三千万ドルだそうで。ミス・アーロンが案件と呼んでいるのはきっとその問題でしょう。とはいえ、ただの枝葉の問題ですから。ミス・アーロンの望みは単に――」

「だめだ」ウルフは顔をしかめた。「だから、きみはここまで突撃してきたんだな」

「突撃してません。普通に歩いてきました」

「わたしが離婚問題に関わりを持つ気はないのを、きみは百も承知していたはずだが」

「離婚の証拠集めをする気がないのは承知しています。ぼくだって同じです。夫と対立する妻、その逆の場合も仕事として引き受けないと承知していました。ですけど、それが今回の事件となんの関係が？　あなたは手を出す必要なんて――」

「だめだ！　引き受けない。夫婦間のそのくだらない諍いが問題の中心になる可能性がある。絶対にだめだ！　追い返せ」

しくじった。いや、しくじったのではないかもしれない。どんなふうに持ちかけても、無理だったのかもしれない。だったら、試してみたこと自体がしくじりなんだろう。いずれにしろ、ぼくはしくじったのだ。しくじるのは好きじゃない。ここまできたら、ウルフを説得して考え直させよう、いや、むしろ同意させようとしても、事態がこれ以上悪化することはない。だからたっぷり十分かけて説得してみた。それでも、状況は変わらなかったし、雰囲気がよくなることもなかった。ウルフは、自分の部屋に戻ってネクタイをつけるので女が帰ったら内線電話で知らせてくれと言って、話を終わらせた。

三階分の階段をおりながら、ぼくは誘惑に駆られた。電話ではバーサが出ていったと知らせるのではなく、ぼくらが出ていくと宣言できる。つまり、休暇をとって、バーサを窮地から引っ張りだすのだ。はじめての誘惑ではなかった。前にもそう思ったことがある。そして、前のときのほうが誘惑の力が強かったことは認めるしかなかった。そもそも、ぼくが協力を申し出ても、断られるかもしれない。一日分のしくじりは、もうやってしまったあとだ。というわけで、廊下を横切って事務所に向かいながら、ぼくの顔を見ればすぐバーサにウルフの答えが伝わるような表情を作った。入ったとき、ぼくは表情を変えた。いや、勝手に変わった。足を止めて、立ち尽くす。出ていったときには別の場所にあった二つのものが、敷物の上にあった。机に置いてあって、ウルフが文鎮に使っている大きな翡翠の塊。もう一つは、椅子に座っていたバーサ・アーロンだった。

バーサは横向きに倒れていた。片足はまっすぐ、もう片方の膝は曲がっていた。ぼくは近づいて、しゃがんだ。唇は真っ青で、舌が突き出ている。目は大きく見開かれ、飛びだしそうだった。首に巻かれ、横で結ばれているのは、ウルフのネクタイだ。バーサはこの世を去ってしまったのだ。それでも、首を絞められた場合、直後なら可能性はあるかもしれない。ぼくは机の引き出しからはさみをとりだした。きつく締めあげられていて、指を無理やり内側へ突っこまなければならなかった。ネクタイをはずし、バーサを仰向けにする。だめだ、ぼくは思った。戻ってこない。それでも、敷物から繊維をむしって、鼻の下と口の上に置いて、自分の息を潜めて二十秒間待ってみた。呼吸がない。今度は手をとって、爪を押してみた。ぼくが指を放しても白いままだった。血流がない。それでも、医者を大急ぎで、そう、二分以内に呼べば、まだ希望はあるかもしれない。ぼくは机に移動して、ヴォルマー医師の番号にかけた。通りの先に住んでいて、わずか一分の距離だ。留守だった。「くそ！」ぼくは必要以上に大きな声で言った。ぼく以外に聞く人はいないのに。そして、座って息を整えた。

　座ったまま、しばらくバーサを見ていた。たぶん一分くらいだろう。感情は動いたが、頭は動かなかった。腹が立ちすぎて、考えられなかった。ぼくは自分にではなく、ウルフに対して腹を立てていた。バーサを見つけたのは六時十分。もしウルフが六時にぼくと一緒に事務所へ来ていたら、間に合ったかもしれない。椅子を回して電話に向き直り、ウルフの部屋へかけた。応答を待って、告げる。

「いいですよ、事務所に来てください。ミス・アーロンはいってしまいました」そして、切った。

　植物室への行き来には、ウルフは普通エレベーターを使う。が、寝室はほんの一階上だ。ウルフの部屋のドアが開閉する音を聞き、ぼくは腰をあげてバーサの頭から六インチの位置に立ち、腕組みをして廊下へのドアに向き直った。ウルフの足音がして、本人が現れた。敷居をまたいで立ち止まり、バーサ・アーロンを睨んで、次にぼくを睨み、怒鳴った。「行ってしまったと言ったではないか！」

「はい。ミス・アーロンは逝《い》ってしまいました。死んでます」

「意味がわからん！」

「そんなことはありません」ぼくは横へ移動した。「見てのとおりです」

ウルフは目を怒らせたまま、近づいてきた。その視線をバーサに向ける。三秒とかからなかった。そしてぼくとバーサをよけて、机の奥にある特注の特大椅子に座り、体の奥深くまで空気を吸いこんで、吐き出した。「おそらく」怒鳴り声ではなかった。「きみがミス・アーロンを残して植物室まで来たときには、彼女は生きていたのだろうな」

「そうです。そこの椅子に座っていました」ぼくは指をさした。「一人でした。連れはいません。いつもどおり、玄関の鍵はかかっていました。知ってるでしょうが、フリッツは買い物で外出中です。発見したときには、横向きに倒れていました。呼吸の確認のため、仰向けにしたんです。ネクタイを切断したあとで。それからヴォルマー先生に――」

「どのネクタイだ？」

ぼくはまた指をさした。「あなたが机に置き去りにしたやつですよ。喉に巻きついていました。たぶん最初にその文鎮で殴られたんでしょう――」もう一度指を向ける。「ですが、息の根を止めたのは、ネクタイです。顔を見ればわかりますよね。ぼくが切断――」

「この女はわたしのネクタイで絞め殺されたとでも言いたいのか？」

「言いたいんじゃありません。そう言っているんです。引き結びにして思いきり引っ張り、改めて首に回して縦結びにしてありました」ぼくは敷物の上に放りだしていたネクタイを拾いあげ、ウルフの机に置いた。「見てのとおりです。ぼくがあえて言いたいのはですね、ネクタイがこんな手近になければ、犯人は別のものを凶器に使うしかなかっただろうってことです。自分のハンカチとか。それに、ぼくらがもう少し早く事務所に来ていれば――」

「黙れ！」

「はい」

「我慢ならん」

「はい」

「受け入れるつもりはない」

「だめです。ネクタイを焼いて、クレイマーにはこう説明することはできます。犯人がなにを凶器にしたにせよ、ミス・アーロンが完全に死んだとわかるまで待ち、それから凶器をはずして持ち去った――」

「黙れ。被害者は、自分がここに来ることはだれも知らないときみに話した」

「なに言ってるんですか」ぼくは答えた。「無理に決まってます、わかってますよね。ぼくらは身動きがとれなくなってます。単なる礼儀上から、あなたが来るまで通報は先延ばしにしました。これ以上先延ばしにすると、事態を悪化させるだけです。発見した正確な時刻を教えなきゃなりませんから」ぼくは手首に目をやった。「もう二十一分経ってます。自分で通報したいんですか？」

返事はなかった。ウルフはネクタイを見おろしている。顎を引き、口をぐっと引き結んで唇が見えないほどだった。礼儀上、ぼくは五秒待ってから厨房に移動し、朝食用のテーブルに置いてある電話のダイヤルを回した。

第二章

西署殺人課のクレイマー警視は、ぼくがタイプして署名した供述書の最後の一枚を読みおえ、テーブルにある他の頁の上に置いて、指で軽く叩いた。「お前が嘘をついているっていうおれの考えはまだ変わらないぞ、グッドウィン」

十一時十五分。ぼくらは食堂にいた。鑑識軍団は事務所での作業を終えて、帰った。だからもう立ち入り禁止ではないのだが、ぼくは特にそっちへ戻りたいとは思わなかった。一つには、敷物が持ち去られたせいだ。ウルフのネクタイ、文鎮、その他の品も一緒だ。もちろん、バーサ・アーロンも搬送されていった。なので、もう見なくてもすむのだが、それでも食堂にいるほうがありがたかった。指紋の検出が終わったあと、タイプライターは食堂に持ちこまれていて、供述書のタイプはできた。

五時間近く経った今、警察官たちは引きあげていた。残ったのは事務所で電話をかけているパーリー・ステビンズ巡査部長と、クレイマーだけだった。フリッツは厨房で三本目のワインを飲みながら、すっかりやけになっていた。自分の管理する家での殺人という屈辱に加え、ウルフが食事を抜くという信じがたい事実があったのだ。ウルフは一口も食べようとしなかった。八時頃、自分の寝室に引きあげてしまい、フリッツは二度盆を持っていったが、歯を剝いて唸られただけだった。ぼくが十時半にウルフの寝室へ供述書の署名をもらいにいって、敷物が持ち去られると教えたときには、なにやら唸ったが、一言もしゃべらなかった。ぼくは個人的に参っていたし、そういったこと全部が背景にあったものだから、まだ嘘をついているようだとクレイマーに言われて、さらに大声で言い返したのも当然といえば当然だった。

「何年も前から」ぼくは言った。「あなたはなにかを思い出させるけどなんだろうって、ずっと考えてたんです。たった今、わかりました。昔、檻に入ってるところを見た動物ですよ。頭文字はBです（熊〔BEAR〕のことか。無作法もの、警察官などの意味がある）。ぼくを引っ張るつもりですか、引っ張らないんですか?」

「引っ張りはしない」クレイマーの大きな丸顔は夜になると赤味が増す。そうすると白髪まじりの頭は、より白さが目立つ。「きいたふうな冗談は、他にとっとけ。確認可能なことでお前は嘘をついたりしない。だがな、被害者がお前になにを言ったかの説明は、こっちでは確認しようがない。本人が死んでるからな。被害者あるいは問題の法律事務所のだれとも一切付き合いはなかったっていう、お前とウルフの供述を真に受けたとしても、お前は個人的に利用するつもりでまだなにか隠してる可能性がある。じゃなきゃ、変更を加えたか。特に気になることが一つある。お前は信じろって言うが、被害者の話は——」

「ちょっとすみません。あなたがなにを信じようが、ぼくは爪の垢ほども気になりませんよ。ウルフさんも同じです。なにが起こったかの説明よりもぼくらがしたくなかったことなんて、警察は一つも指摘できないじゃないですか。でも、こっちには他に選択肢がなかったから説明したわけですし、そっちは供述書まで手に入れた。あなたのほうが被害者の話の内容をよく知ってるって言うのなら、ぼくとしては一向にかまいません」

「しゃべってるのはこっちだ」クレイマーが言った。

「わかってます。ぼくは遮ってるんです」

「お前の話じゃ、被害者は細かいことまで全部お前にしゃべったそうじゃないか。安レストランだか簡易食堂だかで法律事務所の弁護士の一人が相手方の依頼人と会っているのを目撃した状況、日付、そのことを今日の午後本人に話したこと、ミセス・ソレルの名前まで含めて洗いざらいだ。なのに、弁護士の名前は言わなかったと。信じられんな」クレイマーは供述書を軽く叩き、顔をこっちに近づけた。「よく覚えとけ、グッドウィン。その名前をお前が、ウルフのも含めて自分の個人的な目的や利益のために使ったら、この殺人事件の捜査に雇われるように立ち回って、警察に隠していた情報を利用して事件を解決して報酬を得たら、おれは片目を失う羽目になってもお前の尻尾をつかんでやるからな」

ぼくは首をかしげた。「失礼ですけど」と答える。「わかってないみたいですね。捜査の依頼にきた女性がネロ・ウルフの事務所で絞殺されて、凶器はネロ・ウルフのネクタイで、事件発生時にネロ・ウルフは屋上で蘭と遊んだりアーチー・グッドウィンとおしゃべりしている最中だったって、ラジオではもう流れてますし、明日になれば新聞にも出るでしょう。ここにいたって、馬まで笑ってるのが聞こえますよ。ウルフさんは夕食を一切口にできなかったんです。食べようともしませんでした。こうなることはすべて、事務所の床で倒れているミス・アーロンを見つけた瞬間に感じましたし、わかってたんです。仮にどの弁護士が犯人かわかってたら、ミス・アーロンがそいつの名前を教えてくれてたら、ぼくらはなにをしていたでしょうか？　あなたならわかっているはずですよ、ぼくらのことをわかってると言い張ってるんですから。ぼくはそいつを追いかけにいってたでしょう。ウルフさんは事務所を出てドアを閉めきり、厨房に移動して、フリッツが帰ってきたらそこでビールを飲んでいたでしょう。ウルフさんが事務所に入って死体を発見した時刻は、ぼくからいつ、なにを聞いたかによって調整されていたでしょう。運がよければ、あなたや鑑識が到着する前に、ぼくは殺人犯を捕まえて事務所に到着してたかもしれません。だからといって、ウルフさんのネクタイでミス・アーロンが絞殺されたという事実を消せたわけじゃありませんが、薄める効果はあったはずですよ。わざわざこんなことを言うのは、自分で思ってるほどあなたはぼくらを理解していないって教えたかっただけです。ぼくに対するあなたの信用度については、どうでもよすぎます」

クレイマーは鋭い灰色の目を細め、ぼくを見た。「じゃあ、お前は殺人犯を捕まえにいけたわけだ。だから、やつは被害者を殺した。そうだな？　やつは被害者がここにいることをどうやって知ったんだ？　どうやって侵入した？」

ぼくはここには書けない言葉を口に出し、続けた。「またですか？　ステビンズと言い合いをして、ロークリッフと言い合いをして、今度はあなたですか。まだやるんですか？」

「知るか」クレイマーは供述書を畳んでポケットに突っこみ、椅子を引いて立ちあがると、怒鳴った。「両目を失う羽目になってもかまわん」そして、荒々しく出ていった。廊下から、事務所にいるステビンズに声をかけているのが聞こえた。二人が自分の所有物しか持ち去っていないのを確認するために、廊下まで行きもしなかったと言ったら、ぼくがどれだけ落ちこんでいたか、少しはわかってもらえるだろうか。五時間もいたのだから、パーリーは戸口まで顔を出しておやすみと声をかけたと思うかもしれないが、そうではなかった。玄関のドアが乱暴に閉められる音が聞こえた。だから、閉めたのはパーリーだ。クレイマーは絶対にドアを乱暴に閉めたりしない。

ぼくは椅子に座ったまま、さらにだらんとしていた。十一時四十分、ぼくは声に出して言ってみた。

「散歩にいってもいいな」それでも、どうやらぼくはいい考えだとは思わなかったらしい。十一時四十五分、ぼくは立ちあがり、供述書の写しを持って事務所に行き、自分の机の引き出しにしまった。室内を見回したが、警官たちはかなり片づけていったようだ。ぼくは食堂に引き返してタイプライターを運び、本来の場所へ戻した。金庫の扉を確かめ、廊下に出て玄関の鍵を確認し、チェーンをかけ、厨房に入った。フリッツはぼくの朝食用の椅子に座り、テーブルの端に額をくっつけて、背を丸めていた。

「酔ってるな」ぼくは声をかけた。

フリッツが頭をあげた。「ちがうよ、アーチー。酔おうとしたんだが、だめだった」

「もう寝ろよ」

「いやだ。ウルフさんは腹を空かせるはずだ」

「ウルフさんはもう二度と腹を空かせないかもしれない。おやすみ」

ぼくは廊下に出て、二階まで階段をあがり、左に曲がって、ドアをノックした。唸り声とも呻き声ともつかない音が聞こえたので、ドアを開け、入った。ウルフはネクタイも含め、きちんと服を身につけたまま、本を持って大きな椅子に座っていた。

「引きあげましたよ」ぼくは告げた。「最後の二人もいなくなりました、クレイマーとステビンズです。フリッツは厨房で、あなたが食べ物をほしがるんじゃないかと寝ずの番をしてます。内線電話をかけたほうがいいですよ。ベッドに入る以外に選択肢はありますか?」

「きみは眠れるのか?」ウルフが問い詰めてきた。

「たぶん。いつもやってることなので」

「読書ができない」ウルフは本をおろした。「わたしが怨讐《おんしゅう》を結んだところを、きみは見たことがあるか？」

「辞書を調べなきゃいけませんね。正確にはどういう意味です？」

「強烈な敵意。怨恨」

「ありませんね」

「今それが心の中にあって、邪魔をしている。明確に物事を考えられない。わたしとしては、警察が犯人を捕まえる前に、正体を暴くつもりだ。朝八時にソールとオリーとフレッドをこの部屋に呼んでほしい。なにをしてもらうか見当もつかないが、朝までには思いつくだろう。三人に連絡したあと、可能ならば寝てくれ」

「もっとましな用事があるのなら、寝る必要はないです」

「今晩はいい。このけしからん怨讐が頭脳のできものになっている。わたしの精神作用がこんなに乱されたのは、久しぶりだ。まさか――」

玄関の呼び鈴が鳴っていた。占領軍が引きあげてしまった以上、こうなるだろうと思っていた。クレイマーが家への立ち入りを記者にもカメラマンにも一切認めなかったからだ。夜間は呼び鈴が鳴らないようにしておこうかと考えていた。今、階段をおりながら、ぼくはそうしようと決めた。フリッツは厨房の戸口にいて、ぼくを見て安心したようだった。ポーチの照明はつけてあった。

記者だとしたら、年季が入っていた。それに、介助者を連れてきていた。じゃなければ、女友達をただのお供として連れてきたのかもしれない。ぼくはドアまで行くのを急がず、マジックミラー越しに二人を査定した。男は身長六フィート、体に合った仕立てのよい濃灰色のオーバー、明るい灰色のウールのマフラー、灰色のホンブルグ帽といういでたちだった。長くて骨張った顔には深いしわが刻まれている。女はかわいらしくて、若い孫でもおかしくない。ただ、きちんとボタンをかけた毛皮のコートと、お揃いになった毛皮の釣り鐘型《クロッシュ》の帽子のせいで、見えるのは卵形の小さな顔だけだった。ぼくはチェーンをはずし、ドアを大きく開けた。「はい、なんでしょうか？」

男は答えた。「ラモント・オーティスといいます。こちらはネロ・ウルフさんの家ですか？」

「そうです」

「ウルフさんに会いたい。わたしの秘書、ミス・バーサ・アーロンに関して。警察から得た情報に関して。こちらはミス・アン・ペイジ。わたしの補佐役の弁護士だ。こんな時間にお伺いしたのは、状況が状況だけにお許しいただけるだろう。ウルフさんも同意見だと思うが」

「ぼくも同意見です」と賛成した。「ただ、ちょっと失礼……」ぼくは敷居を越えてポーチに出ると大声で呼びかけた。「そこにいるのはだれだ？　ジリアンか？　マーフィー？　ちょっとここまで来てくれ」

通りの向こうの陰から、人が出てきた。道路を渡りだしたので、ぼくはよく見てみたが、こちら側の歩道に着いたときに、声をかけた。「ああ、ワイリーか。こっちだ」

ワイリーは七段の階段の下で立ち止まった。「なんの用だ？」と追及する。

「差し支えなければ」ラモント・オーティスが口を挟んだ。「どういうことなのか教えてもらいたい」

「差し支えありませんよ。クレイマーという名前の警視が片目を失いそうな状況なんですが、それはそれでまずいかなと。簡単な質問に答えてくれたら助かります。あなたはウルフさんかぼくに頼まれてここに来ましたか？」

「もちろん、ちがう」

「訪問は完全にあなたの発案ですか？」

「そうだ。しかし、わたしにはどうも――」

「失礼。聞いたろ、ワイリー。報告書に今の発言も入れておけよ。そうすればクレイマーの神経の消耗が軽くなる。わざわざ悪かった――」

「その男はだれだ？」警官が訊いた。

ぼくは返事をしなかった。さがって、二人の客を通し、ドアを閉める際にはチェーンをかけた。オーティスは帽子とコートを預けたが、アン・ペイジはそのままだった。夜になり、家は冷えてきていた。事務所に入って腰をおろす際、アンはコートのボタンをはずしたが、肩にかけたままでいた。ぼくは壁の自動温度調節器《サーモスタット》のボタンを押して華氏七十度に設定し、自分の机に移動して、内線電話でウルフの部屋を呼び出した。頭の中の邪魔ものに対処するまでは客に会いたがらないかもしれず、部屋まで行くべきだったのだろうが、その日は客だけを事務所に残していくのはもうたくさんだった。客のうちの一人は悪党の空気抜き野郎だったわけだし。

ウルフの嚙みつきそうな声が応じた。「はい？」

「ラモント・オーティスさんが来ています。勤務弁護士、ミス・アン・ペイジも一緒です。こんな遅い時間の来訪も状況が状況だけに許されるだろうという意見に、あなたが賛成すると思っているそうです」

沈黙。五秒間はなんの音もせず、それから電話を切るかちりという音がした。通話の終わった受話器を耳にあてているのもばかみたいなので戻したが、椅子を回して客に向きあうことはしなかった。

ウルフが来るかどうかは五分五分だ。ぼくは腕時計に目をやった。五分以内に来なければ、二階まで引っ張りにいこう。ぼくは振り返ってオーティスに声をかけた。「少々お待ちいただけますか」

オーティスは頷いた。「この部屋だったのかな？」

「はい。そこです」ぼくはアン・ペイジの足から数インチ前の地点を指さした。オーティスは、ウルフの机の端に近い赤革の椅子に座っていた。「敷物があったんですが、研究所に持っていかれてしまいました。もちろん、鑑識は……失礼しました、ミス・ペイジ。指をさすべきじゃありませんでしたね」アンは椅子を引いて、目を閉じていた。

アンは息をのんでから、目を開けた。事務所の照明では黒い目にみえるが、濃い紫色かもしれない。

「あなたはアーチー・グッドウィンさんですよね」アンは言った。

「そうです」

「あなたが……見つけたんですね」

「そうです」

「ミス・アーロンは……その、どんな……」

「文鎮に使っていた翡翠の塊で後頭部を殴られて、たまたまそこの机に置いてあったネクタイで首を絞められたんです。争った形跡はありませんでした。殴られて意識を失い、おそらく……」

自分の声で、階段をおりるウルフの足音が聞こえていなかった。ウルフが事務所に入ってきた。立ち止まって、アン・ペイジに向かって八分の一インチ頭をさげ、次にオーティスに同じ動作をして、机の奥にある自分の椅子に移動して腰をおろし、オーティスに目を向けた。

「ラモント・オーティスさんですか？」

「そうです」

「謝罪いたします。貧弱な言葉ですな。もっといい言葉があってしかるべきです。あなたのかけがえのない腹心の部下が、わたしの家で、暴力により亡くなられました。かけがえのない腹心の部下でしたね?」

「そうです」

「心よりお悔やみ申しあげます。非難するためにいらしたのなら、どうぞ」

「非難しにきたのではありません」明るい照明で、オーティスの顔のしわはより深くみえた。「なにが起こったのか、知るためにきたのです。警察と地方検事局では、ミス・アーロンがどのように殺害されたのかは教えてくれたが、なぜここにいたのかについては説明しなかった。知っているのに、情報を規制しているのだろう。わたしには知る権利があると考える。わたしは長年、バーサ・アーロンを信頼してきた。先方も同じだったと思う。ところが、ここへ来るほど深刻な苦境に陥っていることを、わたしは一切知らなかった。ミス・アーロンはなぜここへ?」

ウルフは指先で鼻を擦りながら、オーティスをじっと見つめた。「ご年齢は、オーティスさん?」

アン・ペイジが声を漏らした。年季の入った弁護士のオーティスは、一万くらいの質問を関連性がないとして拒否してきたのだろうが、簡単に答えた。「七十五です。なぜですか?」

「詫びを言わなければならない死亡事故を、再度自分の事務所で起こすつもりはないので。今回はわたしが引き金を引いたことになりますし。ミス・アーロンがグッドウィン君に話したところでは、懸案事項をあなたに訴えなかったのは健康上の影響を恐れたせいだそうです。ミス・アーロンの発言を、アーチー?」

ぼくは発言を繰り返した。「『オーティス先生は心臓が悪く、命に関わるかもしれませんので』」

オーティスは鼻を鳴らした。「つまらないことを！　心臓のために多少不調で、休養の必要はあったが、わたしが死ぬには懸案程度では不充分だっただろう。これまでずっと懸案事項を扱ってきたし、なかにはかなりひどいものもあったのだから」

「おおげさです」アン・ペイジが口を出した。「その、ミス・アーロンが、です。オーティス先生を尊敬するあまり、心臓の状態を過剰に悪く考えていたんです」

「では、なぜあなたはここまで同行してきたのですか？」ウルフは尋ねた。

「心臓のせいではありません。わたしは先生のマンションで、弁論趣意書について一緒に作業していました。そこにバーサの知らせが届いたんです。先生はあなたに会うと決めて、わたしに同行を求めました。速記ができますので」

「グッドウィン君が引用したミス・アーロンの発言を聞きましたね。ミス・アーロンがオーティスさんに話すのを不安視していた内容、懸案事項の中身を話した場合、オーティスさんに対する影響について責任をとってもらえますか？」

オーティスが癇癪を起こした。「なにを言うか！　わたしが責任をとる！　自分の心臓だからな！」

「わたしとしては」アン・ペイジが言った。「先生に話した場合の影響が、話さなかった場合と同程度に悪いかについては、疑問を感じます。責任は負いかねますが、オーティス先生自身が強く望んだという事実の証人ではあります」

「強く望むだけではない」オーティスが続けた。「情報に対する権利を主張する。わたしに関わる話にちがいないのだから」

「結構」ウルフは言った。「ミス・アーロンは今日、いや、もう昨日ですが、午後五時二十分にここへ到着しました。こちらから呼んだのではなく、約束もありませんでした。グッドウィン君は二十分ほど話をしてから、わたしに相談するため上階へ来ました。席をはずしていたのは三十分間です。ミス・アーロンは一人きりで一階にいました。グッドウィン君が戻ったときになにが待ち受けていたかは、ご存じでしょう。グッドウィン君はミス・アーロンとの会話を含めて供述書を作成し、警察に提出しました」ウルフの頭がこちらを向いた。「アーチー。オーティスさんに供述書の写しを渡してくれ」

　ぼくは机の引き出しから出して持っていき、手渡した。オーティスへの影響がバーサ・アーロンの見積もりどおりで、ばったり倒れた場合に備えて待機するつもりだったが、立っていてもオーティスの顔は観察できなかったため、席に戻った。それでも、半世紀も法律問題を扱ってきただけあって、オーティスの顔は表情の作りかたを心得ていた。変化といえば、顎が少し緊張して、首の脇の筋肉が一度引きつっただけだった。供述書は二回読みとおした。一回目はすばやく、二回目は時間をかけた。読みおえると、きちんと畳んで少しいじってから、上着の胸ポケットに入れた。

「だめです」ウルフは強い口調で制した。「自己判断で情報を開示しましたが、それは警察へ提出した供述書の写しです。お渡しできません」

　オーティスは無視した。勤務弁護士に視線を向けると、首の筋肉がまた引きつった。「同行させるべきではなかったな、アン」と声をかける。「帰ってもらわなければならない」

　アンはオーティスの視線を受けとめた。「大丈夫です、オーティス先生。信用してください。どんなことでも大丈夫です。よくない内容だったのなら、お一人にするわけにはいきません」

「一人で対処しなければならないんだ。この件に関しては、きみを頼みにはできない。帰ってもらう必要がある」

ぼくは立ちあがった。「表側の応接室で待てますよ、ミス・ペイジ。壁とドアは防音仕様です」

アンは気に入らない様子だったが、席を立った。ぼくは応接室へのドアを開け、明かりをつけてから廊下側のドアを施錠して、鍵をポケットにしまった。事務所に戻って、自分の席へ歩いていく途中で、オーティスに訊かれた。「防音仕様の性能は？」

「大声で叫ばない限り大丈夫です」ぼくは答えた。

オーティスはウルフに強い視線を向けた。「ミス・アーロンが」と口を開く。「わたしの命に関わるかもしれないと考えたのも無理はない。なんともないのが不思議なくらいだ。警察もこの供述書を持っているという話でしたね？」

「そうです。この会話は、その写しを返却しない限り打ち切りです。グッドウィン君は確認書類を持っていない。警察の公的権力によりやむをえない場合を除き、グッドウィン君が署名するのに危険な文書です」

「しかし、これは必要な――」

「アーチー。回収しろ」

ぼくは席を立った。心臓は間違いなく試練を受けることになる。が、ぼくが一歩前に出ると、オーティスの手はポケットに伸び、目の前に立ったときには、手は出てきて供述書を渡した。

「そのほうがいい」ウルフは言った。「謝罪と哀悼の意を表しましたし、こちらの手持ちの情報はすべてあなたに渡してあります。付け加えておきましょう。その一。この供述書の内容はあなたの同意なしにグッドウィン君、もしくはわたしから第三者に暴露されることは一切ありません。その二。わたしの自尊心は深い傷を負いました、殺人犯を暴けば大いに癒やされるでしょう。警察の仕事であることは当然として、わたしにとっては自分の仕事です。あなたの助力は歓迎しますが、依頼人としてではありません。報酬は受けつけません。現在、あなたは動揺し、自分が所長を務める法律事務所が大変な事態に陥るという見通しで胸がいっぱいなのは、こちらも理解しています。心の整理がついたら、事務所内の背信行為に自ら対処し、犯人に罪の宣告を逃れさせて、被害を最小限にする可能性に気を引かれるかもしれません。あなたが充分な機略と巧妙さを用いてしかければ、警察が出し抜かれて犯人を取り逃がす可能性はありますが、わたしはそうはなりません」

「まったく不当な憶測だ」オーティスが言った。

「憶測を巡らせているのではありません、自分の意図を明確にしているだけです。警察、そしてわたしはもっとも有力な仮説を採用しています。あなたの法律事務所の弁護士が、ミス・アーロンを殺害したのです。法廷では犯人に不利な証拠として動機の立証を含めることが必要要件とされるわけではないが、必然的に動機は明らかにされるでしょう。それを邪魔しないと断言できますか？　法律事務所の名誉を最大の関心事としては考えないと？」

オーティスは口を開いたが、また閉じてしまった。

ウルフは頷いた。「そうではないと思います。でしたら、わたしに協力するようお勧めします。その場合、わたしには二つの目的ができる。殺人犯を捕まえること、あなたの法律事務所にできるだけ被害が及ばないよう気を配ること。協力がなければ、目的は一つだけとなるでしょう。警察に関しては、あなたの協力を期待しているとは思えませんな。警察もばかではないので、あなたには正義の達成よりも強い関心事があるとみなすでしょう。いかがですか?」

オーティスは両手を膝頭にあて、頭を垂れていた。左手の甲の研究ができただろう。視線が右手に移り、そちらの研究もきちんとこなしたあと、顔をあげて、口を開いた。「『仮説』という言葉を使いましたな。当事務所の弁護士がミス・アーロンを殺害したとのことだが、それはあくまで仮説だ。その人物は、ミス・アーロンがここにいることをどうやって知ったのですか? 本人はだれにも知られていないと言っていた」

「尾行でしょう。問題の人物と話した直後に、ミス・アーロンは法律事務所を出たはずです。アーチー?」

「ミス・アーロンはたぶん、歩いてきたと思います」ぼくは答えた。「足の速さにもよりますが、十五分から二十五分の間です。あの時間帯は、空車はほとんどつかまりませんし、街を横断するとなるとのろのろ運転です。徒歩での尾行は余裕だったでしょう」

「どうやって入ったんだ?」オーティスが追及した。「きみがミス・アーロンを通したときに、こっそり入りこんだのか?」

「ちがいます。供述書は読みましたよね。ミス・アーロンがこの家に入るのを見て、犯人はネロ・ウルフの住所だと気づいたんです。電話ボックスに移動して、この家の番号にかける。そうしたら、ミス・アーロンが出た。これです」ぼくは自分の電話機を軽く叩いた。「ぼくは席をはずしていましたから、長年秘書をしていた人物なら習慣で応答したでしょう。ボタンを押していなかったので、植物室の電話は鳴りませんでした。厨房では鳴ったでしょうが、フリッツは留守でした。ミス・アーロンが電話に出ると、犯人はすぐに会いたい、納得のいく説明をすると持ちかけました。で、ミス・アーロンが来るように言ったんです。実際に来たら、ミス・アーロンが玄関にいて、犯人を入れた。犯人は時間稼ぎをするだけのつもりでしたが、一階にはミス・アーロンしかいないこと、ウルフさんとはまだ面会していないことを知って、他の考えを思いつき、実行したんです。全部片づけるのに二分もあれば充分だったでしょう。もっと短かったかもしれません」

「それは全部単なる推測だ」

「そうです。ぼくはいませんでしたから。ですが、符合します。そちらでもっといい考えがあるなら、速記はしますよ」

「警察はここにあるすべてについて指紋を調べた」

「もちろんです。ですが、外は氷点下ですし、法律事務所の弁護士は手袋をはめていたと思いますね」

「ウルフさんとの面会がまだなのを犯人が把握したとの想定だが、ミス・アーロンはきみと話をしていたじゃないか」

「ぼくと話をしたことは言わなかったんです。ミス・アーロンが一人きりで、ウルフさんと会っていないことを探りだすのに、それほど手間はかからなかったでしょう。それか、ミス・アーロンが実際には犯人に話したけれども、いちかばちかの犯行となったか。最初の考えが有力だと思いますし、ぼくもそちらが気に入っています」

オーティスはしばらく探るようにぼくを見ていたが、やがて目を閉じて、また頭を垂れた。目を開けたとき、視線はウルフに向けられていた。「ウルフさん。個人的理由により正義を損ねようとするのではという示唆について、私見は控えさせてもらう。協力してほしいとのことでしたね。どのような?」

「情報の提供。質問への回答。あなたは質問に対して豊富な経験をお持ちだ。わたしがなにを訊くか、わかるでしょう」

「口に出してもらえたら、もっとわかる。進めてください、いずれ結果は出るだろう」

ウルフは壁の時計を見やった。「真夜中を一時間近く過ぎています。長引くかもしれません。ミス・ペイジは待っていても所在ないでしょう」

「それはそうだ」オーティスは賛成し、ぼくを見た。「こちらに来るように声をかけてもらえるかな?」

ぼくは立ちあがり、応接室へのドアに向かった。室内に入り、言葉が舌の先まで出かかったが、そこまでだった。アンはいなかった。大きく開いた窓から冷たい空気が流れこんでいた。そっちへ行って、頭を突き出したときには、喉の周りにぼくのネクタイを巻かれてその場に倒れているだろうと覚悟していた。もっとも、ぼくはネクタイを応接室に置き去りにはしていなかった。八フィート下の地下室前の空間になにもないのを見たときは、心からほっとした。

第三章

事務所から怒鳴り声がとどろいてきた。「アーチー！　いったいなにをしている？」

ぼくは窓を閉め、ざっと目を配って暴行の形跡や書き置きがないのを確認したうえで、質疑応答の場に戻った。

「いなくなりました」ぼくは告げた。「書き置きはありません。ぼくが――」

「なぜ窓を開けた？」

「開けてません。閉めたんです。応接室に案内したとき、廊下側のドアに鍵をかけておいたので、ミス・ペイジはふらふら出歩いて聞く予定のない話を聞いたりはできませんでした。なので、待つのに飽きたら、出口は窓だけだったんです」

「窓から出ていったのか？」オーティスが訊いた。

「そうです。単なる推測ですが、符合します。窓は全開で、ミス・ペイジは室内にいませんでしたし、外にもいませんでした。確認ずみです」

「信じられない。ミス・ペイジは思慮分別があって、信頼できる……」唇を噛んだ。「いや、ちがう！　もうだれが信用できるのかわからない」椅子の腕に肘を置き、片手で頭を支える。「水を一杯もらえるかな？」

ウルフはブランデーを勧めたが、オーティスは水を選んだので、ぼくは厨房へ行って、持ってきた。オーティスはポケットから小さな金属製のケースを出し、薬を二錠とりだして、水と一緒に飲み下した。

「力になりますか?」ウルフが訊いた。「その薬のことですが」

「はい。薬は信頼できる」オーティスはぼくにグラスを返した。

「では、進めてよろしいですか?」

「はい」

「ミス・ペイジが窓から脱出しなければならなかった理由について、心あたりはありますか?」

「ありません。とんでもないことだ。ウルフさん、わたしにはなんの心あたりもない。途方に暮れているのがわかりませんか?」

「わかります。質疑応答は延期しますか?」

「必要ない!」

「結構。こちらでは、ミス・アーロンは法律事務所の経営担当弁護士、Xと呼びますが、その人物によって殺されたと考えています。この推測は、前段階の推測に基づいています。グッドウィン君と話したとき、ミス・アーロンが嘘をつかず事実を正確に話したというものです。その推測に疑義を申し立てますか?」

オーティスはぼくを見た。「一つ、教えてほしい。供述書でミス・アーロンの発言内容は読んだし、いかにも彼女らしい言いかただった。しかし、様子は……声や、態度は? ミス・アーロンはなんらかの……その、自分を見失っているような様子だったのかな? 動転していた?」

「いえ」ぼくは答えた。「背筋を伸ばし、足を揃えて座っていました。ずっとぼくと目を合わせて」

オーティスは頷いた。「そうだろう。いつでも、そうだった」そしてウルフに言う。「今、ここだけの話として、疑義は申し立てない」

「もう一つ、Xがミス・アーロンを殺害したという推測についてはどうですか?」

「疑義を申し立てもしないし、受け入れもしない」

「くだらん。あなたは現実逃避者ではないはずですよ、オーティスさん。次です。ミス・アーロンの提示した事実が正確だったとするなら、Xはあなたがたの依頼人ソレル氏に対する妻の訴訟において、実質的に支援となる情報を渡せる立場にいたと考えなければならない。この点は正しいですか?」

「もちろんだ」オーティスはなにか付け加えようとして思い直し、また決心を変えた。「再度ここだけの話になるが、今回は単なる普通法の訴訟問題ではない。ミセス・ソレルの脅迫行為だ。法律的には該当しないかもしれないが、内実はそうなる。ミセス・ソレルの要求は法律の意図した範囲内に入らず、非常識だ。不当なゆすりだ」

「それで、あなたの法律事務所の弁護士は、ミセス・ソレルに武器を与えることができた。その人物は、もしくは人物たちは、だれです?」

オーティスは首を振った。「答えられない」

ウルフは眉をあげた。「オーティスさん? もしいくらかでも協力するふりをするのでしたら、それがあなたに可能なぎりぎりの最低限度ですよ。わたしの提案を拒否するならそう言ってください、わたしはあなたなしで進めることにします。明日の、いや、今日のお昼までには、警察はその基本の質問に答えを得ているでしょう。わたしはもう少しかかるかもしれませんが」

「たしかにそうかもしれないな」オーティスは応じた。「そちらは三つ目の推測に言及していない。グッドウィンさんが嘘をつかず、ミス・アーロンの発言を正確に報告したと推測している」

「ばかな」ウルフは不機嫌になった。「あなたは無駄口を叩いている。グッドウィン君を疑問視したいのなら、あなたはもう絶望的だ。帰ったほうがいい。後ほど精神力を回復して連絡をとる気になったら、わたしはここにいますので」ウルフは椅子を引いた。

「待った」オーティスは片手を伸ばした。「なんてことだ、八方塞がりじゃないか！　精神力どうこうじゃない。精神力はちゃんとある」

「では、活用してください。法律事務所内で利益をミセス・ソレルに売り渡せる立場にいたのは、どの弁護士ですか？」

「全員だ。当方の依頼人はある面では脆弱な立場で、状況はきわめて難しい。その点について、しょっちゅう全員で会議をしていた。つまり、当然ながらわたしの三人の共同経営者のことだ。三人のうちの一人でしかありえない。勤務弁護士たちは一人もこの件の機密に関与していなかったというのが理由の一部ではあるが、ミス・アーロンがグッドウィンさんに法律事務所の弁護士だと話していたのが主な理由だ。ミス・アーロンは『法律事務所の弁護士』という言葉を不用意に使いはしない。ミス・アーロンにとって、その言葉は特定の限られた適用性を持つ。フランク・エディ、マイルズ・ヘイデッカー、グレゴリー・ジェットに限られる。そこが信じられないんだ！」

「『信じられない』というのは文字どおりですか、それとも修辞的ですか？　あなたはミス・アーロンを、もしくは、悲観的になったあまりグッドウィン君を信用できないと？　ここだけの話ですか？」

「そうではない」

ウルフは手のひらを立てた。「では、明らかにしましょう。今挙げた三人全員に対して平等に信じられないと評するのか、それとも、優先人物がいるのですか？」

それから一時間、オーティスは少なくとも十二回は躊躇した。細かい点、例えばモートン・ソレルはどんな面で脆弱な立場なのかなど、完全に口を閉ざしたこともあった。それでも、ぼくにはノート九頁がいっぱいになるほど材料は集まった。

フランク・エディ。五十五歳。既婚者で家族は息子二人と娘一人に妻。事務所の純利益の二十七パーセントを得ている（オーティスの取り分は四十パーセント）。すばらしく頭の切れる人物だが、ほとんど法廷には出ない。四年前にモートン・ソレルとリタ・ラムジーが結ばれたとき、二人が署名した婚姻契約を起草した。個人的財政状況は健全。奥さんと子供たちとの関係は、そこそこ。他の女性に対する関心は明らかにあるが、かなり慎重だ。オーティスの把握している限りでは、ミセス・ソレルに関心はない。

マイルズ・ヘイデッカー。四十七歳。既婚者だが、子供はいない。取り分は二十二パーセント。すでに故人となった父親は、法律事務所の創立者の一人だった。専門は裁判で、事務所での最重要案件を法廷で扱う。二年前、元代理人の男からミセス・ソレルが訴えられたとき、夫の要望で弁護士として出廷した。締まり屋で、個人的には一財産ある。妻との関係は不明、表面上は問題ない。仕事と趣味のチェスと密室政治に熱中していて、ミセス・ソレルを含めた女性にかかずらう暇がない。

グレゴリー・ジェット。三十六歳、独身。共同経営者で収益の十一パーセントを割りあてられている。大企業絡みの二つの案件ですばらしい成果を収めた結果だ。企業の一つはモートン・ソレルが経営していて、ここ一年くらいは五番街にあるソレルの自宅へかなり頻繁に招かれていた。ただし、女主人に目立って関心を抱いている様子はなかった。個人的財政状況は、オーティスが躊躇した点の一つだった。それでも、ジェットは収入と支出のバランスに無頓着で、法律事務所との貸借勘定では赤字になっているとの推測を受け入れた。二年ほど前、共同経営者の一人になってからほどなく、ジェットはかなりの金額の損を出した。オーティスは四万ドルくらいじゃないかと考えていた。ブロードウェイの舞台を後援して、失敗したのだ。友人の女性が出演していた。女友達、もしくは友達たちに関する出費が他にあったかどうかについては、オーティスは把握していないか、口を割らなかった。実際にオーティスが口にしたのは、主にバーサ・アーロンからのまた聞きで、ジェットはここ何か月かアン・ペイジに仕事仲間以上の関心を示しているとの考えだった。

ただ、アン・ペイジが窓から抜け出したのは、ことの成り行きを察するか把握するかで援護を決心した可能性があると、ウルフがほのめかしたところ、オーティスは受け入れなかった。自分の共同経営者の一人がスパイだという知らせを受け入れるのに全力を使っていて、別の勤務弁護士が加担しているかもしれないという考えは限界を超えていた。自分でアン・ペイジにあたってみる。必ず納得できる説明があるはずだ。

ミセス・モートン・ソレルに関しては、オーティスは少しも遠慮しなかった。情報の一部は、新聞や雑誌を読む人ならだれでも知っていることだった。リタ・ラムジーとして、『ない物ねだり』での演技でブロードウェイを沸かせたときは、まだ二十歳そこそこだった。続く二つの舞台では、さらに大成功を収めた。ハリウッドからの誘いを蹴り、モートン・ソレルからの誘いも二年間蹴り、その後芸能生活を捨ててソレルと結婚した。ただ、ゴシップ記事ではほのめかされていただけの情報を、オーティスは付け加えた。一年と経たずに夫婦仲は冷め、リタは爪を隠した美しい手を大金に伸ばすためにこそ結婚したとわかってきた。婚姻契約書の条件で手を打つ気などさらさらなかった。はるかに巨額の金を、財産の半分以上を要求し、ソレルのある活動に関する証拠を慎重に集めはじめた。が、ソレルも知恵をつけ、オーティス・エディ・ヘイデッカー・ジェット法律事務所に相談し、弁護士たちはミセス・ソレルを追い詰めた、もしくはそう思った。オーティスも、ぼくの供述書の写しを読むまでは自信を持っていた。今では、なんについても自信がない。

それでも、生きてはいた。午前二時に帰ろうと腰をあげたとき、多少は立ち直っていたし、薬を飲むために水を頼んだときほど不安に苛まれてはいないようだった。ウルフの申し出を受け入れるという言葉はあまり多くなかったが、三十二時間以内、つまり水曜日の午前十時までにウルフからの連絡があるのなら、それまでは次の段階に踏み出さないと同意はした。その間にとる行動は、アン・ペイジに自分がぼくの供述書を読んだことは他言無用だと釘を刺すこと、逃げ出した理由を問いただすことだけ。警察がぼくの供述書の内容を教えてくれるとは思わないが、仮にそうなったとしたら、裏づけがとれた場合のみ信用すると答える。もちろん、オーティスはウルフの行動予定を知りたがったが、ウルフは、わからない、朝食後までは決定しないだろうと答えた。

オーティスにコートを着せかけて送り出したあとで、ぼくが事務所に戻ると、フリッツがいた。

「要らん」ウルフは厳しい顔で答えていた。「夜中にはほぼ絶対に食べ物を口にしないと、ちゃんと承知しているだろう」

「ですが、夕食をとっていません。オムレツか、せめて――」

「要らん！　いい加減にしないか、放っておいてくれ。もう寝ろ！」

フリッツはぼくを見た。ぼくは首を振った。フリッツは出ていき、ぼくは腰をおろした。「ソールとフレッドとオリーを招集しますか？」

「いや」ウルフは鼻から空気を吸いこみ、口から吐き出した。「どう進めるか自分でもわからないのに、いったいどうして指示を出せるのだ？」

「修辞的ですね」ぼくは言った。

「修辞的ではない。論理的だ。わかりきったお決まりの仕事はあるが、ばかげている。二人が会っていた安レストランか簡易食堂を発見するのか？　いったい何軒あるんだ？」

「ああ、千軒かそれ以上ですね」

ウルフは唸った。「さもなければ、法律事務所の全職員に質問して、昨日の午後ミス・アーロンと話しこんでいたのは問題の三人のうちだれだったかを突きとめるのか？　さもなければ、犯人はここまで尾行をしてきたとの推測に基づいて、ミス・アーロンの直後に事務所を出た人物の特定か？　さもなければ、五時から六時十分までの行動を説明できない人物か？　さもなければ、犯人がこの家の番号にかけてきた近所の電話ボックスを見つけるのか？　さもなければ、ミセス・ソレルとの関係を洗う？　この一連の質問はすべて適切で筋が通っているが、午前中の中程にはクレイマー警視と地方検事が百人もの部下を使って調べさせているだろう」

「二百人ですね。この事件は特別です」

「つまり、わたしが調査に三人、きみを入れて四人を投入したところで、愚の骨頂だ。可能な方策としては、オーティス氏に問題の三人、エディ氏、ヘイデッカー氏、ジェット氏をここへ寄こさせることだろう。三人には、この家で起きた殺人事件の捜査にわたしを雇ったとだけ説明すればいい」

「呼べるなら、の話ですね。昼間の大半は地方検事局にいるでしょう。先方からの要請で」

ウルフは目を閉じて、唇を引き結んだ。ぼくは、オーティスが引き渡した自分の供述書の写しをとりあげ、引き出しからは二つ目の写しを出して、金庫を開けにいき、内側の棚に置いた。金庫を閉め、錠を回していると、ウルフが言った。

「アーチー」

「はい」

「警察はミセス・ソレルをあたってみるだろうか？」

「やらないと思いますね、今すぐには。なんのためです？　バーサ・アーロンがぼくに話した内容をべらべらしゃべったら名誉毀損で逮捕するかもしれないって、クレイマーが親切に警告してましたから、そこは間違いなく内緒にしておくつもりでしょう。ミセス・ソレルにあたれば、ばれます」

ウルフは頷いた。「ミセス・ソレルは妙齢の美女だそうだが」

「そうです。私生活でのミセス・ソレルは一度も見たことはありませんが。あなたも写真は見ましたよね」

「容姿端麗な若い女性の扱いにかけては、きみには天与の才がある」

「わかってます。みんな太陽の光を浴びたチョコレートみたいにとろけますからね。ただ、ぼくがミセス・ソレルみたいな女性のところへ行って、安レストランか簡易食堂で会っていた法律事務所の人間はだれかと訊いたら、相手がぼくに腕を投げかけて耳にそいつの名前を囁いてくれると思ってるなら、ちょっと買いかぶりすぎです。一時間かそれ以上かかるかもしれません」

「ミセス・ソレルをここに連れてこられるな」

「たぶん。可能性はあります。蘭を見せるんですか?」

「わからん」ウルフは椅子を引いて、巨体を持ちあげた。「わたしはいつものわたしではない。八時に部屋まで来てくれ」そして、廊下へ向かった。

第四章

火曜の午前十時十七分、ぼくは家を出て北へ短い十四ブロック、東へ長い六ブロックを歩き、〈チャーチル・タワーズ〉のロビーに入った。タクシーをつかまえずに歩いてきたのには、二つの理由がある。睡眠が五時間未満だったので、特に首から上に大量の酸素が必要だった。ミセス・モートン・ソレル、旧芸名リタ・ラムジーが面会に応じるのは、どんなに早くても十一時だ。『ガゼット』紙のロン・コーエンに電話を一本かけただけで、ミセス・ソレルは二か月前に夫の家を出た際、〈チャーチル・タワーズ〉に部屋を借りたとわかった。

ポケットには封をした無地の白封筒が入っていた。ぼくは自分の手で上書きをした。

ミセス・モートン・ソレル
私用親展

中にはカードが入っていて、同じく手書きした。

あの晩、簡易食堂の仕切り席に二人で座っているところを見られた。電話をかけたり、受けたりするのは危険だ。このカードを持ってきた人物は信用していい。

署名はなし。十時四十八分、ロビーの机にいた臨時外交責任者《シャルゲダフェア》に封筒を渡し、届けるように頼んだ。その受付係がぼくをエレベーターに手招いたのは、まだ十一時に三分前だった。それまでの九分間はきつかった。うまくいかなければ、追い出せという指示がくれば、なんの返事もなければ、ぼくには他に切る手札がなかった。だから、エレベーターで上昇しているとき、ぼくはいろんな意味であがっていた。三十階で降りたところ、リタ本人が戸口に立っているのが見えた。にやりと笑いかけたかったが、取り繕った。

リタはカードを手にしていた。「これを送ってきたのは、あなた?」と尋ねる。

「持参しました」

リタはぼくのつま先から頭まで視線を動かし、眺めた。「前に会ったことがなかった? お名前は?」

「グッドウィンです。アーチー・グッドウィン。朝刊でぼくの写真を見たんじゃないですか」

「ああ」リタは頷いた。「もちろん、そうね」カードを掲げる。「これって、なんのこと? 意味不明なんだけど。どこで手に入れたの?」

「自分で書きました」ぼくは一歩前に出た。朝風呂のいい香りがより強く感じられた。いや、ひどくくつろいだ黄色い化粧着姿だったから、その合わせ目から香ってきているのかもしれなかった。「あなたには正直に話します、ミセス・ソレル。ちょっとした計略です。何年も前からずっと、ぼくはあなたに夢中なんです。ぼくの唯一の心の画は、あなたです。ぼくだけのために、ちょっと笑顔を向けてもらえれば、天にも昇る心地でしょう。これまで一度も会おうとしなかったのは、望みがないとわかっていたからです。ですけど、ご主人の家を出たからには、ぼくでもなにか、少しは役に立てるんじゃないかと思って。そうしたら、お返しに笑顔を見られるんじゃないかと。どうしても会って、伝えたかったんです。あのカードはただの計略でした、あなたに近づくための。自分で創作したんです。ぼくに会いたいと思わせたい一心で。どうか……どうか許してください！」

　リタはあのだれもが心奪われる笑顔になった、ぼくだけのために。そしてこう言った。「わたしの負けね、グッドウィンさん。本当に。すごくお上手。わたしのためになにか特別にやってくれることはある？」

　ぼくは脱帽するしかなかった。ぼくが二枚舌の嘘つきなのは、百も承知しているのだ。カードの文言は、ぼくの創作じゃないとわかっている。ぼくが免許を持った私立探偵で、捜査のために来たと知っている。それでも、リタは瞬き一つしなかった。いや、むしろ瞬きをした。生まれつきの長くて黒いまつげは、色が濃くなる直前のトウモロコシの絹糸《けんし》と同じ色でやはり生まれつきのすばらしい金髪と引き立てあい、ほれぼれするほどだった。そのまつげを一瞬伏せて、ぼくの言葉に気をよくしたことを隠した。私生活でも舞台の上と変わらない立派な女優で、ぼくは脱帽するしかなかった。

「入ってもかまいませんか？」ぼくは尋ねた。「笑ってくれましたしね？」

「もちろん」リタはさがり、ぼくは室内へ足を踏み入れた。ぼくが帽子とコートを脱いで椅子に置くのを待ち、リタは先に立って玄関の広間から東と南に窓のある大きな居間へと案内してくれた。そして、奥の長椅子へ向かう。

「こんないい話を持ちかけられた人、多くはないんでしょ」リタは腰をおろした。「有名な探偵が力を貸してくれるなんて。例えばどんなこと？」

「そうですね」ぼくは座った。「ボタンの縫いつけができますよ」

「それならわたしも」にっこり笑う。その笑顔を見ていると、吸血鬼の王者だとは夢にも思えないだろう。自分でも危うくちがうんじゃないかと思うところだった。しかけられる側にいるのは楽しい。

「後ろからくっついて歩くこともできるかな」ぼくは申し出た。「雪が降ったときに備えて、長靴を持ち運ぶんです」

「あまり歩かないの。持ち運ぶなら、銃のほうがいいかも。夫の話をしてたわよね。正直、あの人はだれかを雇ってわたしを殺しかねないって気がして。あなたってすてきね。とってもすてき。勇気はある？」

「場合によります。たぶん、あなたが見守ってくれてたら大丈夫でしょう。ところで、せっかく目の前にいるわけですし、今日は忘れられない一日になるので、記念にちょっと質問を。ぼくの写真を新聞で見てるんですから、昨日ネロ・ウルフの事務所で起こった事件についても読みましたよね。女の人が殺されたんです。バーサ・アーロン。いかがです？」

「ちょっとは読んだけど」リタは顔をしかめた。「殺人の記事を読むのは好きじゃないし」

「その女の人については読みましたか？　オーティス・エ[illegible]イテッカー・ジェット法律事務所の上席共同経営者、ラモント・オーティスさんの個人秘書なんですけど」

リタは首を振った。「気づかなかった」

「気づくかもしれないと思ったんですよ。ご主人の弁護士たちですから。もちろん、それは知ってますよね？」

「ああ」リタは目を見開いた。「もちろんよ。気づかなかった」

「そのあたりは記事で読まなかったんでしょう。四人全員とお知り合いだから、名前に気づいたはずですしね。ぼくが訊きたいのは、バーサ・アーロンを知ってたかどうかなんですが」

「知らない」

「知ってるかなって思ったんですよ、オーティス弁護士の秘書ですから。何年もご主人の弁護士をしていますし、あなたの案件も一つ扱ったことがありました。会ったことはないんですか?」

「ないわね」リタの顔に微笑みはなかった。「その法律事務所と夫のこと、ずいぶん詳しいじゃない。わたしに夢中とか、心の画とか、あんなに甘い言葉を言ってくれたのに。あの人たちが寄こしたのね、それかネロ・ウルフか。で、ウルフは夫のために動いてる。でしょ?」

「いえ、ちがいます」

「ウルフは法律事務所に雇われてるのね、だとしたら同じことだから」

「ちがいます。ウルフさんが活動しているのは、自分自身のためにだけです。ウルフさんとしては――」

「嘘つき」

「一日につく嘘の数は決めてるんで、無駄使いしないよう注意してます。ウルフさんは怒ってるんですよ、女性が自分の事務所で殺害されましたから。借りを返すつもりなんです。依頼人はいませんし、この件が片づくまで依頼は受けないでしょう。あなたがバーサ・アーロンのことを知っていて、役に立つ情報を教えてくれるんじゃないかと考えたんです」

「無理」

「それは残念。あなたに夢中なのは変わりませんが」

「あなたがいてくれるのは楽しい。とってもすてきだから」リタはにっこり笑った。「ちょっと思いついたの。ネロ・ウルフはわたしのために動いてくれる？」

「可能性はあります。好まない種類の仕事もあるんですよ。引き受けるとしても、ぼられますけどね。ないとは思いますが、仮にウルフさんが心の画を持っていたとしたら、それは美女の絵じゃありません。ごく普通の女性の絵でもありませんね。なにをしてもらいたいんです？」

「できれば直接話したいの」

リタはぼくの目を見ていた。長いまつげが一番映えるように、ちょっとだけ伏し目がちだ。ここでもまた、ぼくは脱帽するしかなかった。見て見ぬふりをしていることがあるとぼくが気づいている点に、ぼくも同じことを見て見ぬふりをしている点に、リタは少しも気づいていなかったと第三者には思われるかもしれない。感心するほどお上手で、ぼくはリタを見て目を合わせているうちに、あのカードはなんの裏もなく書かれたと本気で信じている可能性があるんじゃないか、と実際に考えたほどだった。

「そういうことなら」ぼくは言った。「事務所での面会の約束をとりつける必要があります。ウルフさんは仕事で自宅を離れることは絶対にないので」ぼくは名刺入れから一枚出して、渡した。「住所と電話番号です。今行きたいのなら、喜んでお連れしますよ。特例として会ってくれるかもしれません。一時までは大丈夫です」

「どうかしらね」リタはにっこり笑った。

「なにが、ですか？」

「なんでもない。独り言」リタは首を振った。「今は行かない。たぶん……考えてみます」そして、立ちあがる。「役に立てなくて、ごめんなさい。本当に申し訳ないと思ってるけど、会ったこともない人だから……なんて名前でしたっけ？」

「バーサ・アーロン」ぼくも立ちあがった。

「聞き覚えがない名前ね」渡された名刺に、ちらっと目を向ける。「今日中に電話するかも。よく考えてみるから」

リタは一緒に玄関の広間まで来た。ぼくがドアノブに手を伸ばしかけると、リタが片手を差し出し、ぼくらは握手をした。手の握りかたはぞんざいではなかった。

〈チャーチル・タワーズ〉のロビーでエレベーターを降りると、選択肢は三つある。右へ行けば、正面玄関。左に行って、次に右へ向かえば、横手の出入口。左に行って、さらに左に行けば、別の横手の出入口。ぼくは正面玄関から出て、歩道でちょっと足を止めてコートを着ると、耳たぶを軽く引っ張ってから、南方向へ歩きだした。急ぎはしなかった。角まで来ると、大きな鼻をした小柄な男が寄ってきた。一見、床のワックスがけをして週給四十ドルといった印象だが、実のところソール・パンザーは首都圏最高の探偵で、料金は一時間十ドルだ。

「刑事の気配は？」ぼくは訊いてみた。

「知ってるやつはいない。知らないやつもいないと思うな。会えたのか？」

「ああ。ミセス・ソレルが目をつけられてるとは考えにくいな。揺さぶりをかけたんで、動くかもしれない。みんなは監視中か？」

「ああ。フレッドは北の出入口、オリーは南だ。正面から出ていってほしいね」

「同感だ。法廷で会おう」

ソールは背を向けて、立ち去った。ぼくは歩道際に移動して、タクシーを停めた。西三十五丁目の古い褐色砂岩の家の前に着いたのは、十一時四十分だった。

ポーチまでの七つの階段をのぼり、鍵をあけて家に入ったあと、帽子とコートを廊下の戸棚に片づけて、事務所へ行った。午前中の植物室での蘭の世話は十一時に終わるから、ウルフは当然読みかけの本を手に机の奥の椅子におさまっているはずだ。が、そうじゃなかった。ウルフの椅子は空っぽだった。ただ、赤革の椅子には、見知らぬ占領者がいた。ぼくはそのまま目の前に移動して、おはようございますと声をかけた。相手もおはようと言った。

その男は、首から上は詩人だった。彫りの深い夢見るような目、大きなへの字口、とがった顎。ただし、あのスーツとシャツとネクタイ、ロンドンのパルヴィスの靴までも含めて支払いをするには、山ほど詩を売らなければならなかっただろう。それを見てとるだけの視線を向けたあと、ウルフはどこかと訊く気にはなれなかったので、ぼくは廊下に引き返し、左に曲がって厨房へ向かった。廊下の突きあたりにあるアルコーブに、ウルフはいた。穴の前で立っている。目の高さで壁に穴があいているのだ。事務所側では滝の絵でごまかしてある。アルコーブ内のこちら側では覆いなどなく、話し声を聞けるのはもちろん、事務所の内部の観察も可能だ。

ぼくは立ち止まらなかった。厨房へのスイングドアを押し、ウルフが入ってくる間押さえて、手を離した。

「ネクタイを机に置いてくるのを忘れてますよ」ぼくは言った。

ウルフは唸った。「ネクタイについては、いずれ話しあおう。あれはグレゴリー・ジェット氏だ。

午前中は地方検事局にいたそうだ。話をする前にきみの報告を聞きたかったので、席をはずした。観察するのもよいだろうと思った」

「いい考えです。独り言を呟くかもしれません。『おや、敷物がないな』とかね。どうでした？」

「だめだ。あの女には会ったのか？」

「はい。完全無欠な人です。バーサ・アーロンの基礎的事実、法律事務所の弁護士が簡易食堂でミセス・ソレルと同席していた点については、もう疑問の余地はなくなりました」

「認めたのか？」

「いえ。ただ、裏づけました。二十分間話をしたんですが、カードについては意味不明だとあっさり片づけて入手先を訊いた最初の三十秒を除いて、一切触れませんでしたから。ぼくをすてきだと二回言って、六回笑いかけて、バーサ・アーロンの名前を聞いたこともないと言いました。それから、あなたが自分の依頼を引き受けるかどうかと訊きました。面会の約束のために電話をしてくるかもしれません。今、逐語的な報告が必要ですか？」

「あとでいいだろう。みんなはいたのか？」

「はい。帰り際に、ソールと話しました。あれはお金の無駄ですね。ミセス・ソレルに隙なんてありませんから。もちろん、簡易食堂での逢い引きがばれたのは痛手だったでしょうが、動揺はしないでしょう。さらにもちろん、ぼくらがどうやって突きとめたのかは、嗅ぎつけていません。問題の逢い引きとバーサ・アーロンの殺害に関係があるとは疑っていなかったかもしれません。今でも疑っていない可能性さえあります。ま、ないとは思いますけど。もし疑っているなら、簡易食堂で一緒にいた男がバーサ・アーロンを殺したとついでに疑うでしょう。ミセス・ソレルには受け入れがたい疑惑でしょうが、それでも動揺はしそうにないです。ものすごくしたたかで、まだ三千万ドルを狙ってます。にっこり笑ってすてきだって言ってくれるミセス・ソレルを見てると、ぼくがとっておきの秘密がばれたと教えるカードを送りつけたばかりだとはとても思えないでしょうね。まあ、ぼくの鼻は低いとはいえ、感想は正直なのかもしれませんし。まさに完全無欠です。三千万ドルの財産がぼくにあれば、喜んで昼食くらい奢りますよ。グレゴリー・ジェットはなにを気に病んでるんです？」

「わからん。いずれ判明するだろう」ウルフはドアを押し開けて、出ていった。ぼくも続いた。

ウルフが赤革の椅子を迂回して歩いている最中に、ジェットは口を開いた。「緊急の用件だと言いました。ずいぶん強気じゃないですか、ええ？」

「そこそこですかな」ウルフは座面上で巨体の位置を調整し、椅子を回してジェットに向き直った。「圧力がかかっているとしたら、あなたに対してであって、わたしにではない。わたしが関わっているのですか？」

「そちらも巻きこまれている」彫りの深い夢見るような目がぼくに向けられた。「名前はグッドウィンですか？　アーチー・グッドウィン？」

ぼくはそうだと答えた。

「昨晩、バーサ・アーロンとの会話について供述書を警察に提出し、その写しをラモント・オーティス、当法律事務所の上席共同経営者に渡しましたね？」

「そうでしたか？」ぼくは丁寧に答えた。「ぼくはここの雇い人にすぎないので。ウルフさんに指示されたことをするだけです。ウルフさんに訊いてください」

「質問しているのではなく、話をしているんだ」ジェットはウルフにまた矛先を向けた。「その供述書の内容を知りたい。オーティス先生は高齢で、心臓に不安がある。秘書の死という悲劇的な連絡を受けて、ここに来た際は大変動揺していた。ミス・アーロンはあなたの事務所、ここで殺害された。わたしの知る限りでは、あなたもしくはグッドウィンさんの名誉となる状況ではなかった。オーティス先生がひどく動揺していたのは事実と考えざるをえないし、高齢なのは疑いようのない事実だ。供述書を見せたのは、無責任かつ非難されるべき行動です。先生を補佐する弁護士として、共同経営者として、供述書の内容を知りたい」

ウルフは椅子にもたれ、顎を引いた。「ほう。強気には強気を、というわけですか。あなたは明らかに攻撃的で、わたしとしては守備を鉄壁としなければならない。当方はそのような供述書の存在を否定することを選択します。それで？」

「ばかげた話だ。こちらは存在を把握している」

「証拠は？」ウルフは指を一本動かした。「ジェットさん。愚かな行為ですな。だれかがあなたに供述書の存在を話したのでしょう。でなければ、ここまでやってきて吠えかかるのは、愚の骨頂だ。だれが話したのです、いつでしたか？」

「ある人……わたしがこの上なく信用している人物です」

「オーティスさん、ご自身ですか？」

「ちがう」

「その女性の名前は？」

ジェットは下唇を噛んだ。少しそうしていたあと、次には上唇を噛んだ。きれいな白い歯だった。

「あなたもさぞ動揺していたにちがいない」ウルフは言った。「情報源を明かすことなくそんな要求をしにこられると考えるとは。名前はアン・ペイジですか？」

「内密の場でしか話さない」

「では、必要ありません。認めれば、私的な情報としてわたしの思慮分別に委ねられたと受けとりますが、内密にはできません。やはり問題の供述書の存在は否定します」

「なんなんだ！」ジェットは椅子の肘掛けを叩いた。「彼女は先生と一緒にここにいた！　グッドウィンが渡すのを見たんだ！　読むところを見たんだぞ！」

ウルフは頷いた。「それでましになりました。ミス・ペイジが話したのはいつです？　今朝ですか？」

「いいや。昨晩です。電話がかかってきた」

「時間は？」

「十二時頃。少し過ぎていた」

「ミス・ペイジはオーティス氏とここを出たのですか？」

「そうじゃないことは、そちらのほうがよく承知しているだろう。ミス・ペイジは窓から抜け出した」

「そして、すぐにあなたに電話をした」ウルフは体を起こした。「わたしの思慮分別を信用するのならば、あなたの行動の理由を説明してもらわなければなりません。そうすれば、供述書の中身を教えるかもしれませんし、教えないかもしれません。あなたがすでに示した、あるいはほのめかした、関心を持つ理由、オーティス氏への気遣いは受け入れません。なぜ関心を持つのかだけでなく、ミス・ペイジが窓から逃亡した理由も説明に含める必要があります。そちらは――」

「逃亡じゃない！　グッドウィンがドアに鍵をかけていただろう！」

「要請があれば、開けていましたよ。緊急の用件だと言っていましたね。どのような理由で、だれにとって、ですか？　あなたはわたしを非常に苛つかせています。経験を重ねた法曹家なのですから、無意味な言葉でごまかそうとしても無駄だとわかるはずですが」

ジェットはぼくを見た。ぼくは顎に力をこめ、唇を引き締めて、やっぱり無意味な言葉は好きじゃないことを示した。ジェットは視線をウルフに戻した。

「結構だ」ジェットは答えた。「そちらの思慮分別を信用する、他に選択肢がないので。オーティス先生に席をはずすよう指示されたとき、グッドウィンに持ちかけたミス・アーロンの相談とはわたしに関する話ではないかと、ミス・ペイジは疑いを抱いた。従って――」

「なぜ、あなたの話なんです？　そんなことは一切におわせていなかった」

「先生が言ったからですよ。『この件に関しては、きみを頼みにはできない』ミス・ペイジは考えた。わたしに関する事柄については全幅の信頼を寄せるわけにはいかないと、先生がわかっていたのではないかとね。実際、そのとおりだ。そのとおりであることを願っている。ミス・ペイジとは、婚約しているんです。公表はしていないが、わたしたちがお互いに関心を持っていることは、同僚たちにとっては秘密でもなんでもないだろう。隠そうとしていたわけではないので。それに加えて、わたしが巻きこまれた、とある……その……出来事を、ミス・アーロンが知っていた、少なくとも疑っていた可能性があった。それを、ミス・ペイジは把握していたんです。その出来事には、オーティス先生は大変な不快感を持つはずだ。わたしがその供述書に関心を持つ理由と、ミス・ペイジが窓から出ていった理由の両方を説明する必要があると言ってましたね。これで説明がついた」

「その出来事とは？」

ジェットは首を振った。「たとえ内密でも、話せません」

「どういった性質のことです？」

「個人的なことなので」

「法律事務所、もしくは共同経営者の利益に影響がありましたか？」

「いえ。完全に個人的なことです」

「職業的名誉もしくは規範に抵触しますか？」

「しません」

「女性が絡んでいますか？」

「はい」

「相手の名前は？」

ジェットは首を振った。「わたしは非紳士的な人間ではないのですよ、ウルフさん」

「相手はミセス・モートン・ソレルですか？」

ジェットは口を開けた。そのまま三呼吸分、顎の筋肉は機能しなかった。そして、言葉を押し出した。「じゃあ、そういうことだったのか。ミス・ペイジの考えたとおりだ。わたしは供述書を見たい、いや、要求します」

「まだだめです。もう少し経ったら……あるいは、それでもだめかもしれません。ミセス・ソレルに関係のある出来事が、法律事務所の利益やあなたの職業的規範になんの関係もなかったとの主張を続けるのですか？」

「そうです。純粋に個人的なことでしたし、短期間だったので」

「時期は？」

「一年ほど前」

「最後にミセス・ソレルに会ったのは？」

「一か月ほど前、パーティーで。話はしていない」

「最後に二人きりで会ったのはいつです？」

「あれは……一年近く会っていない」

「それでもなお、オーティス氏がその出来事を知る可能性に、大変な不安を感じる？」

「もちろん。ソレルさんはわたしたちの依頼人で、奥さんは非常に重要な案件で敵対関係にある。オーティス先生は問題の出来事を……単なる出来事ではなかったと邪推するかもしれない。先生は見せられた供述書のことをわたしに話していないから、こちらから持ちだすわけにはいかない。ミス・ペイジは先生からその件をだれにも言うなと命じられていて、命令の前にわたしに話してしまったことを打ち明けていないんだ。わたしは供述書を見たい、見る権利がある！」

「二度もわめきだすのはやめてください」ウルフは椅子の腕置きに肘をつき、両手の指を合わせた。「言っておくことがあります。供述書にはあなたの説明した出来事について、明示も暗示も一切ありません。これで肩の荷がおりたことでしょう。これ以上は――」

玄関の呼び鈴が鳴った。

第五章

　ぼくは間違いをした。マジックミラーを見てすぐ、客はだれなのか思いあたったものの、名札を間違えてしまった。腹回りが細くなるように仕立てられた紺色のチェスターフィールドコートとそれに合うホンブルグ帽を身につけた肩幅のある大男が五十五歳のエディで、ベルトつきの茶色いアルスターコートを着て引き締まった体の小男が四十七歳のヘイデッカーだと思った。ところが、ドアを開けるとチェスターフィールドがネロ・ウルフに会いたいと言い、名前を尋ねたところ、返事はこうだった。「こちらがフランク・エディで、わたしはマイルズ・ヘイデッカーだ。わたしたちは――」

「承知しています。どうぞ」

　年功序列制で、ぼくはエディを手伝ってアルスターコートをハンガーにかけ、ヘイデッカーにはチェスターフィールドの世話を任せた。それから表の応接室に通し、椅子を勧めた。事務所に通じるドアを開けるとジェットの声が聞こえるかもしれない。ぼくの思慮分別が信用に値しないのなら、ジェットがウルフの思慮分別を信じられると判断したのは早とちりになると思い、廊下を回っていくことにした。自分の机に行き、メモ帳に『エディとヘイデッカー』と書いて一枚破りとり、ウルフに渡す。ウルフはメモをちらっと見て、視線をジェットに戻した。

「手詰まりですな。わたしが供述書の内容を教えない限り、あなたは質問への回答を拒否する。わたしには教えるつもりはない。エディさんとヘイデッカーさんが来ています。あなたは残りますか、帰りますか？」

「エディ先生？」ジェットは立ちあがった。「ヘイデッカー先生も？　ここに来た？」

「そうです。呼んでいませんし、約束もありません。お望みであれば見とがめられずに出ていけますよ」

ジェットは供述書を見る以外に、望みはないようだった。帰りたくないし、残りたくもない。なにも決める気がないのがはっきりすると、ウルフが決めてぼくに頷いてみせた。ぼくは境目のドアを開けにいき、新来の客たちにどうぞと声をかけ、脇によって観察した。二人がジェットを見て驚く様子、ウルフに自己紹介するときの物腰、視線の扱いかた。ぼくには捨てきれない考えがあるのだ。一人が殺人犯だとわかっている三人の人物と同じ部屋にいて、おまけに犯行がその場でたった十八時間前に行われていた場合、穴があくほどよく見ていれば、なにかぼろを発見できる。経験上そんな考えはゴミ同然だとわかっているし、なにか手がかりになりそうなものを見つけたと思っても、だいたいそれは間違っている。それでも、ぼくはそんな考えを持っていたし、今でも持っている。ぼくは観察に忙しくて、ジェットが赤革の椅子に戻り、新たな客がウルフと向かいあう二脚の黄色い椅子に座ってしまうまで、机に移動して腰をおろす暇がなかった。肩幅のある大男、ヘイデッカーが話していた。

ヘイデッカーの目はジェットに向けられていた。「ここに来たのは」と説明する。「情報を得るためだ。きみも同じだろう、グレッグ。地方検事局でわたしたちより情報を入手できたのなら話は別だが」

「ろくに手に入れられなかった」ジェットは答えた。「昔の同級生、ハウィーにさえ会えなかった。

向こうは質問に答えないくせに、こっちには訊くんだ。だいたいはこっちも答えなかったし、適切な質問じゃなかった。事務所の案件や依頼人についてだったのでね。もちろん、直接的に関連のある質問には答えた。バーサ・アーロンとの関係や昨日の午後の居場所と行動、お決まりの質問だな。自分だけのじゃない、他の人についてもだ。特に、バーサと話しこんでいた人物とか、バーサと一緒に、もしくはすぐあとに事務所から出た人物とか。明らかに、事務所に関係するだれかに殺されたと睨んでるんだろう。ただ、理由は言わない。少なくとも、わたしには」

「わたしにもだ」エディが言った。引き締まった体つきの小男にふさわしい、細くて高い声だった。

「わたしにもだ」ヘイデッカーが答えた。「ウルフさんはなにを話したんだ?」

「たいして。そんなに長い時間いたわけではないので」ジェットはウルフを見た。

ウルフは話を合わせた。咳払いをする。「あなたがたはジェットさんと同じ目的でここへ来たのでしょうな。事件の解明につながりそうな情報、特にミス・アーロンがわたしに会いにきた理由に重点を置いての問い合わせでした。ジェットさんの考えでは――」

ヘイデッカーが割りこんだ。「そういうことです。ミス・アーロンはなんのためにここにいたんです?」

「失礼。ジェットさんの考えでは、状況からして、ミス・アーロンはここにいたせいで殺された、なにかを暴露しようとして口を塞がれたと。筋は通っています。ともかく、警察や地方検事はあなたにすべての詳細を伏せていたわけではないはずです。わたしと会わなかったことは説明されていないのですか?」

「そうです」エディが答えた。「わたしには説明はなかった」

「わたしにも」へイデッカーが続けた。

「では、わたしから説明します。ミス・アーロンは約束なく来訪しました。通したのはグッドウィン君です。ミス・アーロンは内密の用件でわたしに会いたいと言った。わたしは別の場所、上階で手が離せない状態だったため、グッドウィン君が来訪を知らせにきましたが、ある問題の考慮や議論に結構な時間がかかりました。そして、わたしたちが事務所に来たとき、死体があった」ウルフはヘイデッカーの足下を指さした。「そこです。従って、ミス・アーロンは来訪の目的をわたしに話せなかった。生きたミス・アーロンには会っていないのですから」

「だとしたら、わかりませんね」エディがきっぱりと言った。すばらしく頭の切れる男は、頭脳を活用していた。「ミス・アーロンがあなたに話さなかったのなら、あなたは警察もしくは検察に話せない。しかし、あなたに会いにきた理由を捜査当局が把握していないのなら、どうして法律事務所のだれかに殺害されたとみなすんです？　他のだれかから情報を得たとも考えられるが、ここまで早いでしょうか？　当局がわたしを責めはじめたのは、今朝の七時ですよ。また、先方の質問からして、警察は単にみなしているのではなく、確定事項としているというのが、わたしの結論です」

「そのとおりだ、疑問の余地はない」へイデッカーが賛成した。「グッドウィンさん。ミス・アーロンを入れたのはあなただ。ミス・アーロンは一人でしたか？」腕利きの法廷弁護士は、こう切りこんできた。

「はい」裁判官の前にいるわけではないので、「サー」は省いた。

「周囲にはだれもいなかった？　歩道にも？」

「はい。もちろん、外は暗かったです。五時二十分でした。一月五日の日の入りは四時四十六分です」残念、ヘイデッカーはぼくを罠にかけようとはしていなかった。

「この部屋に案内したのですか?」

「はい」

「玄関は開けたままにしていたのでは?」

「いいえ」

「間違いありませんか?」

「はい。無意識に必ず行う習慣が一つあるとしたら、玄関のドアを閉めて施錠を確認することです」

「無意識の習慣は危険ですよ、グッドウィンさん。ときどき、習慣どおりとはいかないことがありますから。ミス・アーロンをこの部屋に通したとき、あなたは座りましたか?」

「はい」

「どこに?」

「今いる場所に」

「ミス・アーロンはどこに座りましたか?」

「ほぼ、あなたがいる位置です。三フィートくらい、ぼくに近かったです」

「ミス・アーロンはなんと言いましたか?」

「緊急の用件でネロ・ウルフに会いたいと言いました。いや、その発言は玄関でした。今回の事件は個人的で、極秘の内容だと言ったんです」

「『事件』という言葉を使ったのですか?」

「そうです」

「他にはなにを？」

「名前はバーサ・アーロンで、オーティス・エディ・ヘイデッカー・ジェット法律事務所の上席共同経営者、ラモント・オーティスさんの個人秘書だと言いました」

「それ以外には？」

当然、嘘をつくときがくるとわかっていたが、今がそのときだと判断した。「なにも」ぼくは答えた。

「何一つ話さなかった？」

「そうです」

「あなたはネロ・ウルフの腹心の助手だ。ウルフさんは別の場所で手が塞がっていた。ウルフさんのところへ向かう前に、あなたは事件の性質の説明を強く求めなかったとの言い分を信じろと言うのですか？」

電話が鳴った。「信じたくないなら、しかたありませんね」ぼくは答えて、椅子を回し、受話器をとった。「ネロ・ウルフの自宅です。こちらはアーチー・グッドウィンです」

聞き覚えのある声だった。「リタ・ソレルです、グッドウィンさん。決心がついたところで——」

「少しだけお待ちください」ぼくは送話口を手で塞いで、ウルフに声をかけた。「あなたがカードを送った例の女性です。ぼくのことをすてきだと言ったあの人ですよ」ウルフは受話器に手を伸ばし、耳にあてた。ぼくは自分の受話器に向かって言った。「お待たせしました。決心されたんですか？」

「今朝あなたが探しにきた答えを話すのが一番だって、決心したの。あなたは頭がよくて、かないそうにないから。カードの内容が目的で来たのに、一言も触れないなんてね。カードの文章は自分で創作した、わたしの気を引く文を書こうとしたなんて言ってたけど、信じてもらえるなんて思ってなかったでしょ。頭がよすぎるのよ。で、ばれてるのなら、白状したほうがいいだろうって。たしかに簡易食堂の仕切り席で男の人と一緒にいました、先週の話だけど……何曜日の夜だった？」

「月曜日」

「あたり。で、その人がだれか知りたいんでしょ？」

「役には立ちます」

「役に立ちたいの。あなたって、とってもすてきだから。名前はグレゴリー・ジェット」

「ありがとうございます。役に立ちたいと思うなら――」

電話は切れていた。

　ぼくは受話器を戻し、椅子を回した。ウルフは電話を押しやって、こう言った。「意味のわからない、けしからん女だ」

「はい」

「うまく扱わなければならないだろう」

「そうですね。でなければ、撃ち殺すか」

「いい選択肢ではないな」ウルフは腰をあげた。「皆さん、やむをえない事情で中座させていただきます。来なさい、アーチー」そう言って、廊下に向かう。ぼくも立ちあがって、あとを追った。ウルフは左に曲がり、厨房のスイングドアを押した。大きなテーブルにフリッツがいて、タマネギを刻んでいた。ドアは自然に閉まった。

　ウルフはぼくに向き直った。「結構。きみはあの女を知っている。顔を見て、話をした。それで、どうなんだ？」

「コイン投げで決めなきゃいけませんね。一枚じゃ足りません。ちなみに、あなたはジェットの顔を見て、話をしてますよ。ミセス・ソレルは、会っていた相手をぼくたちがもう知っているかどうかを見極めたかっただけかもしれません。そうだとしたら、正しい名前を教えたかもしれませんし、そうじゃないかもしれません。本気の密告だった可能性もあります。ジェットがバーサ・アーロンを殺したのだと結論づけて、どれほど高くつくにしても正義への愛を貫いたか、ジェットが潰れて自分の足下に火がつくのを心配したか。ぼくの好みとしては後者です。それとも、面会相手はジェットじゃなくて、エディかへイデッカーで、事態を混乱させたかったとか。例の出来事のせいでジェットに腹を立ててるのかもしれません。逆噴射を食らったら、相手がエディなりへイデッカーだとばれていたら、それはそれだってところですか。電話でぼくに話すのは、証言台で宣誓しているのとはわけがちがいますからね。かけたことを否定できます。もしかしたら、他にも――」

「とりあえず、もういい。どれか選べたか?」

「いえ。ミセス・ソレルは完全無欠だと話したじゃないですか」

ウルフは唸った。タマネギのかけらに手を伸ばし、口に入れて嚙む。のみこんで、フリッツに訊いた。「これは『エビニーザー』か?」フリッツは、ちがう、「エリート」だと答えた。ウルフはこちらを向いた。「いずれにしても、あの女は風穴をあけたわけだ。たとえ事態を混乱させようとしているだけだとしても、ミセス・ソレルが相手の男と連絡をとらなかった、これからすぐ連絡をとらないと考えるわけにはいかない」

「相手が電話してこない限り、ミセス・ソレルは連絡をとれませんでしたよ。三人とも午前中ずっと地方検事局にいたんですから」

ウルフは頷いた。「では、まず犯人に話してみよう。きみは前言撤回しなければならなくなるが」

「わかりました。なにか省略しておくことはありますか?」

「ないだろう。最初に要点を話して、様子をみる」

ウルフはドアへ向かった。廊下に出ると、事務所から声がしていた。エディの細くて高い声だったが、ぼくらが入ると同時に静かになった。ぼくがヘイデッカーの前を通過するとき、足が一本飛びだしてきた。まあ、たぶんぼくを転ばせるためじゃなかっただろう。座っていて体勢を変えただけかもしれない。

ウルフは席におさまって、口を開いた。「皆さん。グッドウィン君とわたしは、率直にお話ししても差し支えないとの判断に至りました。先ほどの電話は、ミセス・モートン・ソレルからでした。その内容からして、わたしたちは――」

「ソ、ソレルと言いましたか?」ヘイデッカーが確認した。目を見開いている。エディもだ。ジェットは目を見開いたりしないらしい。

「そうです。アーチー?」

ぼくはヘイデッカーに視線を集中させた。「もう二十秒早く電話があれば」と切りだす。「無駄な嘘をつく必要はなかったでしょう。ウルフさんのところへ行く前にバーサ・アーロンの事件の内容を知っていたこと、本人から聞いたことを明言させてもらいます。ある重要な案件で法律事務所の敵方にあたるミセス・モートン・ソレルと、事務所の弁護士が密かに話し合いをしているところを、偶然見てしまったそうです。一週間思い悩んだあげく、事件のあった昨日の午後、その件について本人に話し、説明を求めたそうですが、回答は得られなかった。従って、その人物は裏切り者だ。オーティスさんは心臓が悪く、命に関わるかもしれないので、話すのははばかられた。他の経営者にも裏切りの可能性があるので話すわけにはいかない。だから、ネロ・ウルフのところへ来たと言っていました」

ぼくはジェットを見誤っていた。今度はジェットも目を見張っていたのだ。最初に口をきけるようになったのは、ジェットだった。「信じられない。とても信じる気になれない」

「わたしもだ」ヘイデッカーが言った。

「わたしもだ」エディが言った。高い声がきんきん響いた。

「信じると思っているんですか？」ヘイデッカーが追及した。「バーサ・アーロンが、世間に知られたら法律事務所に甚大な影響を及ぼすような問題を、外部の人間に相談しにきたと？」

ウルフが割りこんだ。「ヘイデッカーさん、反対尋問はそのくらいで。先ほどは容認しましたが、今はだめです。するべき質問があれば、こちらからします。グッドウィン君の誠実《ボナ・フィデス》については、警察に署名入りの供述書を提出し、なおかつ、愚かな人間ではないことからご判断ください。また――」

「警察？」エディがきんきん声を張りあげた。「なんてことだ！」

「まったく信じがたい」ジェットが決めつけた。

ウルフは二人を無視した。「また、オーティスさんには、昨晩ここへ来たときに供述書の写しを読むことを認めました。その際、オーティスさんは内容を他言しないことに同意しました。明朝十時までで、わたしが捜査方針の計画を練るための時間です。方針は当然の推測に基づいています。ミス・アーロンは裏切りを糾弾した相手の男によって殺害された。警察も同じ推測をしています。警察は供述書の内容の非公開を選択したようでしたので、わたしも同じ選択をしました。しかし、今はちがいます。ミセス・ソレルが、密会相手だった法律事務所の一員を名指ししたからです。先ほどの電話です。あなたがたのうちの、お一人でした」

「これは現実じゃない」エディーのきんきん声。「悪夢だ」ヘイデッカーは唾を飛ばしてしゃべりだした。「まさかあなたが言わんとしているのは――」

「だめです、ヘイデッカーさん」ウルフは机の上で片方の手のひらを広げた。「質問は受けつけません。共有するつもりの事実は、こちらで選定します。わたしはなにも提案はしていません、報告をしているのです。ミセス・ソレルと同席しているところを目撃された法律事務所の弁護士について、ミス・アーロンが名前を明かさなかったことは、あえてお伝えしませんでした。さて、ミセス・ソレルは相手の名前を明かしましたが、わたしは先方の誠意に信を置いていません。今朝グッドウィン君がミセス・ソレルと会い、したたかな女性だと判断していますので。なお、ミセス・ソレルが挙げた名前を明かすつもりはありません。そうすれば、あなたがたの一人には耐えがたいほどの圧力となるでしょう」

いや、三人のだれにとっても、耐えられる圧力とは言いがたかった。三人は目を見交わした。その視線に同情とか、仲間意識はこもっていなかった。こんな神経戦の場面なら、例のぼくの考えがうまくいきそうなものだが、そうではなかった。三人のうち二人は本気で他の共同経営者を疑い、一人はそのふりをしているだけだが、問題の一人を選び出すにはぼくより上手の人間が必要そうだった。ウルフさえもしのぐ手練手管が要るかもしれない。ウルフは裂け目みたいに細めた目で、三人を観察していた。

ウルフは話を続けた。「わかりやすい仮説があります。昨日だれか、あなたがたの一人が、糾弾のあとで事務所を出たミス・アーロンを尾行し、わたしの家に入るのを見た。危機感が高まり、緊迫した。そこで電話を探し、この家の番号にかけた。グッドウィン君が席をはずしていたため、ミス・アーロンが電話に出て、犯人を家に入れることに同意した。仮に――」

「ミス・アーロンが一人だったのは純然たる偶然だった」頭の切れるエディが異を唱えた。

「くだらん。質問には答えないのですから、細かい点について議論するつもりもありませんよ、エディさん。老練なあなたなら、それくらいおわかりでしょう。もう一度、あなたがたのうちの一人にお話しします。昨日の午後の居場所や行動についての聞きこみで犯人が特定できるなら、警察はもう捜査を終えて、犯人を拘束するでしょう。あなたがたや法律事務所の全職員の話した内容すべてが、専門家として充分に通用する軍団により確認されています。しかし、グッドウィン君から提供された情報を伏せているからには、警察は先週の月曜について質問はしなかったのでしょうな。八日前です。いかがですか？」

「なぜそんな必要が？」これはジェットの質問だ。

「あなたがたの一人がミセス・ソレルと話し合いをしているところを、ミス・アーロンが見たのはその日だったからですよ。今から訊きますが、その前に昨夜のオーティスさんとの了解事項について話しておくべきでしょう。オーティスさんが提供した情報と引き換えに、わたしは殺人犯を暴く際には法律事務所の風評被害を最小限にとどめると約束しました。その合意は遵守するつもりです。従って、あなたがたのうち二人にとっては、この事件を早く解決したほうが好都合なのは言うまでもない。ジェットさん。十二月二十九日月曜の夜はどのように過ごされましたか？　そう、六時から十二時までの間ですが」

ジェットの顔はやはり彫りは深かったが、もう夢見るような目ではなかった。ぼくが前言を撤回してから、ウルフから視線を離さず、身動き一つしていなかった。そして、口を開いた。「これが本当なら、ミセス・ソレルからの電話を含めて今の話がすべて本当なら、法律事務所はすでに損害を受け、被害を最小限にとどめるためにできることはない。この世にできる人などいない」

「やってみます。そうするつもりなのです」

「どうやって？」

「不測の事態が起こったときに対応することによって」

ヘイデッカーが口を挟んだ。「オーティス先生はこの件をすべて知っていると言いましたね？　昨晩、ここにいたと？」

「はい。わたしはオウムではないし、あなたの耳は聞こえないわけではない。さて、ジェットさん？先週の月曜の夜は、どうしていました？」

「友人と一緒に劇場にいました」

「友人の名前は？」

「ミス・アン・ペイジ」

「どこの劇場です？」

「ドルー劇場。演目は『継続は力なり』。ミス・ペイジとわたしは六時少し前に事務所を一緒に出て、〈ラスターマン〉で夕食をとった。十二時過ぎまでずっと一緒だった」

「ありがとうございます。エディさん？」

「年明け前の月曜ですな」エディは言った。「六時前に帰宅し、夕食をとり、一晩中外へは出なかった」

「一人でしたか？」

「いや。息子夫婦と二人の孫が年末休暇で滞在していた。息子夫婦はわたしの妻と娘と一緒にオペラへ行ったので、孫二人と留守番をしていた」

「お孫さんは何歳ですか?」

「二歳と四歳」

「ご自宅の場所は?」

「パーク・アベニューの六十九丁目のマンションです」

「家から一歩も出なかった?」

「そうですよ」

「ありがとうございます。ヘイデッカーさん?」

「マンハッタン・チェスクラブでトーナメント戦を見学していた。ワインシュタインとの一時中断の試合をボビー・フィッシャーが五十八手で勝った。ラリー・エバンスはカルムと引き分けで、レシェフスキーはメドニスと引き分けた」

「マンハッタン・チェスクラブの所在地は?」

「西六十四丁目」

「試合は六時にはじまったのですか?」

「とんでもない。わたしは一日中法廷にいて、事務所でする仕事があった。秘書と自席でサンドイッチを食べましたよ」

「事務所を出たのは何時でしたか?」

「八時頃かな。秘書が知ってるだろう」

「チェスクラブに着いたのは?」

「事務所を出て、十五分か二十分後」へイデッカーは突然立ちあがった。「ばかげている」と大声で言う。「ウルフさん。そちらは正直に話しているのかもしれないが、わたしには判断がつかない。正直なのだとしたら、一大事だ」そして、体の向きを変えた。「オーティス先生に会いにいく。一緒に来ますか、フランク?」

エディはそうすることにした。すばらしく頭の切れる男は、その表情からして、なにも思いついていないらしい。足を引き、挨拶代わりに首をゆっくりと左右に振って、立ちあがった。十一パーセントの権利を持つ共同経営者には誘いがなく、ジェットのほうでも同行する気はなさそうだった。が、ぼくが廊下のコート掛けからエディのアルスターコートをとろうとしたとき、ジェットも来て、玄関のドアを開けてやると真っ先に出ていった。ぼくはポーチに立って空気をとり入れ、三人が並んで九番街の方向に歩き去るのを見守った。信頼と相互理解の堅固な共同戦線、なわけないか。

事務所では、ウルフが椅子にもたれて目を閉じていた。ぼくが自分の席に戻ると、電話が鳴った。ソール・パンザーからで、ミセス・ソレルに動きはないという報告だった。ぼくはちょっと待ってくれと言って、ウルフに伝えた。そのうえで、ぼくらが仕入れたばかりのアリバイの確認作業をさせるべきかを尋ねたところ、「くだらん」という返事だった。ぼくはソールに監視を続けるよう指示した。

ぼくは椅子を回した。「心配してたんですよ」と声をかける。「アリバイを確認してみるほど、あなたがやけになってるんじゃないかって。非常におもしろいんですけどね、事件に解明のひびを入れるにはいろんな方法がありますから。そこは、どんな探偵かによって決まるわけですよ。ぼくみたいなただの一流の探偵なら、できることは捜査だけです。食事より、アリバイの確認を優先するでしょう。容疑者に八時十一分にはどこにいたかを尋ねて、ノートに書きとめ、その人が別の場所にいたって教えてくれるだれかを探して靴をすり減らす。でも、天才の探偵なら、アリバイなんて気にもしない。なにかひらめくのを待つ間、会話のつなぎとして居場所を訊くだけ。相手の答えなんて聞いてもいない――」

「意味がわからん」ウルフは怒鳴った。「あの三人のアリバイは成立していない」

ぼくは頷いた。「やっぱり聞いてなかったんですね」

「ちゃんと聞いていた。あのアリバイはなんの価値もない。一人は婚約者と一緒で、一人はチェスの試合を見学していて、一人はベッドでぐっすり眠っている幼い子供と自宅にいた。ばかばかしい。一人か、うまくいけば二人が除外されるのではないかと質問してみた。が、だめだった。容疑者はやはり三人だ」

「じゃあ、残るのは天才だけですね。ミセス・ソレルに持っていける別のカードを思いついていないのなら。ぼくはかまいませんよ。『とっても』って、あの言いかたが好きなんです」

「そうだろうな。あの女を相手になにかできるか？」

「試してみることはできます。ミセス・ソレルは別の決心をするかもしれません、例えば、供述書に署名するとか。それか、あなたを雇う決心をしたなら、ここに連れてこられます。そうなれば、あなたは自分で立ち向かえますよ。うっとりするようなまつげの持ち主です」

ウルフは唸った。「そうなるかもしれん。昼食後に検討しよう。あの三人がオーティス氏と話したあとでそうなる可能性も――なんだ、フリッツ？」

「昼食の用意ができました」

第七章

ぼくはアリバイ確認にはとりかからずじまいだったが、間一髪だった。間一髪でとりやめにさせたのは、クレイマー警視だった。

ウルフは食事の席で、頭脳と舌を仕事のために活用することを断固認めない。殺人事件は、たとえ依頼人がいなくて報酬が見こめないときでも、仕事になる。だから昼食の間に進展はなかったが、事務所に戻ったとき、ウルフは本腰を入れてぼくの仕事を考えだそうとした。厄介なのは、問題が腹の立つほど単純すぎるところだ。三人の男のうち、一人が殺人犯なのはわかっている。犯行の方法と時刻も。じゃあ、三人のうちのだれなのか？ 犯人、だれにしようかな《イニ・ミニ・マーダー・モ》、神さまの言うとおり。動機だって、充分はっきりしてる。ミセス・ソレルが取引で釣りあげたのだ。自分が狙っている三千万ドルの分け前たっぷりか、もっと個人的な恩恵か。思いつく捜査方法はどれも警官まみれで、例外はミセス・ソレルだけだ。ただ、もう一度あたってみるにしても、ぼくには口を割らせるのに使う鉄梃《かなてこ》が一つもない。必要なのは、正真正銘の天才の神業だ。ただ、その日ウルフの天才は休業中らしかった。で、昼食後に事務所で座っている際、ぼくはちょっと個人攻撃をしすぎたかもしれない。そうでなければ、ウルフはぼくにとっとと出かけてアリバイを確認してこいとは怒鳴らなかっただろう。「喜んで」ぼくは答えて、帽子とコートをとりに廊下へ出た。そのとき、ポーチの客に気がついた。知らない顔ではなかった。クレイマーが呼び鈴のボタンを押すのと同時に、ぼくはドアを開け、尋ねた。

「お約束は?」

「ポケットに入ってる」クレイマーは言った。「お前への重要参考人としての逮捕状だ。ウルフにもな。警告はしておいたぞ」

二つ、解釈ができた。一つは、やむをえない事態になるまでこっちに突きつけるつもりはないという解釈。本気でぼくらを引っ張る気なら、パーリー・ステビンズ巡査部長を連れて自ら乗りこんでくるのではなく、刑事を二人ばかりお迎えに寄こしただろう。もう一つは、ウルフに教訓を与えるいい機会だという解釈。適切な種類の失礼な発言二つばかりで、クレイマーは機嫌を損ねて逮捕状を執行する気になるだろう。何時間か拘束されれば、いや一晩になるかもしれないが、それで机にネクタイを放りだしておくウルフの癖は直るはずだ。ただ、そうなればぼくも一緒に行かなければならなくなる。それは不公平だ。なのでぼくは、ドアを閉めるのをパーリーに任せ、回れ右して事務所へ入り、ウルフに告げた。「クレイマーとステビンズが逮捕状を持ってきました。あなたを捕まえるために警視が、ぼくには巡査部長が来るなんて、光栄ですよ」ウルフはぼくを睨みつけ、その視線を入ってきた二人に移した。

クレイマーは言った。「昨日の夜、警告したぞ」コートを赤革の椅子の腕にかけ、腰をおろす。

ウルフは鼻を鳴らした。「たわごとだ」

クレイマーはポケットから逮捕状を出した。「どうしてもとなったときにだけ、執行するつもりだ。使えばどうなるか、わかっているからな。あんたは黙秘する、グッドウィンも。パーカーが手を打って、即保釈だ。ただな、履歴には残るし、それでおしまいにはならないぞ。重要参考人として引っ張るのと、公務執行妨害で起訴するのは別の話だからな。あんたとグッドウィンが提出した供述書の中身を、当局は捜査の利益のために内密にしてた。あんたもそれをわかってたくせに、ばらした。殺人の容疑者たちにだ。フランク・エディが認めてたぞ。地方検事補に電話があったんだ」

すばらしく頭の切れる男の再登場か。

「エディ氏はばかだ」ウルフは決めつけた。

「そうだな。あんたは内緒で連中に話したんだからな」

「そうではなかった。わたしはなんの言質も求めなかったし、与えられてもいない。しかし、警察よりも先に殺人犯を名指しできたら、できるだけ法律事務所に損害が及ぶのを防ぐとはっきり伝えた。エディ氏が無実なら、あなたにわたしの邪魔をさせないのが、得策になる。有罪なら、なおさら悪い」

「依頼人はだれなんだ？　オーティスか？」

「依頼人はいない。わたしの名声と自尊心への侮辱に対して、復讐するつもりなのです。公務執行妨害でわたしを起訴するという脅しは、子供じみている。自分に関係のない事柄には一切手出ししていないのだから。わたしとしては、犯罪訴追のための証拠物件として自分のネクタイが提示されるという不名誉は避けようがない。ネクタイの判別のため証言台に呼び出される屈辱にさえ、甘んじなければならないかもしれない。それでもなお、わたしのネクタイを利用した犯罪者を暴く満足感を得たいのです。ミス・アーロンがグッドウィン君に話した内容をオーティス氏や共同経営者たちに話し、自分たちの法律事務所がさらされている脅威の性質を明らかにすることで、わたしは正当な個人的利益を計った。法律は一つも侵していない」

「こっちが情報を伏せてることは百も承知だったろうが！」

ウルフの肩が八分の一インチあがった。「そちらの戦略を尊重する義務はない、法律上も慣習上も。あなたもわたしも法律家ではない。起訴が維持できるかどうか、地方検事に訊いてみるといい」ウルフは手のひらを立てた。「クレイマー警視。こんな話し合いに意味はない。あなたは重要参考人としてのわたしの逮捕状を持っているんですね？」

「ああ。グッドウィンのもな」

「ただし、さっきそちらが説明した理由で執行はしない。つまり、見せびらかすための武器にすぎない。どんな結末を見据えて？　望みはなんです？」

パーリー・ステビンズ巡査部長はクレイマーの椅子の後ろに突っ立ったままだったが、低い唸り声を漏らした。ステビンズにとって、ウルフかぼくを引っ張るよりもっと楽しいことが一つあるとしたら、ぼくら二人を引っ張ることだろう。ウルフがステビンズに手錠でつながれ、ぼくがウルフに手錠でつながれていたら、言うことなしだ。唸り声はがっかりしたからで、ステビンズが椅子に移動して腰をおろしたとき、ぼくは同情をこめてにやりと笑いかけてやった。

「真相が望みだ」クレイマーが言った。

「くだらん」ウルフが答えた。

クレイマーは頷いた。「ふざけた話っていうのは、そのとおりだ。仮にグッドウィンの供述書を額面どおりに受けとったとする。なにも付け足していないし、なにも省いていないってな。そうすると、エディ、ヘイデッカー、ジェットの三人、このうちの一人がバーサ・アーロンを殺したことになる。そこは深掘りする必要はないだろう。いいな？」

「はい」

「が、陪審がグッドウィンの供述書を額面どおりに受けとると、問題の三人のうちのだれかに有罪判決を出させるのは不可能になる。被害者は五時二十分にこの家へ到着した。グッドウィンは五時三十九分に植物室のあんたのところへ向かうまで、被害者とこの部屋にいた。戻ってきて死体を見つけたのが六時十分。いいだろう、今度は連中だ。だれか一人が昨日の午後に被害者と話したとして、被害者が事務所を出るのと同時か直前もしくは直後に事務所を出たとしたら、特定できなかった。今までできてないんだから、今後も望み薄だろう。連中はそれぞれ専用の事務室を持ってる。秘書は別室だ。行動だの、電話だの、他の細かい点も当然まだ確認中だが、結果はこうなった。パーリー、例の一覧表だ」

ステビンズはポケットから書類を出して手渡し、クレイマーはざっと目を通した。「三人はどこだかの企業の案件で、五時半に会議を予定していた。ソレルとは無関係。場所はフランク・エディの事務室。ジェットが予定時刻の一、二分前に入室したとき、エディは在席していた。二人が揃って待機していると、ヘイデッカーが五時四十五分にやってきた。所用で外出していたが、思ったより時間がかかったのだそうだ。三人はその事務室で六時三十五分まで話し合いをした。つまり、エディとジェットを除外してヘイデッカーをホシだとしても、どうなる？　グッドウィンの言い分じゃ、生きているミス・アーロンを残してこの部屋を出たのは五時三十九分。三人の言い分じゃ、ヘイデッカーは五時四十五分には会議に参加した。ということは、ここまで被害者を尾行したあと、この家に電話をかけて、足を運んで被害者本人に入れてもらい、殺して、一マイル以上離れた事務所へ戻るのに、六分しかない。ふざけた話だ。三人のうちだれであっても会議のあとでここに来て、被害者を殺すのは不可能だ。だから、グッドウィンの言い分を額面どおりに受けとる必要はない。グッドウィンは六時三十一分に電話で通報してきた。会議は六時三十五分まで続いた。どう思う?」

ウルフは顔をしかめていた。「なにも。ヘイデッカー氏の所用とは、どんなことだったんですか?」

「入場券を買うために三つの劇場に行っていた。あれだけ収入のあるやつなら代理店で手配すると思うかもしれないが、けちなんだな。確認はした。やつはけちだ。劇場では覚えられていなかった」

「エディ氏とジェット氏は、四時半から五時半まで、一歩も事務所から出なかったんですか?」

「確認できない。二人とも出ていないって言うし、外出してたっていう証言もないが、未確定だ。ヘイデッカーでさえ出ていたんだから、なにがちがってくるんだ?」

「たいして。もちろん、三人のうちのだれかがミス・アーロン殺害のために刺客を雇ったとの推測は条理にかなわない」

「あたりまえだ。あんたのこの事務所で、あんたのネクタイを使ってだぞ。そんなわけあるか。三つの推測のうちどれか一つを選んでみろ。その一」クレイマーは指を一本立てた。「弁護士たちが嘘をついている。会議は五時半にははじまらなかった、もしくは、ヘイデッカーは五時四十五分には参加していなかった。その二」もう一本、指が立った。「バーサ・アーロンが『法律事務所の弁護士』と言ったとき、単に事務所に在籍する弁護士の一人という意味だった。全部で十九人いる。グッドウィンの供述が正しいなら、可能性は低いがな。その三」また一本。「グッドウィンの供述書がでたらめだった。被害者は『法律事務所の弁護士』とは言わなかった。実際になんと言ったかは、知らん。最、、、、、、初から最後まででたらめなのかもしれない。被害者が死んでる以上、絶対に証明できないのはわかってる。それに、こっちが事実をつかんでどんな真実が明るみに出たとしても、やっぱり被害者の発言に間違いはないとグッドウィンは主張できる。さあ、選べ」

ウルフは唸った。「最後の選択肢は却下します。グッドウィン君がとんでもない悪ふざけをできるのは紛れもない事実としても、わたしも片棒を担いでいなくてはならない。グッドウィン君がわたしに会話の報告をしていたのは、ミス・アーロンが亡くなる前――もしくは亡くなっている最中だったのだから。同じく、二つ目も却下します。ご存じのとおり、昨晩オーティス氏から話を聞きました。その際、ミス・アーロンは『事務所の弁護士』という言葉を事務所の経営者である弁護士という意味以外では使うはずがないと、保証されました」

「いいか、ウルフ」クレイマーは組んでいた足をはずし、床におろした。「あんたは警察より早く犯人を捕まえる優越感がほしいと認めたな」

「優越感じゃありません。満足感です」

「いいだろう。そこはわかる。自分のネクタイを首に巻きつけた女がここで倒れているのを見たときのあんたの気持ちは察しがつく。で、必要になれば、あんたの頭がどれぐらい速く回転するかも知ってる。被害者が話した内容に関するグッドウィンの報告は確認のしようがないってことを悟るのに二秒。あんたは犯人を捕まえる満足感がほしかった。経緯を思い返して、警察が答えを見つけられないまま二日間堂々巡りをするように、グッドウィンに報告のでっちあげを指示するのに五分くらいか。あんたみたいに最強の自尊心があれば、その見かたはまったく矛盾がないように思える。あんたは司法妨害をするつもりはない。殺人犯を司法に引き渡すつもりなんだからな。こっちはあんたが渡ってきた危ない橋を見てる、そのうえであんたは今の説明の行動をとれるってことを否定するのか？」

「いや。充分な刺激を与えられたとしたら、否定はできません。しかし、実行はしていない。こんなふうに整理しましょう。グッドウィン君が植物室に来てミス・アーロンの話の内容を説明したとき、報告は完璧かつ正確だった。グッドウィン君が署名した供述書は、わたしへの報告と一言一句ちがわない。従って、逮捕状で武装して、供述の内容に疑問を投げかけるつもりで来たのなら、あなたは自分とわたしの時間を浪費している。アーチー、パーカー先生に連絡を」

弁護士のナサニエル・パーカーの番号は、ぼくが一番よく知っている番号の一つで、電話帳を調べる必要はなかった。椅子を回し、ダイヤルする。つかまえると、ウルフが電話に出た。

「パーカー先生ですか？　こんにちは。今、クレイマー警視が来ていて、グッドウィン君とわたしに逮捕状を振り回しています……いえ、重要参考人です。執行するかもしれませんし、しないかもしれません。すみませんが、十分おきに秘書へこちらに電話するよう指示していただけますか？　わたしたちがクレイマー警視と一緒に出ていったとフリッツが知らせたら、対処法はご存じだと……はい、もちろん。ありがとう」

ウルフが電話を切ると、クレイマーは席を立ち、ステビンズに声をかけて、椅子の肘掛けからコートをとり、荒々しく出ていった。パーリーはすぐ後ろをついていった。ぼくは廊下に出て、ドアが閉まったとき二人とも家の外にいることを確認した。事務所に戻ると、ウルフは椅子にもたれて、目を閉じていた。拳を椅子の肘掛けに置き、唇を動かしている。唇を突き出しては引っこめ、突き出しては引っこめ。こんなとき、ウルフの邪魔をしてはいけない。そこでぼくは自分の机に戻って、腰をおろした。最短なら二分間、最長なら三十分間で、唇の運動はどれくらい続いてもおかしくない。

今回は二分を多少過ぎた程度だった。ウルフは目を開けて体を起こし、怒鳴った。「クレイマー警視はわざと四つ目の推測を省いたのか？　思いついていたのか？」

「そうは思えませんね。クレイマーの心は、ぼくたちでいっぱいでしたから。ただ、すぐに思いつくでしょう」

「きみは思いついたのか?」

「もちろんです。あのアリバイ一覧を見れば、一目瞭然ですよ。警視が実際に思いついたとしたら、事件を混乱させるんじゃないでしょうか。警視の得意とする種類の状況じゃありません」

ウルフは頷いた。「こちらで先に解決しなければ。あの女をここへ連れてこられるか?」

「やってみます。あなたが取り組んでるのはその点だろうと察しはついてました。電話で試せますよ。だめだったら、別のカードの手品を考えてみればいいでしょう。いつがいいですか? すぐですか?」

「いや。計画を練る時間が必要だ。今は何時だ?」壁の時計を見るには、首をねじる必要があるのだ。

「三時十分です」

「では、六時で。他の関係者も集めなければならない、オーティス氏もだ」

パーカーの電話番号みたいに〈チャーチル・タワーズ〉の番号になじみがあるわけではなかったが、覚えていたのでかけた。ミセス・モートン・ソレルを頼むと、しばらくして聞き覚えのある声がした。

「ソレルです。どなたですか?」

「アーチー・グッドウィンです、ミセス・ソレル。ネロ・ウルフの探偵事務所からかけています。警視がウルフさんと話をするためにここに来ていて、今帰ったところなんです。その前は、あなたも知っている三人、エディ、ヘイデッカー、ジェット弁護士がいました。きわめて興味深い進展があって、ウルフさんはあることについて決断を下す前にあなたと話しあいたいそうです。今朝、ウルフさんが依頼を引き受けるかどうかと訊きましたよね、それも可能性の一つです。六時でご都合はいかがですか？　住所は知ってますよね？」

沈黙。やがて、声がした。「進展って、どんな？」

「ウルフさんは自分で説明するつもりなんです。間違いなく、興味を持たれると思いますよ」

「どうしてこっちへ来てくれないの？」

「前にも説明したとおり、ウルフさんは仕事では絶対に家から出ないので」

「あなたは来られるでしょ。来てよ、今すぐ」

「ぜひそうしたいんですが、別の機会に。ウルフさんはあなたとの直接の話し合いを希望していますから」

沈黙。続いて、こう言った。「警察も立ち会うの？」

「それはないです」

沈黙。続いてこう。「六時って言った？」

「そのとおりです」

「わかった。行きます」

ぼくは電話を切り、体の向きを変えて、ウルフに告げた。「万事うまくいきました。ミセス・ソレルはぼくに来てもらいたがってたんですが、次の機会にしなければいけませんね。お遊びを考えるのに三時間足らずです、そのうち二時間は蘭と一緒に過ごしますよね。ぼくがすることはなにかありますか？」

「オーティス氏に連絡を」ウルフはぼそぼそと命じた。

第八章

ソールとフレッドとオリーを呼んだのは金の無駄だと思ったし、今でもぼくはそう思っている。依頼人がいない以上、それはウルフの金だからだ。ソールが五時に電話をしてきたとき、今日は終わりだと言ってもよかった。五人全員がいっぺんに暴れだしたら、ぼく一人で対応できるとは言わない。たとえそのうちの一人が七十五歳で、もう一人が女だとしてもだ。ただ、一人以上が本気で大暴れすると考えるような理由はなかったし、だとしたらぼくがちゃんと対処できる。それでも、ソールが電話してきたとき、ぼくは指示に従った。で、六十ドルが消えた。

六時八分、三人は身を潜めていた。呼び鈴が鳴り、ぼくは玄関のドアを開けてリタ・ソレルを迎え入れ、事務所へ案内し、ウルフに紹介して、乳白色のミンクと思われる毛皮のコートを赤革の椅子の背にかけた。ウルフ以外に人の姿はない。リタはウルフににっこり笑いかけ、長くて黒いまつげをぱちぱちさせた。だからといって、リタは地位や財産を重視する俗物なわけじゃない。ぼくは廊下で自分の分を受けとっていた。

「呼ばれたからって」リタはウルフに話しだした。「男性のところへ伺う習慣はないの。新しい経験ね。だから来たのよ、きっと。新しい経験が好きですから。グッドウィンさんの話では、話し合いを希望しているってことでしたけど?」

ウルフは頷いた。「そうです。内密かつ個人的なことで。率直かつ忌憚《きたん》のない議論はより生産的ですから、二人きりで話すべきですな。いいかな、アーチー？　ノートは必要ないだろう」

ぼくは反対した。「ミセス・ソレルはぼくに頼みごとがあるかも——」

「大丈夫だ。二人にしてくれ」

ぼくは事務所の外に向かった。廊下に出てドアを閉めると、右に曲がり、表の応接室のドアを開けて入り、また閉めた。そして、室内を見回す。

すべてがきちんとしていた。ラモント・オーティスは窓際の大きな椅子にいた。さっきまでアン・ペイジが座っていたのだが、今はオーティスの横にいる。反対側にエディ。ジェットは右側の壁に椅子を傾けて寄りかかっていた。ぼくの向かいの長椅子には、ヘイデッカー。両脇にフレッド・ダーキンとオリー・キャザーがいる。ソール・パンザーは部屋の中央に立っていた。全員の顔がこちらを向き、エディが口を開こうとした。

ぼくは遮った。「しゃべれば」と注意する。「聞こえなくなりますよ。あなたが聞きたくないとしても、他の人はちがいます。あとで話はできますから。ウルフさんが説明したとおり、長椅子の陰にあるスピーカーは事務所のマイクとつながっていて、ウルフさんはそこである人物と話をしています。声を聞けばわかるでしょうから、名前の紹介は省きます。いいぞ、ソール」

長椅子の後ろに移動していたソールが、スイッチを入れた。ウルフの声が響いた。

「……グッドウィン君が上階のわたしのところへ来る前に、ミス・アーロンは問題を詳しく説明しました。先週の月曜の夜、簡易食堂の仕切り席で法律事務所の弁護士があなたと密かに話しあっているところを見た。その人物が、事務所の依頼人の一人であるあなたの夫の利益を売り渡していると結論づけた。諸事情を踏まえて、法律事務所の別の弁護士、もしくは弁護士たちに話さないのが適切だと考えた。結局、昨日の午後に疑いをかけている人物と話し、説明を求めたが、答えは得られなかった。わたしと話すまで、その人物の名前を明かすのは拒否する。わたしを雇うためにここへ来た。以上の内容を、グッドウィン君は当然ながら警察にも話しています」

ミセス・ソレル。「名前は言わなかったの？」

ウルフ。「はい。ミセス・ソレル、先ほど言ったように、この話し合いは率直かつ忌憚なく行われるべきです。問題の相手の名前を明かしてあなたは当方に力添えをした、わたしはそんなふうに思っているふりはしません。今日、あなたはグッドウィン君に電話をかけ、先週の月曜の夜に簡易食堂の仕切り席で男性と一緒にいたことを認め、相手の名前はグレゴリー・ジェットだと話した。が、目的は騒ぎを大きくすることだけで、あなたは電話をかけたことをいつでも否定できる」

ジェットが傾けた椅子を急に前へ戻して、ちょっとがたがたしたが、声を消すほどではなかったし、ぼくが腕に触れると静かになった。

ミセス・ソレル。「否定しなかったら？　もう一度グレゴリー・ジェットだったって言ったらどうするの？」

ウルフ。「それはお勧めしませんな。騒ぎを大きくするのに加えて、恨みを晴らそうとするなら、再試行が必要です。話し合いの相手はジェット氏ではなかった。ヘイデッカー氏だった」

ヘイデッカーはその気があったとしても、少しもがたがたしなかった。片側にフレッド、反対側にオリーがいたからだ。がたついたのは、ラモント・オーティスだけだった。身動きして、あえぐような声を出した。アン・ペイジがオーティスの手を握った。

ミセス・ソレル。「興味深いわね。わたしが興味を持つだろうってグッドウィンさんは言ってたけど、たしかにそう。じゃあ、わたしは一緒に仕切り席に座っていた相手がだれだかわからなかったってこと？　まじめな話なの、ウルフさん！」

ウルフ。「だめですよ、マダム。絶対に通用しません。詳しく説明しましょう。エディ氏、ヘイデッカー氏、ジェット氏、この三人のうちの一人がバーサ・アーロンを殺したと、わたしは推定しました。ミス・アーロンがグッドウィン君に話した内容を踏まえれば、推定どころか結論です。しかし、三時間前にその結論は捨てなければならなくなりました。問題の三人は五時四十五分に、エディ氏の事務室で揃って会議をしていたのです。グッドウィン君がミス・アーロンを残して上階のわたしのところへ来たのは、五時三十九分でした。三人が嘘をついて共謀しているとは、およそ考えにくい。おそらく事務所の他の職員が警察に告発できたでしょうから。しかし、三人ともミス・アーロンの殺害は不可能でも、故意かそうでないかはともかく、だれかがあの惨劇を引き起こすことは可能だった。三人のうち、ヘイデッカー氏だけがミス・アーロンとほぼ同時刻に事務所を離れていたことがわかっています。個人的な用だったと話していますが、行動の確認はできませんでした。わたしの新たな推定はまだ結論にまでは至っていませんでしたが、次のような次第です。ヘイデッカー氏はここまでミス・アーロンを尾行してきて、家に入るのを見た。そこで、電話を探してあなたにかけ、二人で仕組んだ陰謀がまもなく暴かれるかもしれないと警告した。その後、先行きに絶望していたにちがいありませんが、慌てて事務所へ戻り、会議には十五分遅刻した」

順番的にはエディががたつくはずだが、期待に応えてくれた。椅子から立ちあがり、長椅子まで移動して、立ったままヘイデッカーを見おろした。ソールとぼくがそばにいたが、どうやら見つめる以外に切れる頭を活用できなかったようだ。

ウルフ。「ところで、ここに至って推定は結論になり、捨てる余地はなさそうです。ヘイデッカー氏、わたしもですが、電話を受けたあなたが殺害を決意してここへ来たとは思っていません。それどころか、そうだったはずはない。ミス・アーロンが一人きりのところを見つけられるとの期待は持てなかったのですから。あなたは可能な限りの善後策――最善なら暴露の阻止、最悪でも自分の立場を知ること――を講ずるだけのつもりだったと、ヘイデッカー氏は想定しています。あなたがこの家の番号に電話をかけたところ、ミス・アーロンが応答し、あなたを家に入れて話を聞くことに同意した。ここに来て、ミス・アーロンが一人だということ、わたしには会っていないことを知り、とっさの衝動で文鎮をつかんで殴ったとヘイデッカー氏は考えている。意識不明で床に倒れたミス・アーロンを見て、この机にあったネクタイを見つけ、さらなる衝動に襲われたとの想定です。続く考えとして――」

ミセス・ソレル。「他人の考えをどうして知ってるわけ?」

ぼくが必要とされているなら、これが出の合図だったろう。ぼくは自分の判断力を活用するよう指示されていた。ヘイデッカーの反応が推理に疑問符をつけたら、ウルフが言い抜けできないほど深入りする前に、事務所へ行って合図をする取り決めだった。今回は、ぼくの判断力に少しも負担はかからなかった。ヘイデッカーは背を丸め、膝に肘をついて両手で顔を覆っていた。

ウルフ。「いい質問です。わたしはヘイデッカー氏の頭の中にいるわけではありませんから。ヘイデッカー氏が自分の考えだと言ったと表現するべきでした。マダム、おわかりかもしれませんが、ヘイデッカー氏は圧力に耐えられなかったのでしょう。事務所に対する裏切りの発覚は職業的な終わりかもしれませんが、殺人事件の犯罪知識の隠蔽は人生の終わりとなります。やはり、おわかりでしょうが——」

ミセス・ソレル。「わたしを人殺しだと考えるとヘイデッカーさんが言ったのなら、嘘つきです。あの人が殺したのよ。卑怯者で嘘つき。昨日、わたしに二回電話をかけてきました。最初は二人で簡易食堂にいるのを見られたっていう警告で、一時間くらいあとにまたかけてきたときは、対応したから計画は大丈夫だって言ってたんです。だから、あの人が殺したのよ。グッドウィンさんから進展があったって聞いたとき、わかってました。ヘイデッカーさんが怖じ気づいて、嘘をつくって。あの人は卑怯者よ。だから、自分でここに来ました。殺人の犯罪事実を知っていたのに隠したことは認めるし、自分が間違ってたこともわかってます。でも、まだ手遅れじゃない。手遅れなの？」

ウルフ。「手遅れではありません。罪の償いはあなたの良心を軽くし、傷を負わずにすむことになる。二度目の電話は何時でしたか？」

ミセス・ソレル。「正確にはちょっと。五時から六時の間。五時半くらい」

ウルフ。「大丈夫だという計画の内容は？」

ミセス・ソレル。「もちろん、それも嘘なのよ。あれはヘイデッカーさんの計画だった。一か月くらい前にわたしのところへ来て、夫に関する情報を提供できるって言ったの。わたしが利用可能な……自分の権利を手に入れるために使える情報。見返りは——」

ヘイデッカーがいきなり顔をあげて、わめいた。「嘘だ！　こっちから行ったんじゃない、向こうが来たんだ！」人間性についての知識が増えた。リタに殺人犯だと名指しされたとき、ヘイデッカーは泣き言一つ言わなかったのに。エディはまだその場でヘイデッカーを見おろしていたが、なにか言った。ぼくには聞きとれなかった。

リタは話を続けていた。「百万ドル払う約束をしろってことだったけど、無理だった。いくら手に入れられるか、わからなかったから。結局、もらった額の十分の一を払うって言ったの。あの夜、簡易食堂でその話をしたわけ」

ウルフ。「ヘイデッカー氏は情報を提供したんですか？」

ミセス・ソレル。「いいえ。前払いの要求があんまり大金で。当然、折り合いが難しかった。紙に書いて署名するわけにはいかなかったから」

ウルフ。「それはそうですな。署名入り文書はほとんど意味がない。どちらの側も公にするわけにはいかないのですから。おわかりだと思いますが、ミセス・ソレル、罪の償いには殺人事件の裁判で証言台に立つことも含まざるをえない。宣誓のもと、証言する覚悟はありますか？」

ミセス・ソレル。「しかたないでしょうね。あなたに会いにくると決めたとき、その必要があることはわかってたので」

ウルフ（声が変わり、鞭のような鋭い口調で）。「では、あなたは愚か者だ、マダム」

ぼくが必要とされているなら、これも出の合図だったろう。この計画の要点は、表の応接室で法律事務所の四人が聞いている状態、つまり、目撃者の前でヘイデッカーに白状させることだった。ヘイデッカーの度胸が持てば、ウルフが鞭を振るうには危険が伴う。が、持たなかった。告白書をきちんと書いて署名したわけじゃなかったが、書いたも同然だった。

ミセス・ソレル。「そんな、ウルフさん。わたしは愚か者じゃありません」

ウルフ。「いや、そうです。次の一点だけでも、あなたは身の破滅だ。昨日の午後、この家の番号に電話をかけ、ミス・アーロンが応答して話をしたあと、あなたはできるだけ急いでここに来た。そのときは殺人を計画していなかったので、用心する理由がなかった。車と運転手を所有しているのかどうかは知りませんが、たとえ所有していたとしても、呼べば時間がかかる。一分一秒が貴重なときだ。東西に走る地下鉄はない。バスは南北に一路線、東西に一路線を利用することになるが、あまりにも遅すぎる。タクシーを利用したのは間違いない。交通量が多いとはいえ、歩くよりははるかに速い。〈チャーチル・タワーズ〉のドアマンがあなたのために一台手配したでしょう。手配していなくても、見つけるのは簡単です。今日の午後ここにいたクレイマー警視に電話をして、昨日の午後〈チャーチル・タワーズ〉もしくはその近くであなたを拾い、この家まで乗りつけたタクシー運転手を突きとめるよう提案するだけでいい。実際、そうするつもりです。それで充分でしょう」

アン・ペイジが立ちあがった。困っている。グレゴリー・ジェットのそばに行きたいのだ。目はもうそっちへ向けられていた。ただ、ラモント・オーティスはぐたりと椅子に沈みこみ、頭を垂れて、目を閉じている。そのそばも離れたくないようだ。幸いにも、ジェットが困っているアンに気づいて、自分からそばに行き、腕を回した。自分の法律事務所が危機的状況で痛烈な一撃を食らっているまさにそのとき、個人的な問題を考えられるのは、恋愛においては得点になる。

ウルフ。「同時に、タクシーの運転手が見つかるまで、警官を派遣してあなたの身柄を確保するよう提案します。その手続きを進めなかった理由、まずあなたに宣告した理由を訊くのであれば、こちらの弱みを告白するとしましょう。満足感を味わっているのです。あなたに借りを返しているのです。二十五時間前、この部屋で、わたしが長年経験してきたなかでも最大の屈辱をあなたは与えた。今は楽しんでいるとは言いませんが、正直なところ――」

スピーカーからいろいろと音が聞こえてきた。悲鳴か金切り声。たぶんリタの声だろう。きしるような音とバタバタという音。ウルフからの唸り声のような音。ぼくは事務所との境のドアに飛びつき、一気に押し開けてその勢いのまま駆けつけた。が、ウルフの机の二歩手前で、今までに一度も見たことのない光景、そしてもう二度と見ることのなさそうな光景を見物するために立ち止まった。ネロ・ウルフが若い美女を膝に乗せて抱きしめている。相手の腕を押さえ、体と体をしっかり密着させていた。ぼくは立ったまま、動けなかった。

「アーチー！」ウルフが吠えた。「いい加減にしないか！　捕まえろ！」

ぼくは指示に従った。

第九章

法律事務所への被害を最小限に抑えるウルフの努力は報われたと報告したいところだが、ぼくは嘘をつかず事実を正確に伝えなければならない。ウルフは頑張ったが、できることはあまりなかった。ヘイデッカーは裁判で検察側の主要な証人となり、六時間も反対尋問を受けたからだ。もちろん、ヘイデッカーの弁護士生命は絶たれた。別の努力では、もう少しうまくいった。証拠物件C、黄色い小さな渦巻き模様のある茶色の絹のネクタイの確認は、ぼくで充分だと地方検事が最終的に認め、ウルフは召喚されなかった。陪審も同意見だったらしい。有罪の評決を下すのに五時間しかかからなかった。

とはいえ、法律事務所は今までどおりに営業を続けている。ラモント・オーティスはやっぱり週に五日事務所に出勤している。聞いたところによると、グレゴリー・ジェットはアン・ペイジと結婚してから収入と支出のバランスについて無頓着を決めこむことはなくなった。十一パーセントの分け前が増えたかどうかは知らない。そこは極秘事項だ。

苦い話

本編の主な登場人物

アーサー・ティングリー……〈ティングリーの一口美食〉の会社社長
フィリップ・ティングリー……アーサーの養子
エイミー・ダンカン…………アーサーの姪。クリフの秘書
レナード・クリフ……………P&B社の副社長
グウェンドリン・イエイツ……ティングリー社の工場責任者
キャリー・マーフィー………イエイツの部下
ガスリー・ジャッド…………金融会社の社長
マーサ・ジャッド……………ガスリーの妹

ニューヨークのハドソン川に近い西三十五丁目の古い褐色砂岩の家は、ネロ・ウルフの住居であると同時に、事務所でもある。その家にあるすべての部屋の隅から隅まで、重苦しく暗い空気が充満していて、どこにも逃げようがなかった。

フリッツ・ブレンナーがインフルエンザで寝こんでいたのだ。

寝こんだのが、屋上で三千株の蘭の世話をするセオドア・ホルストマンなら、不便なだけだっただろう。秘書と用心棒と刺激物と生け贄を兼ねる、ぼくことアーチー・グッドウィンなら、せいぜいウルフが不機嫌になる程度だったろう。ところが、フリッツはシェフだ。しかも有名レストラン〈ラスターマン〉のマルコ・ヴクチッチが、最高水準の晴れ舞台への進出を求めて目の玉の飛びでるような大金を申し出たほどの料理人なのだ。ただ、申し出はウルフとフリッツの両者からけんもほろろに断られた。十一月のその火曜日は、厨房にフリッツの姿がなくなってもう三日目となり、その結果の状況は笑いごとじゃなかった。口にするのも忌まわしい細かい説明は省く。例えば、日曜日の午後にウルフと二羽の小ガモの間で繰り広げられた救いようのない悲惨な奮闘劇とか。話を一気に山場へ進めよう。

火曜日の昼食。ウルフとぼくは食卓についていた。ぼくは惣菜屋で買った豆の缶でうまくやっていた。ウルフは大きな顔を陰気くさくしかめながら、開けたばかりの小さな瓶の中身をスプーン一杯分すくってロールパンの端に塗りつけ、食いついて、咀嚼《そしゃく》した。と、なんの警告もなく、十インチの砲弾が炸裂したみたいな爆発がいきなり起こった。ぼくはとっさにサンドイッチを落として両手で顔を守ろうとしたが、間に合わなかった。瓶の中身の小さな塊や嚙み砕かれたロールパンのかけらが、榴散弾《りゅうさん》のように浴びせかけられた。

ぼくはウルフを睨んだ。「そうですか」辛辣な口調で言い放ち、まぶたからナプキンの端でかけらを拭いとる。「一瞬でも逃げられると思っているのなら……」

ぼくは言葉を切った。これまでにないほど黒々とした怒りを顔にたぎらせ、ウルフが立ちあがって厨房に向かったのだ。ぼくは椅子に座ったままでいた。厨房の流しでウルフが口をゆすいで水を吐く音を聞きながら、ぼくはナプキンでできるだけの処置をして、瓶に手を伸ばし、中身を覗いて、匂いを嗅いでみた。小さくて簡潔なラベルも確認した。

〈ティングリーの一口美食〉一八八一年創業
最高級レバーパテ　三番

ぼくが再度匂いを確認しているところへ、ビール瓶三本、チーズの塊、サラミ一本を盆に載せたウルフがのしのしと戻ってきた。なにも言わずに腰をおろし、サラミを切りはじめる。

「ぼくに唾を吐きかけた最後のやつは」とさりげなく声をかける。「床に倒れる前に、心臓に三発弾を食らいましたよ」

「くだらん」ウルフは冷ややかだった。

「それに」ぼくは続けた。「少なくともそいつは、ちゃんとその気でしたからね。一方のあなたときたら幼稚なだけで、自分がどんなに繊細な食通か、見せつけようとして――」

「うるさい。味見してみたか？」

「いえ」

「してみろ。毒まみれだ」


ぼくはウルフに疑いの目を向けた。十対一で、ウルフはぼくをだまそうとしている。とはいえ、ネロ・ウルフの死を暗い世界の一筋の光明と考えそうなやつらはごまんといるわけで、実現に努めたやつらも何人かいる。ぼくはガラス瓶とスプーンをとりあげ、豆粒くらいの量をすくって、口に入れた。一瞬後ぼくはこっそり、しかし、急いでナプキンに吐き出し、厨房に行って口をゆすぎ、食堂に戻ってキュウリのピクルスを頬張った。ピクルスの刺激が味蕾の大混乱をある程度鎮めたあと、ぼくは瓶に手を伸ばして、もう一度匂いを嗅いだ。

「変ですね」ぼくは言った。

ウルフは唸り声を発した。

「ぼくが言いたいのは」と急いで続ける。「理解できないってことです。どこかの悪党が毒を盛る機会が、どこにあったんですか？　ぼくが〈ブリューゲル〉で買って、自分で家まで持ち帰って、自分で開けたんですよ。誓って、蓋はいじられていませんでした。まあ、吐き出したのを責めはしません。ぼくがたまたま真っ正面から砲撃を受ける位置にいたとしてもね。これが減退した食欲を回復させるすばらしい珍味だとティングリーが考えているのなら――」

「もういい、アーチー」ウルフは空になったグラスをおろした。こんなにどすのきいた口調を聞くのははじめてだ。「この言語道断で非道な行為をきみが理解できないことについて、慨嘆《がいたん》はしない。恐怖に駆られるか、恨みを募らせただれかがわたしを撃ち殺したとしたら、大目にみる余地はあるかもしれないが、今回の行為は我慢の限界を超えている」ウルフはまた唸り声をあげた。「食べ物だぞ。きみは食べ物に対するわたしの態度を承知しているな」ウルフの緊張した指が瓶に向けられる。声は凶暴な怒りに震えていた。「あれに毒を入れたのがだれであれ、後悔することになる」

ウルフはそれ以上なにも言わず、ぼくは豆とピクルスとミルクに集中した。チーズを食べおえるとウルフは立ちあがり、三本目のビール瓶を持って食堂を出ていった。ぼくは食事を終えてテーブルを片づけ、厨房で洗い物をした。それから、事務所に入った。ウルフは巨体を机の奥にある特大の椅子におさめ、背もたれに体を預けて目を閉じていた。唇はへの字に結んでいて、ビールが食道を通過しても激しい怒りは押し流されていないようだった。目を閉じたまま、ぼそぼそとぼくに話しかける。

「例の瓶はどこだ?」

「ここです」ぼくは瓶をウルフの机に置いた。

「ホイップル氏に連絡を。研究所だ」

ぼくは席につき、番号を調べてダイヤルを回した。ホイップルが出たと伝えると、ウルフは体を起こして電話へ手を伸ばし、こう言った。

「ホイップルさんですか?……ネロ・ウルフです、こんにちは……急ぎで分析をお願いできますか?……わかりません。ガラスの瓶の内容物で、愚かにもわたしは食べられるものと思って……見当もつきません。グッドウィン君がすぐに持っていきますので」

ぼくとしては、一時間かそこら憂鬱の巣窟から離れられるお使いができて嬉しかった。が、もっとすぐに邪魔が入った。玄関の呼び鈴が鳴ったのだ。フリッツは動けないし、ぼくが応対に出た。勢いよくドアを開けたところ、目の前に気分が明るくなるような人がいた。うっとり見惚れるほどではないし、息をのんだとまでは言わない。それでも、思いやりをこめた視線をちらっと向けたら、フリッツがインフルエンザにかかっただけで、この世を苦悩の温床だと考えるのがばかばかしくなった。内側へ曲線を描いた頬は柔らかそうで、目は緑のシャルトリューズ酒色だった。上階にあるぼくの風呂場の壁の色に似ている。そして、悩みの影が差していた。

「こんにちは」ぼくは張りきって声をかけた。

「ネロ・ウルフさんですか?」きれいな声。ピッツバーグ西部出身だった。「エイミー・ダンカンといいます」

お先真っ暗なのはわかっていた。怒りと憂鬱が混じった状態、かつ、銀行口座が大盛りあがりの状態では、ダンカンというかわいいお嬢さんが面会を希望しているとぼくが伝えにいったところで、どんな用件でもウルフは木で鼻をくくったような態度をとるだけだろう。一方、望みはある……ぼくはエイミーを招きいれ、廊下を案内して事務所に入り、椅子を用意した。

「ミス・ダンカン、ウルフさんです」ぼくは席についた。「ミス・ダンカンは依頼があるそうです」

ウルフはエイミーには目もくれずに、ぼくを睨みつけた。「いい加減にしないか!」低い声で決めつける。「今は手が離せない。多忙だ」視線を客に移す。「ミス・ダンカン。あなたはわたしの助手の非常識で無礼な言動の犠牲者です。わたしも同じです。わたしは約束のあるかたとしか面会しませんので」

エイミーはにっこり笑い返した。「申し訳ありません。でも、わたしはここにいるわけですし、お時間はそれほど――」

「だめです」視線をぼくに戻す。「アーチー。ミス・ダンカンをお見送りしたら、ここへ戻ってくるように」

どうやらウルフは完全に制御不能のようだ。その点については、ぼく自身もここ三日間で気が立っていたし、これ以上感情をぶつけあう前に少し頭を冷やしたほうがよさそうに思えた。で、ぼくは立ちあがり、きっぱりと告げた。「研究所まで行ってきます。ミス・ダンカンを送っていけるでしょう」

ガラス瓶をとりあげる。「考えなおす時間がほしいなら……」

「それ、どこで手に入れたんですか?」エイミー・ダンカンが訊いた。

ぼくはびっくりした。「手に入れた?　この瓶ですか?」

「そうです。どこで手に入れました?」

「買ったんです。六十五セント」

「で、研究所へ持っていくんですね?　どうして?　変な味がしました?　ええ、そうに決まってます。苦かったんでしょう?」

ぼくは呆気にとられて目を丸くした。ウルフは体を起こし、目を細めてエイミーを見つめ、鋭く問い詰めた。「なぜそんな質問を?」

「それは」エイミーは答えた。「ラベルに見覚えがありましたから。そして、研究所へ持っていくとなったら……わたし、その件でここに来たんです。それ、変なんですよね？　よりによってその瓶がここに――」


他の人が今のウルフと同じ表情をしていたら、口もきけない状態なのだと思うだろう。が、ウルフが自分の意志をはっきり言葉にできないほど肝を潰したところを、ぼくは今まで一度も見たことがない。「ということは」ウルフは追及した。「あなたはこの忌まわしい企みを実際に知っていたのですか？　わたしの味覚と消化に対する言語に絶する侮辱を把握していたと？」

「いいえ、そんな！　でも、それにキニーネが入っていることは知ってます」

「キニーネ！」ウルフは怒鳴った。

エイミーは頷いた。「だと思います」ぼくに向かって、片手を差し出す。「見せてもらえますか？」ぼくは瓶を手渡した。エイミーは蓋をはずし、小指の先に中身をほんの少しだけとり、なめて効果を待った。それほど時間はかからなかった。「うう！」こう言って、二度唾をのみこんだ。「たしかに苦いですね。キニーネです、間違いありません」瓶を机に置く。「なんて妙な――」

「妙ではない」ウルフはむっつりしていた。「『妙』は適切な言葉ではない。瓶にキニーネが入っていると言いましたね。見た途端に気づいた。だれが入れたんです？」

「わかりません。それで、ここまで来たんです。依頼して、突きとめてもらうために。その、伯父なんです……話してもいいですか？」

「どうぞ」

エイミーが身をよじってコートを脱ごうとしたので、ぼくは手を貸し、椅子にちゃんと座れるようにどけた。キニーネなんて少しも混じっている気配のない、親しみのこもった微笑みとともに、エイミーは礼を言った。ぼくは席に戻ってノートを出し、まっさらの頁を開いた。

「わたしの伯父は」エイミーは話しだした。「アーサー・ティングリーといいます。母の兄で、〈ティングリーの一口美食〉を製造するティングリー社の社長です。ひどい石頭で……」顔が赤くなる。「その、伯父は石頭なんです。わたしがキニーネになにか関わりがあるんじゃないかと本気で疑っていて、その理由というのがただ……いえ、理由なんてなにもないのに」

「ということは」ウルフは信じられないと言わんばかりに問いただした。「その腹黒い人物は自分のけしからんパテにキニーネが入っているのを知りながら、出荷し続けているんですか？」

「ちがいます」エイミーは首を振った。「伯父は腹黒くはありません。そういう人ではないんです。キニーネの件は、数週間前に判明したばかりですし。苦情が届きはじめて、何千という瓶が全国から返品されました。伯父がそれを分析させたら、かなりの数にキニーネが入っていたんです。もちろん、全生産量に対してごくわずかな割合です。かなり大きな事業ですから。伯父は原因を調査しようとしました。それに、生産責任者のミス・イエイツは可能な限りの予防措置をとりました。それでもまた、最近の出荷分で同じことが起こったんです」

「工場はどちらに？」

「ここからそう遠くありません。ハドソン川近くの西二十六丁目です」

「あなたはそこで働いているのですか？」

「いいえ。以前、ニューヨークに出てきたときはそうだったんですが……辞めたんです」

「調査でどのような結果が判明したのか、知っていますか？」

「なにも。あまりわからないんです。伯父は誰彼かまわず疑っているらしくて。自分の息子、養子のフィリップまで。それに、わたしも！　あんまりだとしか言えません！　でも、主に疑っているのは一人で……Ｐ＆Ｂ社、つまり食料《プロビジョン》アンド飲料《ビバレッジ》社の副社長です。〈ティングリーの一口美食〉は昔からある製品で、わたしの曾祖父が七十年前に創業しました。それに対してＰ＆Ｂ社が買収を試みたんですが、伯父は売ろうとしなかったんです。だから、工場にいるだれかに金を渡して製品にキニーネを入れさせ、会社を手放すよう精神的圧力をかけていると考えています。あのかた……さっき言った副社長の仕業だと思っているんです」

「あのかた、とは？」

「クリフさんです。レナード・クリフさん」

エイミーの声の調子が微妙に変わり、ぼくはノートからちょっと顔をあげた。

ウルフが尋ねた。「クリフさんとは知り合いですか？」

「ええ、知ってます」エイミーは椅子で身じろぎした。「それがその、わたし……秘書なんです」

「ほほう」ウルフは目を閉じ、半分まで開けた。「伯父さんの会社を辞めて、商売敵と手を組んだのですか？」

エイミーはかっとなった。「もちろん、ちがいます」と言い返す。「伯父みたいな言いかたをするんですね！　働かなきゃいけなかったんです、しかたないでしょう？　わたし、ネブラスカ州で生まれ育ちました。三年前に母が亡くなって、ニューヨークに出て伯父の会社で働きはじめたんです。二年間頑張りましたけど、そのうちに……いづらくなって。わたしが辞めたのか、伯父が解雇したのか、どちらとも言えません。それで、P&B社の速記者になって、六週間前に昇進してクリフさんの秘書になったんです。伯父の会社にいづらくなった理由を知りたいのなら――」

「いえ。このキニーネの事件に関係があるのでなければ」

「ありません。一切ないんです」

「それでも、わたしのところへ来て相談するくらい、あなたはキニーネの件に強い関心を持っている。なぜです？」

「それは、伯父があんな……」エイミーは唇を噛んだ。「あなたは伯父をご存じないですから。伯父は父に手紙を書いたんです。本当ではないことをあれこれと。おかげで父から手紙が届いて、ニューヨークまで来るって脅されたんです。もう、めちゃめちゃです。わたしはあんなパテにキニーネなんて絶対入れていません。偏見ですけど、伯父がどんな調査をしても、結果なんて出るとは思えないんです。唯一の解決策は、調査の専門家に依頼することだと考えました」エイミーはウルフにちらりと笑顔を見せた。「それで、ちょっと言いにくいことがあります。わたし、あまり手持ちがなくて――」

「もっといいものを持っていますよ」ウルフは唸った。

「もっといいもの、ですか？」


「はい。運です。あなたが知りたがっていることは、あなたの存在を知る前にわたしが究明を決意したことなのです。あのパテに毒を入れた悪漢は後悔することになると、すでにグッドウィン君へ話したところです」ウルフは顔をしかめた。「まだ味が残っている。これからグッドウィン君と一緒に伯父さんの工場へ行って、紹介することはできますか？」

「わたしは……」エイミーは時計を見やり、ためらった。「事務所へ戻る時間にすっかり遅れてしまいます。一時間だけと頼んだので……」

「結構。アーチー、ミス・ダンカンをお送りしたら、指示があるので戻ってくれ」……。

作戦基地に着いたのは三時になるという時刻で、ぼくのポケットに入っている瓶の中身は半分しかなかった。先に研究所へ行って、分析用のサンプルを提供してきたのだ。

西二十六丁目にある三階建ての煉瓦の建物は、古くて薄汚れていた。建物中央を通り抜けるかたちで、丸石が敷かれたトラック用のトンネルがある。そのトンネルの脇には三段の石段とドアがあり、ひび割れて色褪せた文字が書かれていた。

〈ティングリーの一口美食〉事務所

ロードスターを駐めて、降車したぼくは、歩道際に駐車中の大型高級自動車《タウンカー》、クロスビーを見やって感心した。鈍い灰色《バトルシップ・グレイ》で、ナンバーGJ八八。「革命が起こったら」ぼくは思った。「真っ先にあれを手に入れよう」事務所へ通じる石段の一段目へ足を置いたところ、ドアが開いて、男が一人出てきた。ぼくが行く手を塞ぐ格好だ。ちらっと視線を向けると、男は頑固そうな顎に力をこめ、頑固そうな薄い口をしていた。だれかに「アーサー伯父さん」と呼ばれるとはとても想像できない相手だったが、獲物を逃したくなかったので、ぼくはその場から動かずに声をかけた。「アーサー・ティングリーさんですか？」

「ちがう」男は独裁者みたいな口調で言い放ち、車と同じ鈍い灰色で冷たく鋭い目から、虫けらでも見るような一瞥をすれ違いざまに投げかけてきた。ちょうどそのとき、朝に蘭の植木鉢へ印をつけた黄色いチョークがポケットに入れっぱなしなのを思い出した。男をよけて、お仕着せ姿の運転手が開けて待つ車のドアに先回りすると、腕を力いっぱい二度ふるって、きれいなエナメル塗料に大きなバツ印を書いてやった。

「そのままにしとけよ」ぼくは言い渡し、二人が口や体を動かせるようになる前に、さっさと石段をのぼって建物に入った。

ちょうつがいは、いつ壊れてもおかしくなかった。薄汚れた廊下には上に向かう傷んだ階段があった。二階へあがったところ、ちょっと離れた場所から聞こえる機械の唸り音をはじめ、いろいろな音がしていた。がたつくドアを抜けると、間仕切りがあり、そこが受付になっていた。格子窓の向こうから、だれかのおじいさんがこちらを覗いていた。声を張りあげて、アーサー・ティングリーさんに会いたいとなんとか伝えた。しばらく待たされたあと、ティングリー社長は忙しく、この先もずっと多忙だろうと言われた。ぼくはメモの一枚に、「キニーネ　大至急」と書き、持っていかせた。うまくいった。また待たされたあと、内斜視の若者が出てきて、迷路のような間仕切りの間を抜けて廊下を進み、部屋に案内してくれた。

古ぼけた畳みこみ式机《ロールトップ》で男が一人、電話で話をしていた。向かいあう椅子には、男より年上で曹長みたいな体つきと顔つきの女がいた。電話の内容はぼくには他人ごとだったので、立ったまま耳を傾けた。どうやらフィリップという人が五時までに顔を出したらいいだろう、みたいな話をしているようだ。その間に、室内も観察してみた。インディアンがマンハッタン島を売ったときに、おまけにくれたんじゃないだろうか。ドアの近く、ついたてに半ば隠れるように、ボウル部分が大理石の骨董品めいた洗面台があった。ティングリーの机の向かいにあたる壁際には、古めかしいがっしりした金庫。何世紀にもわたって蓄積した品が詰めこまれた木製の戸棚や棚が、残りの壁の大半を埋めつくしていた。

「あんた、いったいだれだ?」

ぼくは振り返って、前に出た。「グッドウィンという名字の男です。名前はアーチー。質問があります。一口美食に入っているキニーネについて、『ガゼット』紙に特集記事を掲載したいですか、それとも、先に話し合いをしたいですか?」

ティングリーの口があんぐり開いた。「『ガゼット』紙?」

「そうです。発行部数百万部以上」

「なんてことだ!」力ない、追い詰められた口調だった。女がぼくを睨んだ。

ぼくは気の毒になった。ティングリーは姪の意見そのままの、もしくは遠回しに表現したとおりの男かもしれないが、その瞬間はたしかに哀れを誘った。

ぼくは腰をおろした。「元気を出してください」と励ます。「『ガゼット』はまだネタをつかんではいません。あなたが非人道的な対応をした場合に、こちらが提示する可能性の一つにすぎません。ぼくはネロ・ウルフの代理人です」

「ネロ・ウルフ? 探偵の?」

「そうです。ウルフさんが口にしたのが――」

女が鼻を鳴らした。「こんなことになるんじゃないかと思ってました。警告しましたよね、アーサー？　これは脅迫です」ぼくに向かって、ぐっと顎に力をこめる。「だれに雇われてるの？　P&B社？　シリアル連結会社？」

「どちらでもありません。あなたがミス・イエイツですか？」

「そうです。で、あなたが巻きあげられると——」

「失礼」ぼくはにやりと笑った。「お会いできて光栄です。ぼくはネロ・ウルフに雇われています。ウルフさんはレバーパテ三番をたっぷり口に入れて、悲惨な目に遭いました。食べ物に関しては非常にやかましい人で、キニーネを入れた人物と話をしたがっているんです」

「こっちも同じだ」ティングリーがおもしろくもなさそうに口を出した。

「相手はわからないんですね。そうでしょう？」

「知らんね」

「でも、知りたい？」

「そりゃそうだろう」

「わかりました。ぼくは贈り物を持ってきました。この件でウルフさんに依頼をすれば、仮に引き受けられたとしても、一財産持っていかれます。ところが今、ウルフさんは復讐心に燃えていまして。このキニーネの仲介人に一泡吹かせたがっています。ということで、ここで様子をみて質問してくるようにと、ぼくが送りこまれたわけなんです」

ティングリーは疲れたように首を振り、ミス・イエイツを見やった。ミス・イエイツはティングリーを見やった。「この人を信じるか？」ティングリーが訊いた。

「いえ」ミス・イエイツはすっぱり決めつけた。「いい加減な話ではないかと——」

「そんなことはありません」ぼくは遮った。「ウルフさんについて、いい加減なことなんてありません。だからぼくは我慢しているんですよ。いい加減、じゃなくて、ありのままの事実です。あなたたちには笑えますよ。米国最高の名探偵が無料で捜査を申し出たら、その言い草ですからね。いいですか、ウルフさんはこのキニーネの売人を捕まえるつもりです。そちらの協力があれば結構。なければ、手始めとして世間に少しばかり公表しなくちゃなりません。だから、『ガゼット』紙の名前を持ちだしたわけです」

ティングリーは呻いた。ミス・イエイツの油断のない目が、ぼくの視線を受けとめた。「どんな質問をしたいのですか?」

「ぼくが考えつくすべてです。よければ、あなたがた二人からはじめたいんですが」

「わたしは多忙です。本当は工場に出ているはずなのです。あなたは約束があると言ってませんでしたか、アーサー?」

「そうだな」ティングリーは椅子を荒っぽく引いて、立ちあがった。「わたしは……外出しなければならない」机の横の壁にかけてあった帽子と、別のフックのコートをとった。「四時半には戻る」苦労しながらコートを着こみ、ぼくの正面に立った。帽子は曲がっていた。「ミス・イエイツに話をする気があれば、わたしと同じくらいの情報を提供できる。こっちは半分頭が働かない状態でな。これがP&B社ぐるみの非道な嫌がらせだとしたら……」ティングリーはすばやく机に戻り、一番下の引き出しに施錠して、鍵をポケットに入れてドアに向かった。戸口で振り返る。「あとは任せたぞ、グウェン」

ということは、ミス・イエイツの名前はグウェンドリンかグイネヴィア（アーサー王の妃の名前。円卓の騎士ランスロットの恋人）だ。その名を与えられたのは、ものすごく小さい頃、たぶん六十年くらい前にちがいない。ティングリーが机の上に散らかしたままにしていった書類各種を、ミス・イエイツは淡々とした態度でてきぱき集め、数字の『二』が書かれた円筒形の金属で押さえた。旧式の天秤のおもりのようだ。体を起こし、ぼくと目を合わせる。

「以前から探偵を雇うように勧めてきたのですが、社長はうんと言いませんでした。こんなことはやめさせなければなりません。恐ろしいことです。わたしはずっとこちらでお世話になり、二十年間工場の責任者を務めてきましたが、それが今回……」歯を食いしばる。「こちらへ」

ぼくはミス・イエイツについていった。入ってきたのとはちがうドアから出て、廊下を横切り、突きあたりのドアを抜けた。そこが一口美食の分娩室だった。二百人、いや、たぶんもっと多くの若くない女性と若い女性が白いスモックを着て、テーブル、作業台、さまざまな種類の桶や機械などで作業をしていた。ミス・イエイツは先に立って通路を進み、大きな桶の横で足を止めた。ぼくと同じくらいの年頃の女性が桶を覗きこんでいたが、こっちを向いた。

「こちらはミス・マーフィー、わたしの助手です」ミス・イエイツは事務的に告げた。「キャリー、こちらはグッドウィンさん、探偵です。この人の質問にはすべて答えて。ただし、製法は除外です。見たいと言われたものは、すべて見せてかまいません」そして、ぼくのほうを向いた。「お話は後ほど。少々面倒ごとを片づけてからで」

ぼくはミス・マーフィーの目にちらっと浮かんだ表情に気づいた。ためらいか、不安かもしれない。ただ、浮かんだときと同じく、一瞬で消えて、静かな答えが返ってきた。「承知しました、ミス・イエイツ」……。

フリッツのインフルエンザという大災害にもかかわらず、ウルフは頑なにいつもの日課を守っていた。意気消沈して、意地になっているみたいだ。午前九時から十一時までと、午後四時から六時まで、ウルフは屋上の植物室で過ごす。その日の夕方、六時にウルフがおりてきたとき、ぼくは事務所で待ち構えていた。

ウルフは部屋の真ん中で足を止め、周囲にざっと視線を走らせ、ぼくに向かって顔をしかめた。

「ヴォルマー先生の話では、フリッツは朝には起きられるらしい。今日は無理だ。夕飯もだめだ。ティングリー氏はどこだ?」

「さあ」

「連れてこいと言ったはずだが」

一番ぼくの癇に障る言いかたをしている。食べ物にキニーネを入れてやれる気分になった。「フリッツが明日には起きられるのは、いい知らせですね。こんな状態は長く持ちませんよ。ティングリーは精神崩壊の瀬戸際です。ぼくが向こうに着いた直後に外出しました。ミス・イエイツ、ファーストネームはグウェンドリンという工場の監督責任者がいて、その助手のミス・キャリー・マーフィーと一緒に工場を案内してくれました。詳しい報告書のタイプをちょうど完成させたばかりですが、内容は事実だけですね。ティングリーは四時半頃戻ってきたんですけど、会おうとしたら息子との話し合いの最中で、つまみだされまして。明日の朝もう一度行ってみるつもりです、辞職していなければですが。ぼくの辞職に賛成の人は挙手を」ぼくは高々と手を挙げた。

「くだらん」ウルフは言った。「毒入りの食品を売る人間が――」

「キニーネは毒じゃありません」

「毒入りの食品を売る人間がいて、その人物がのうのうと椅子に座って息子との会話にいそしんでいるのに、きみは放りだしてきたのだな。わたしは厨房に行って、口に入れるものをなにかしら準備してみるつもりだ。手伝いたいのなら――」

「結構です。約束がありますから。起きて待っている必要はありませんよ」

ぼくは廊下で帽子とコートをとり、家を出た。十番街のガレージからロードスターではなくセダンを出し、三十九丁目の〈ピエトロ〉へ向かって、スパゲッティと半ブッシェルのサラダに取り組んだ。それで気分も持ち直した。もう一度歩道に出たときには、冷たい十一月の強風で雨が横殴りに降っていて、ぼくは慌てて角を回ってニュース映画の劇場へ逃げこんだ。それでも、落ち着かなかった。ウルフの冗談にはぼくを悔しい気分にさせるだけの正当性――一パーセントくらい――があったのだろう。

腕時計では、七時四十五分だった。ぼくはロビーに移動して、メモ帳を出した。習慣に従って、現在進行中の事件の関係者について名前と住所を書きとめてあった頁を見る。ティングリーの住所はサリバン・ストリート六九一番地だった。電話をかけても意味がない、当人をつかまえて西三十五丁目に配達するつもりなのだから。ぼくはセダンに戻って、雨のなか、南へ向かった。

青く塗られた古い煉瓦造りの家だった。たぶん父親と祖父の代から住んでいるんだろう。有色人種のメイドによると、ティングリーは不在で、夕食にも帰宅せず、会社にいるんじゃないか、とのことだった。無駄足の気がしてきたが、ちょっと回り道になるだけなので、二十六丁目まで来たときに、西へ曲がった。ティングリー社の真正面の歩道に車を寄せると、希望がありそうに思えた。二階に明かりのついた窓が二か所ある。ぼくは雨に飛びこみ、歩道を渡った。ドアに鍵はかかっておらず、建物内に入った。

廊下の明かりはついていたので、階段へ向かおうとした。が、最初の一歩を踏み出した途端、足は止まった。ちょっと視線をあげたら予想外のものが見えて、魚のように目が飛びだすところだった。階段の中程にこちらを向いてエイミー・ダンカンが立っている。紙のように白い顔で目はうつろ、両手で手すりにつかまっているが、体は左右に揺れていた。

「離すな！」ぼくは鋭く呼びかけ、階段をあがりはじめた。が、ぼくがたどり着く前に、エイミーは手を離してしまった。目の前に転がり落ちてくる。抱きあげて階段をおり、床に寝かせた。気を失っているが、脈をとってみたところ、しっかりしていた。ごく普通の失神だなと思ったが、右耳の上の側頭部に大きなこぶを見つけて、撤回する。

これなら、話が変わってくる。ぼくは体を起こした。間違いない、エイミーは殴られたんだ。

ぼくは悪い小鳥さんを探しながら、一段ずつ階段をのぼった。二階の廊下には明かりがついていた。受付にも。声をかけてみたが、返事はなかった。奥に通じるドアは開いたままだったので、そこを通過し、さらに開けっぱなしだったドアをいくつか通り抜けて奥の廊下を進み、ティングリーの事務室の入口に向かった。事務室のドアも開いていた。室内の照明はついていたが、戸口から覗いた限りでは、人は見あたらない。壁と直角に置いてあるついたてが待ち伏せにはもってこいだと気がついて、ぼくはそちらを向いたまま、横に進み、万一に備えて端から回りこんで確認した。

ネズミがぼくの背中を駆けあがった。床の上で、ティングリーがついたてと平行に倒れている。頭は大理石の洗面台の方角だった。頭部がまだ体とつながっているなら、ぼくには見えない背中側にちがいない。正面はまったくつながっていなかった。

瞬間的に停止していたぼくの内部機構を整えるのに二呼吸おいて、唾をのんだ。

喉の深い裂け目から溢れた血は床に広がり、ゆがんだ古い板のへこみに沿って赤い舌のように伸びていた。ぼくは大きく一歩踏み出して血だまりをよけ、ティングリーの体の向こう側へ移動した。しゃがんで、観察してみる。二つの事実を確認した。後頭部に大きなこぶがあり、そこの皮膚が裂けている。息は完全に絶えている。ぼくは立ちあがり、さらに目で情報収集をした。

一．壁から十六インチ離れた洗面台近くの床に、血のついたタオルが落ちている。
二．洗面器の縁の右側、血のついたタオルがもう一本。
三．死体とついたての間の床に、黒い人工木の柄に長い薄刃のナイフ。その日の午後、工場で若い女性たちが肉の塊を似たようなナイフで切っていた。
四．洗面台の前側の二本の脚の間、数字の『二』が書かれた金属製の円柱が床にある。ティングリーの文鎮だ。
五．離れた場所、ついたての端よりさらに奥に、女物のシャークスキンのハンドバッグ。エイミー・ダンカンがウルフの事務所を訪ねてきたときに見た覚えがある。

もう一度犯行現場を迂回して、ぼくはハンドバッグを拾いあげ、ポケットに突っこんでから、部屋の他の場所を観察した。ぼくは手を触れなかったが、他のだれかが触れていた。畳みこみ式の机の引き出しが、抜き出されて床に落ちている。巨大な古い金庫の扉は全開だ。棚にあったものは引っ張りだされて、散乱していた。ティングリーのフェルト帽は机の左側の壁のフックにかかっていたが、コートはこんもりと床に落ちていた。

腕時計を確認した。八時二十二分。もう少し観察したいところだが、エイミー・ダンカンが意識を取り戻して逃げたら……。

逃げていなかった。一階に戻ったところ、エイミーはまだ横になっていた。もう一度脈を確かめてから、コートのボタンをかけ、帽子が脱げないことを確認したうえで、抱きあげる。出入口のドアを開け、エイミーをぶつけることなく通過し、階段をおりて、歩道を横切った。車の脇で、エイミーを抱きかかえたまま、立ち止まる。雨が顔にあたって、意識を回復するかもしれないと思ったからだ。が、次に起こったことで、危うくぼくの意識も回復が必要となるところだった。何者かが後ろからぼくの顎の横を殴りつけたのだ。

ぼくは倒れた。否応なしにではなく、わざと倒れた。荷物をおろさなければならない。エイミーを歩道に寝かせて、立ちあがる。人影がぼくに体当たりしてきたのを、横っ飛びでかわした。ぼくが横に逃げたせいで、相手はよろめいたが、体勢を立て直して、また向かってくる。ぼくは左手でしかけるふりをした。相手がその手をつかんだ隙に、ぼくの右手が男の顎先をとらえた。

男は倒れ、すぐには起きあがらなかった。ぼくは石段を駆けのぼって出入口のドアを閉めると引き返し、今度は車の後部座席のドアを開けて、エイミーを乗せた。振り返ると、男は立ちあがり、こちらに向かいながら助けと警察を大声で呼んだ。男の肉弾戦についての知識は、ぼくの真珠貝採取の潜水についての知識とどっこいどっこいらしい。なので、ぼくは男に背を向けさせ、後ろから左手で相手の両腕を押さえて右で首を締めつけ、耳に向かって怒鳴った。「もう一度わめいたら、締め落とすぞ！　生きるためのチャンスは一つ。おとなしく、言うとおりにするんだ」首に巻いた手を緩める前に、銃を持っていないことを確認した。声は出さなかったので、放してやった。「車のドアを開けろ……」

前部座席のドアのつもりだったのだが、止める間もなく、男は後ろのドアを開けて、体のほとんどを車内に入れ、山羊みたいな泣き声をあげた。「エイミー！　しっかりするんだ、きみは——エイミ——」

ぼくは手を伸ばして男の肩をつかみ、引っ張りだして力任せにドアを閉め、前部座席のドアを開けた。「生きてるよ」ぼくは言った。「でも、あんたは五秒で息の根が止まるぞ。ここに座って、ダッシュボードの下で小さくなってろ。これから彼女を医者に連れていくから、あんたも一緒に来るんだ」

男は乗りこんだ。ぼくは男をぐっと下へ、それから車の前方へと押しこんだ。男がぶつぶつ言うのを無視して、ぼくはなんとかその背後を抜けて運転席に座り、ドアを閉めて車を出した。二分で三十五丁目に着き、さらに二分でウルフの家の正面の歩道際に車をつけた。ぼくは空気を吸わせるために、男を引っ張りあげた。

「計画は」ぼくは説明した。「次のとおりだ。ぼくがけが人を運ぶから、そっちは先にあの階段をのぼって、ドアに進め。逃げたら、この人を落として——」

男はぼくを睨んだ。精神力のほうが体力をずっと上回っているようだ。「逃げる気はない——」

「わかった。ぼくが先に降りる」

男はエイミーを降ろすのを手伝った。自分で抱えていきたがったが、ぼくは雨のなかを先へ追いやって、呼び鈴を押すように言いつけた。ドアが開くと、ウルフ本人が立っていた。見知らぬ人間を目にして、巨大な体で戸口を塞いだが、ぼくに気づいてさがり、通れるだけの隙間をあけた。

男は口を開いた。「医者で――？」

「黙れよ」ぼくは言った。ウルフに向き直り、びっくり仰天することはないという評判はまだ覆らないのだなと思った。「ミス・ダンカンはわかりますね。頭を殴られています。ヴォルマー先生に電話をしてもらえますか？　南の部屋へ運びますので」ぼくはエレベーターに向かった。男がくっついてきたので、好きにさせておいた。三階の南の部屋で、ぼくはエイミーをベッドに寝かせて、布団をかけてやった。

ヴォルマー医師が到着したとき、男はまだベッドの横に立ったまま、エイミーをじっと見つめていた。先生が脈をとり、まぶたの下を覗いたうえで、葬式にはまだまだ間があると思うし、ちょっと席をはずしてほしいと言ったので、ぼくは男に行こうと声をかけた。男は一緒に部屋の外に出て、ドアを閉めるのは認めてくださったが、医者がエイミーの意識を回復させるまで、このままドアの外で待つつもりだと宣言した。

「あんたは」ぼくは言った。「現実に向きあうことを学んだほうがいいんじゃないか。こっちがあんたを一階まで投げ落とせることくらい、よくわかってるだろ。そうなったら、あんたもベッド行きだぞ。進め！」

男は進んだが、いかにも嫌でたまらない様子だった。ぼくは後ろについて、事務所へ入った。ウルフは落ち着き払った様子で机に向かっていたが、ぼくらを見て顎を擦りはじめた。つまり、内心は煮えくりかえっているのだ。

「座れ」ぼくは男に声をかけた。「こちらはネロ・ウルフさんだ。あんたの名前は?」

「お前の知ったことか」男は教えてくれた。「こんなとんでもない話が――」

「たしかに。あんたは後ろからぼくに襲いかかったとき、会社の建物から出てきたはずだな。ちがうか?」

「それも、お前の知ったことじゃない」

「それは間違いだ。まあ、もう一度やってみよう。なぜアーサー・ティングリーを殺した?」

男は目を丸くした。「頭がおかしいのか?」

「ぜんぜん。もう知ってるなら、話を止めてくれ。ぼくはここでウルフさんと会わせるために、ティングリーをつかまえてくるつもりで、あそこに行った。エイミー・ダンカンは建物内の階段で、ふらふらしていた。倒れてきたんで、ぼくがつかまえた。エイミーを玄関の床に寝かせて、調査のために二階へ行った。ティングリーは喉を切り裂かれて、事務室の床に倒れていた。ざっと確認してからエイミーのところに戻って、外へ運び出し、車に乗せようとしたら、あんたが後ろから襲いかかってきた。どっかから出てこなくちゃいけないだろ。それが建物の中からじゃないって理由がどこにある?

ぼくはその考えが気に入ってる」

男は椅子に座れると考えていたようで、ぐったりと腰をおろした。「そっちの言い分じゃ……」男は言葉をのんだ。「今の話は本当か?」

「本当だ」

「ティングリーが……喉を切られた？　死んだ？」

「完全に息がなかった」ぼくはウルフに向き直った。「この人は、ぼくがエイミーを誘拐していると ころだったって説を信じてるような態度をとってました。エイミーに夢中なんです。あなたが必要と するかもしれないと思って、連れてきました」


ウルフはぼくを睨んでいた。「どうしてわたしが必要とするんだ？」

「それはその、この人が現場にいたからです。現場の建物から出てきたはずです。たぶんティングリ ーを殺したんじゃないかと――」

「殺したとして、なんだ？」

「おや。つまり、あなたはそんなふうに感じているわけですか」

「そうだ。わたしには手当たり次第に殺人犯を捕まえる義務はない。警察に電話しろ。ミス・ダンカ ンとこちらの紳士が当家にいることを伝えれば、向こうで――」

「だめだ！」男が怒鳴った。

「だめ？」ウルフは片方の眉をあげた。「なぜです？」

「それは……なんでこんなことに！　それに、エイミーが……そんな権利は……」

「やめろよ」ぼくは止めた。「こっちで話をつける」ウルフににやりと笑いかける。「わかりました、 ボス。警察に連絡しますよ。あなたがまずこの人とおしゃべりしたいんじゃないかと思っただけです から。ティングリーを殺したのがだれにせよ、あなたの食べ物にキニーネを入れた可能性も高そうでしたし」

「ああ」呟き声が漏れた。「あの言語道断な……」ウルフは犠牲者に向かって、指を一本動かした。

「あなたはレバーのパテに毒を入れましたか？」

「入れませんよ」

「あなたはどなたです？　お名前は？」

「クリフ。レナード・クリフ」

「ほほう。P＆B社の副社長ですな。ティングリー氏自身は、自社の製品にキニーネを混ぜて品質を落とした人物として、あなたを疑っていた」

「わかっています。ティングリーさんは間違っていた。あの建物からぼくが出てきたと決めつけた、この人も間違っている。ぼくは建物には一歩も足を踏み入れていない」

「どこにいたんです？」

「トラック用の通路にいましたよ。会社への入口の近くで、トンネルになっているので。そこにいたんです」

「そこでなにをしていたんです？」

「雨宿りです。聞いてください」クリフは訴えた。「頭がまともに働かないんです。非常事態だ！　ティングリーが殺されたのなら、警察に通報しなければ。それはわかります。ただ、お願いですから、今この場に呼ぶのはやめてください。ミス・ダンカンと一緒に……ミス・ダンカンを病院に連れていかせてください！　それから、弁護士を――」

ウルフが遮った。「トンネルでなにをしていたんです?」

クリフは首を振った。「関係ないことですから――」

「くだらん! ばかなまねはやめなさい。ティングリー社の製品になにか入れたとしたら、もしくは、ティングリー氏の喉を切り裂いたとしたら、あるいは、そのどちらもやっていたとしたら、今すぐここから出ていくよう忠告します。やっていないのなら、わたしの質問に即刻かつ完全に答えるよう忠告します。言うまでもないことですが、ありのままに答えてください。さて、いかがですか……アーチー、警察本部に電話を。わたしから説明する」

ぼくはダイヤルを回し、通じたところで、ウルフが自分の電話でとった。「もしもし……こちらはネロ・ウルフです。メモの用意を。アーサー・ティングリー。当人の工場内にある事務室――」

「待った!」クリフが大声をあげた。「そちらの質問には答える――」椅子から腰をあげかけたが、ウルフの机との間にぼくが立ち塞がっていて、おとなしくなった。

ウルフは続けていた。「場所は二十六丁目の十番街。そこでティングリー氏が死んでいます。殺人です……最後まで話を聞いてください。わたしの助手、アーチー・グッドウィン君がそこに行って、発見しました。グッドウィン君は現場から離れなければなりませんでしたが、後ほどここ、わたしの家に戻ってくるはずです……さあ、見当もつきませんな」

ウルフは電話を押しやり、半分閉じた目でクリフを見やった。「できるだけ簡潔に話したほうがいいでしょう。トンネルでなにをしていたのですか?」

クリフは椅子の端に尻を乗せ、まっすぐにした体を緊張させながら、ウルフの視線を受けとめた。

「ミス・ダンカンが出てくるのを待っていた。あそこまで尾《つ》けていったんだ」

「尾《つ》ける？　ミス・ダンカンに隠れて？」

「そうです」

「理由は？」

　クリフは軽く歯がみしていた。「ミス・ダンカンと夕食の約束があったんだ。それを、六時に彼女から電話があって取り消された。嘘をついているような理由で、なんというか、つまり嫉妬だ！　ミス・ダンカンのグローブ・ストリートの家に行って、道路の向かいで待っていた。ミス・ダンカンが出てきたとき、雨が降りはじめた。向こうがタクシーに乗ったので、こっちもなんとか一台つかまえて、追った。ミス・ダンカンはまっすぐティングリー社に向かって、タクシーを帰し、中に入っていった。で、同じようにしたんだが、トンネルの入口まで行って、そこで待った。中でなにをしているかは、さっぱりわからなかった」

「到着時刻は？」

「七時過ぎ。ミス・ダンカンがグローブ・ストリートの家を出たのが、七時一分前。そのうちに男が一人、車で来て、中に入り、しばらくしたらミス・ダンカンを抱えて出てきて、車に乗せようとした。当然こっちは駆けつけた」

「当然、ですか」ウルフは言った。「ミス・ダンカンが建物内にいる間、あなたはトンネルにいたわけですね？」

「そうです。三人の男が来て、建物に入り、出ていくのを見た。グッドウィンさんは最後だ。その前に二人いた」

ウルフは首を振った。「賢明な手とは思えませんな。客が絶えず来ていたという作り話をするなら、最終的には――」

「作り話じゃない、なに言ってるんだ！　この目で見た」

「その人たちについて、話してください」

「一人目が来たのは七時半だった。灰色のタウンカーが路肩に駐まった。運転手が降りてきて、男が歩道を横切って出入口に向かうまで、傘を差しかけていた。五分でその男は出てきて、車に駆けこんでそのまま走り去った。ナンバーはGJ八八だった」

ぼくは唸った。二人がこちらを見た。「なんでもありません」ぼくは言った。「続けてください」

「二人目は入っていくところを危うく見逃すところだった。歩いてきたのでね。レインコートを着ていた。建物に入ったのは七時四十分で、七、八分、中にいた。出てきたとき、街灯で顔はよく見えた。東へ歩き去った」

「二人のどちらかに見覚えはありますか？」

「ないですね。ただナンバーが――」

「知っているのですか？」

「知りませんが、見当はつく。GJだから。ガスリー・ジャッドの車だと思う。調べられるでしょう」

「ガスリー・ジャッド、投資銀行家の？」

「自称銀行家、ですね。どちらかといえば、投資の勧誘業者かな。シリアル連結会社と称する団体を大きくしてきて、最近ではティングリー社の事業を狙っていた。抜け目がなくて無節操な男で――手強い」

「七時半に建物へ入ったのは、ジャッド氏でしたか？」

「わからない。運転手が傘を差しかけていたので」

ウルフは唸った。「用心深いですな。あなたがジャッド氏を見たと主張しても、先方は証明できる――」

「本当のことを話しているんだ！」クリフは元気を取り戻した。「なにが起こったかを正確に説明している。どうしようもないばかだとでも思っているのか？」そして、立ちあがる。「上階の部屋に行く」

その背後から声がした。「入ってもよろしいですか？」

ヴォルマー医師だった。ウルフが頷くのを見て、事務所に入ってくる。鞄を手に持っていて、医者らしく説明した。「患者は大丈夫です。頭部を強打されましたが、骨折はありません。なによりも精神的打撃が大きいようです。一晩休んだら――」

「意識が戻ったんですか？」クリフが尋ねた。

「ええ、そうです」クリフが勢いよく飛びだしたが、ヴォルマーが腕をつかまえた。「いや、ちょっと待って。少し落ち着いて――」

「移動は可能ですか？」ウルフが訊いた。

「勧められませんね。今夜は」

「少し質問をしたいのですが」

「今？　急ぎですか？」

「一刻を争います。警察がまもなく到着するでしょうから」

「そうですか、わかりました。わたしもご一緒したほうがいいでしょう。興奮させないようにしてください」

　ぼくらは動きだした。ウルフはエレベーターに向かい、残りの人は階段を二階分あがった。こっちのほうが先に着いた。エイミーは横向きに寝ていて、ぼくらが入ると目を開けた。ヴォルマーとぼくを見ても興味はないようだったが、クリフが視界に入ると、目を丸くして、声をあげた。

「エイミー！」クリフがわめいた。「よかった！　エイミー――」

　ヴォルマーがクリフを制した。

「クリフさん」エイミーの声は弱々しかった。「どこ……あなたが……わたしは……」

「手をとってあげてください」ヴォルマーが気をきかせた。「手を握って、しゃべらないように」

　ウルフが入ってきた。その姿が目に入るように、エイミーは頭を動かした。「こんにちは」きしんだ声だった。

「こんばんは、ミス・ダンカン」ウルフは丁寧に挨拶した。「かなり痛みますか？」

「そんなに……まあ……痛いです」

「そうでしょうね。話は理解できますか？」

「はい……でも、わからないことが……」

「聞いてください。今日の午後には、今夜伯父さんのところへ行くつもりだとは一言も口にしませんでしたね。にもかかわらず、七時には出向いた。なぜです？」

「電話があったんです……伯父に来るように頼まれて。仕事から帰宅したらすぐ」

「なんのために？　説明はありましたか？」

「フィル、わたしのいとこについての話だと言っていました」エイミーは頭を動かした。少し呻き声が漏れた。「具体的には、電話では話そうとしませんでした」

「ですが、到着したときには？　そのときはなんと言いました？」

「話してない……ああ……」

「楽にしてください」ヴォルマー医師が注意した。

「大丈夫です」エイミーはきっぱり答えた。「もう気を失ったりしません。でも、目を閉じたら、見えたんです。事務室のドアが開いていて、明かりはついているのに、伯父はいなくて……というか、見あたらなかったんです。そのまま入りました」

「続けてください」

「覚えているのはそれだけです。次に覚えているのは、自分の頭のことです。なにかが載っていて、押さえつけられてると思ったんです。起きあがろうとしたら、見えました。ああ」エイミーは眉を寄せた。「伯父が見えたと……伯父さんが……血が流れてて……」

「もう結構です。そのことは心配しないでください。次になにが起こりました？」

「なにも。まったく覚えていません」

「事務室に入ったとき、人は一切見ていませんか？　声を聞いたとか？」

「いいえ。そうは思いません……たしかです……」

「失礼」ぼくは口を挟んだ。「玄関の呼び鈴が鳴ってます。警察だったら、令状を見せるように言いますか?」

「いや」ウルフはぼくに向かって顔をしかめた。「事務所に通せ……ちょっと待て。ヴォルマー先生、こちらの若い女性がわたしの家から動かせない状態なら、警察の厳しい尋問を受けるのは非人道的かつ危険を伴うでしょうね。同意されますか?」

「同感です」

「結構。ミス・ダンカン、警察がここまで様子をみにきたら、目を閉じて呻いてください。いいですか?」

「はい。でも——」

「『でも』は結構。やりすぎないように、そして口をきかないように」ウルフは動いた。「行きましょう、皆さん」

一階に着き、みんなが事務所に入るのを待ってから、ぼくは玄関のドアを開けた。そこで、びっくりに見舞われた。捜査班の警部補などではなく、クレイマー警視本人だったのだ。礼儀を無視して押し入るように敷居を越え、二人組の刑事も続いた。ぼくへの挨拶は、呼び鈴への対応に関する失礼な発言を事務所に向かうついでにしただけだった。ドアを閉めなければならなかったので、ぼくは最後尾となった。

クレイマーは痛風の発作でも起こしているみたいだった。前置きもなしで、ぼくに向かって榴弾砲みたいに吠えたてた。「二十六丁目でなにをしていた?」

ぼくはウルフを見やった。ウルフがぼそぼそと言った。「アーチー、警視は興奮しているようだ。なだめてやりなさい」

「なにがなだめるだ！　何時に着いた？」

ぼくは考えこむふりをした。「ええと、何時だったか――」

「ふざけるな！　いつだって行動の時間を把握していることは、自分でもよくわかってるだろうが！」

「はい」ぼくは小さくなって答えた。「到着は八時八分。引きあげたのは八時二十四分」

「認めるんだな？」

「認める？　自慢に思ってますよ。早業でしたからね」

「そうだな」睨んで人を殺せるなら、ぼくは瀕死の状態になっていただろう。「で、ウルフがここから電話してきたのが、九時五分だ。お前は目の前にあったティングリーの机の上の電話に気づかなかったのか？　そのことについては、前に警告したぞ。さあ、吐け！　今すぐに！」

個人使用のためになにか省略が必要だというウルフからの合図はなかったので、ぼくの行動と観察に関する限り、戦利品はすべて伝えた。クリフやエイミーとの会話で集めた細かいことは省いた。きれいに打ち明けても、クレイマーの機嫌がよくなったようにはみえなかった。

話しおえると、クレイマーは遠慮もなく鼻を鳴らした。「つまりお前は、殺された男が倒れていたあの部屋で突っ立ってたんだな。おまけに、すぐそばに電話があったのに使わなかった。女はどこだ？」

「三階のベッドです」

「この家から出せるな。ドイル、クリフさんとここにいろ。フォスター、一緒に来い。なんだ？」

ヴォルマー医師が通せんぼをしていた。きっぱりと言う。「ミス・ダンカンには面会できません。医師としての意見です」

「そうか」クレイマーは医者をじっと見つめた。「様子をみにいく。来い、フォスター」

ヴォルマーが先に立って、法と秩序の戦隊を連れていった。ウルフはため息をつき、椅子にもたれて目を閉じた。あっという間に階段をおりてくる音がして、クレイマーとヴォルマーが戻ってきた。ウルフは目を開けた。

「仮病だ」クレイマーは決めつけた。「絶対に間違いない。警察医を呼ぶ」

「ヴォルマー先生は」ウルフがぼそぼそと言った。「腕のいい立派な医師です」

「ああ、わかってる。おまけにあんたの友達だ。警察医をここに寄こす。グッドウィンとクリフは署へ連れていく」

「あなたが連れていった警官はどこです？」

「三階だ。ミス・ダンカンの部屋のドアの外にある椅子に座ってる。そこで張ってることになるな。そうそう、医者以外の出入りは禁止だ」

ウルフの巨体がまっすぐになった。「ここはわたしの家です、クレイマー警視」氷のような声だった。「負傷した罪のない女性への迫害に、この家を利用することはできません。警官は屋内にとどまれません」

「追い出してみろ」クレイマーはにこりともしなかった。「次にグッドウィンが頭を切り落とされた男に躓いたときは、当日中に本人から通報があるかもしれないな。そこのお二人さん、来てもらおうか」……。

翌朝の十時、客はもういなくなってしまったが、依頼人が一人できた。警察本部に午前三時まで留め置かれて、ぼくは睡眠不足で不機嫌だった。フリッツはベッドから出られたが、インフルエンザのせいで本調子ではなかった。ウルフはあまりにも怒りすぎて、激しく噴火する火山みたいだった。昨晩は警察医の立ち入りを拒んでちょっとした満足感は得られたものの、今朝八時には警察が重要参考人としての逮捕状を持ってエイミー・ダンカンを引っ立てていき、ウルフは歯ぎしりくらいしかできなかった。そういうわけで、ベッドで半分体を起こしてチョコレートをすすっていたウルフは、入道雲みたいに不穏な空気を漂わせていた。警察本部でレナード・クリフがぼくを介して捜査のためにウルフを雇ったと説明しても、当の本人は瞬き一つしなかった。ウルフの仕事のはじめかたは、いつも同じで独特だ。

「ガスリー・ジャッド氏を十一時にここへ」

ぼくは事務所を出る前に、気のきいた訪問のお知らせになると思ってカードにタイプしておいた。

ジャッド様：昨晩のティングリー社での出来事の時間表を、以下のとおり謹んでお知らせいたします。

七時五分：エイミー・ダンカン到着。頭を殴られる。
七時三十分：ガスリー・ジャッド到着。
七時三十五分：ガスリー・ジャッド引きあげ。

八時八分：ぼくが到着。ティングリーの遺体を発見。
この件について二人でお話ししませんか？

アーチー・グッドウィン

九時過ぎ、金融街にあるジャッドの事務所へ電話をかけたが、だれからも天気についての情報さえ引き出せなかった。ちなみに晴れだった。それで、ぼくはロードスターを出して、出向いた。

偉そうな態度の受付係にだれかへ電話をかけてもらい、髪を撫でつけた間抜けにジェシー・ジェイムズ（アメリカ開拓時代の有名なガンマン。強盗殺人犯）ではないことを確認されたあと、ぼくは封筒をことづけた。そして、待った。ようやく元プロボクサーみたいな男が現れ、ぼくをドアから廊下へと護送し、テニスコートぐらいある部屋へと通した。ぼくがだだっ広い敷物を何枚か横断して、新聞しか載っていない巨大な机に着席している男のところへたどり着くまで、案内役はぼくに張りついていた。机の男の顔には、前日に車のドアにチョークでバツ印を書く気にさせたのと同じ、完全独裁者の表情が浮かんでいた。ぼくがタイプした手紙の角を、ばい菌がつかないように人差し指と親指の先でつまんでいる。

「こんな生意気なまねをするとはな」ジャッドの口調は、子供の頃から練習してきたにちがいなかった。子供だったことがあれば、の話だが。「顔を見たかった。連れてけ、エイケン」

ぼくはにやりと笑った。「チョークを持ってくるのを忘れました。でも、あなたはすでに一本とられてますよ。ぼくと話しあうか、警察と話しあうか——」

「ふん。クリフ氏の根も葉もない嘘の供述については、もう警察から連絡があった。ついでに、お前がだれかってことも電話で教えてもらったばかりだ。これ以上うるさく言うと、刑務所送りにするぞ。

連れてけ、エイケン」

元プロボクサーは本当にぼくの腕に手をかけた。ぼくにできるのは、敷物の上でエイケンと相撲をとるのをやめておくくらいだった。それでも、ぼくは歯をぐっと噛みしめて、敷物地帯を横切ってドアに逆戻りするだけにした。エイケンはエレベーターまでべったり張りついてきた。エレベーターのドアが開き、ぼくはねぎらいの言葉をかけた。「手間賃だよ」五セント硬貨をやつの顔に向かって弾き飛ばす。鼻先にあたった。ただ、ドアが閉まる前に適切な礼をするには、やつの反射能力は鈍すぎた。ついてた。

命令の実現に失敗するのは、この二十四時間で二回目だ。ロードスターを駐めた場所に戻り、北へ向かっているとき、ぼくは右側通行や信号停止を守る気分ではなかった。十中八九、ジャッドはうまく切り抜けるだろう。ジャッドみたいな地位にいるやつが、クリフはナンバーを読み間違えたか、嘘をついているかだと言い張ったら、警察ができること、やろうとすることはそんなに多くない。運転手をあたってみるはずだが、もちろんジャッドはそっちにも手を回しているだろう。

ジャッドの代わりになるものがほしいと思って、ぼくは二十六丁目で西に曲がり、ティングリー社へ向かった。同じくらい価値のあるものじゃなく、なんでもよかった。なのに、それも不発だった。工場は静まりかえり、人気《ひとけ》がなかった。ま、なにが起こったかを考えれば当然だ。

代用品探しは進めたほうがいいだろうと思って、メモを確認してから二十三丁目へ向かい、東に曲がって、古い褐色砂岩の家の前で停車した。ポーチはきれいで、郵便受けの真鍮の前扉は磨かれて光っていた。そのなかにイエイツの名前もあった。呼び鈴を押す。かちりという音を合図に入り、二階にあがって、奥にあるドアのボタンに指を置いたとき、ちょうどグウェンドリン本人が開けてくれた。

「あら」グウェンは言った。「あなたなの」

グウェンの顔はかなりやつれ、まぶたが腫れて、前日に見た鋭く油断のない目とは似ても似つかなかった。

入ってもいいかと尋ねたところ、グウェンは脇に寄り、先に立って大きな居間へ向かった。そこにはキャリー・マーフィーが座っていた。泣いていたか、喧嘩していたような顔をしている。アイルランド人の女の子は、よくわからない。

「二人とも、疲れきっているようですね」ぼくは優しく声をかけた。

グウェンは鼻を鳴らした。「あまり眠れなかったんです。警察はほぼ一晩中寝かせてくれなかったし、そもそも寝られる人なんていますか？」ぼくに関心を持ったらしく、じっと見つめる。「発見したのは、あなただそうね」

「そうです」ぼくは認めた。

「なんのためにあそこへ？」

「キニーネについて話しあうために、ティングリーさんをネロ・ウルフの事務所へ招待しにいっただけです」

「そう。そちらに電話をするつもりでした。エイミー・ダンカンに会いたいんです。どこにいるか知ってますか？」

これでグウェンの攻略は楽になった。「そうですね」ぼくは答えた。「ミス・ダンカンは医師の手当てを受けながら、ぼくらの家で一晩過ごしました。今朝は早く出たので保証はできませんが、たぶんまだいると思いますよ」

「新聞では」キャリー・マーフィーが口を出した。「尋問のため拘留されるって書いてあったけど。それって、エイミーが伯父さんを殺したと疑われているってことですか?」

「そのとおり」

「じゃあ——」

「会いたいんです」グウェンが割りこんだ。

「わかりました、来てください。車があるので」


ぼくらが到着したとき、まだ十一時には二分ほど間があった。なので、ウルフは植物室からおりてきておらず、事務所は空だった。ぼくはお客に椅子を出し、屋上へ向かった。ウルフは鉢植え室の流しで手を洗っていた。

「ジャッドっていう嫌なやつは」ぼくは報告した。「つきまといでぼくを刑務所に放りこむつもりだそうです。たぶん、あなたもですよ。新聞記事なんかで読んだとおり、絹に鉄の裏打ちがついてるみたいで、ものすごく手強いです。警察には、クリフは嘘つきだとたれこんだようですね。で、ティングリー社に行ってみましたが、だれもいませんでした。ミス・イエイツのアパートに行ったら、本人と訪問中のキャリー・マーフィーがいて、二人ともエイミー・ダンカンに会いたいそうなので、ここにいたと言って連れてきました」

ウルフがジャッドの連行の失敗に対して適切と判断した感想を口にする前に、ぼくはさっさと退散した。階下に向かう途中で自分の部屋の手洗いに寄ったが、エレベーターのさがる音を聞いて、急いで出た。

二人の客を紹介すると、ウルフはちゃんと人間らしく振る舞った。ビールのブザーを鳴らし、フリッツが運んでくると嬉しそうにため息をつき、椅子にもたれてグウェンドリンを横目で見やった。

「グッドウィン君の話では、ミス・ダンカンに会いたいそうですね。ミス・ダンカンはこの家にはいません。警察が令状を持ってきて、連れていきました」

「令状？」キャリー・マーフィーが聞き返した。「つまり、逮捕されたってことですか？」

「そうです。重要参考人として、警察はこの家からミス・ダンカンを連行したのです。自分の家から逮捕令状により人が連行されるのを、わたしは好みません。保釈金が手配されているところです。お二人は、ミス・ダンカンの友人ですか？」

「知り合いです」ミス・イエイツが答えた。「敵対はしていませんでした。エイミーが不当に告発されるのは見たくありません」

「同感です。ミス・ダンカンが例のキニーネの件に関与している可能性は、きわめて低いと考えます。いかがですか？」

「当然です。警察は面会を認めてくれるでしょうか？」

「望み薄ですね」

「あの」キャリーが我慢できずに口を出した。「警察には話していないことがあるんです。キニーネについては知られたくなかったものですから！」

ウルフは肩をすくめた。「ばかげた話です。警察はもう知っていますよ。グッドウィン君からだけではなく、クリフ氏からも聞いています。話していないこととは、どんなことです？」

「わたしたち……」キャリーは言いさして、上司に目を向けた。グウェンは唇を引き結んで、なにも言わない。キャリーは視線をウルフに戻した。「わたしたちには」と言葉を継ぐ。「大事なことかどうか、わからないんです。新聞記事からは、判断できなくて。わたしたちがエイミーに訊きたいのは、そのことなんです。あなたに訊いてもいいですか？」

「どうぞ試してください」

「その……エイミーはいたんですよね？」

「昨晩、ティングリー社に？　いました」

「着いたのは何時でしたか？」

「七時五分」

「それから、なにがあったんですか？」

「事務室に入ったところ、ついたての裏に隠れていただれかがミス・ダンカンの頭を鉄のおもりで殴り、意識不明にしました。ミス・ダンカンは一時間ほど気を失っていました。グッドウィン君が八時八分に到着した際、ミス・ダンカンは階段をおりようとしているところでした。ただし、また倒れてしまいました。グッドウィン君は上階を調べてティングリー氏の死体を発見したあとで、ミス・ダンカンをこの家まで運んできました。ミス・ダンカンの話では、事務室に入ったときに伯父さんは見あたらなかったそうなので、もう死んでいたのでしょう」

キャリーは首を振った。「そうじゃありません」

ウルフは両眉をあげた。「そうじゃない？」

「そうです。それに、エイミーは社長を殺していません」

「ほほう。あなたは現場にいたのですか？」

「もちろん、いません。でも、殴られて意識不明だったとしたら、人を殺したりできますか？　たとえその気があったとしても？」

「おそらく無理でしょう。ただし、ミス・ダンカンが真実を話しているという仮定に基づけば、です。警察はそんなに甘くありません。ミス・ダンカンが嘘をついていたら、どうです？　伯父さんを殺したあとでだれかに殴られたとしたら？　到着直後に伯父さんを殺していたら？」

「まさか、ありえません」キャリーは勝ち誇ったように言いきった。「エイミーには無理でした。そこなんです！　社長が八時に生きていたことを、わたしたちは知っているんです！」

ウルフはキャリーをじっと見つめ、唇を突き出した。そして、ビールを注いで飲み、ハンカチで口を拭いてから椅子にもたれ、もう一度まっすぐキャリーに目を向けた。「それは興味深い」ウルフは呟くように言った。「どうして知っているのですか？」

「電話で話していましたから」

「八時に？」

「そうです」

「あなたと？」

「いえ」グウェンが口を挟んだ。「わたしとです。わたしは自宅にいました。ミス・マーフィーもいて、話を聞いていたんです」

「相手がティングリー氏だったのは間違いありませんか？」

「ありません。長年の付き合いですから」

「なんの話をしていたのですか?」

グウェンは答えた。「個人的なことです」


ウルフは首を振った。「そんな立場はすぐに警察から崩されますよ、マダム。殺人事件ですからね。無論、わたしにはなんの権限もありませんが、ここまで話が進んだ以上――」

「キニーネについてでした。従業員の女性の一人から、ミス・マーフィーが疑わしい行動をしているのを見たとの報告がありまして。昨日の午後、終業時刻の少し前でした。パテを小さな瓶にこっそり入れて、隠していたそうなのです。ミス・マーフィーに説明を求めたところ、返答を拒否されました。なにも言うことがないとの――」

「話せなかった――」

「最後まで言わせてちょうだい、キャリー。ミス・マーフィーが退社したあと、わたしは社長の事務室へ行って、その件を話そうとしました。ですが、わたしの話なんて聞いてもいなかったようです。あんなに取り乱している社長を見るのははじめてでした。養子のフィリップがその場にいて、それが原因なのだろうと思ったのですが、ティングリーさんはなにも言いませんでした。わたしが会社を出て、二十三丁目にあるアパートへ帰ったのが六時十五分でした。いつも徒歩です。たった七分の距離ですから。帰宅後、帽子とコート、長靴を脱ぎ、雨水を切るために傘をバスタブに置いて、鰯とチーズを少し……」

グウェンは言葉を切り、鼻を鳴らした。「警察に一晩中質問されたので、口癖になってしまったようです。わたしがなにを食べようと関心はありませんよね。七時半頃、ミス・マーフィーが訪ねてきました。あれからよく考えてみたが、申し開きをするべきだと決心したとのことでした。ミス・マーフィーの話を聞いて、これまでに経験したことのないほどの怒りを感じました。ティングリー社長は、キニーネを入れたのはわたしではないかと疑っていたんです！　このわたしを！」

「あんまりです、ミス・イエイツ」キャリーが抗議した。「あれはただ――」

「ばかを言わないで」グウェンは嚙みついた。「社長はあなたにわたしをこっそり調べさせた、そうでしょう？」

「でも、社長は――」

「いい、社長はあなたにわたしをこっそり調べさせたのよ！」グウェンはウルフに向き直った。「あの問題が発生してから、攪拌《かくはん》係や瓶詰めの作業台に怠りなく目を配ってきました。そして、すべてのパテのサンプルをティングリーさんに提出しました、キャリーの分まで入れたんですよ。それなのに、こっそりわたしのパテのサンプルをキャリーが提出していたなんて！」

「指示に従ったんです」キャリーはむきになった。「他に方法があったと言うんですか？」

「いいえ。でも、社長はちがう。もし生きてたら、わたしは一生許さなかった。でも今は……許そうとしてみます。わたしはあの工場に人生を捧げてきた。わたしの生きる道はあそこしかなくて、ずっとあそこで生きてきた。アーサーはそれをわかっていたのよ。工場から出荷するすべての瓶を、わたしがどれだけ誇りに思っていたかを承知していながら、スパイをつけられるなんて――」

「それで」ウルフが口を出した。「厳重に抗議するため、あなたはティングリー氏に電話をした」

グウェンは頷いた。

「それが八時だったと、どうしてわかるのですか?」

「腕時計を確認したからです。最初は自宅にかけましたが不在でしたので、会社にかけてみたんです」

「ティングリー氏はミス・マーフィーの話を裏づけましたか?」

「はい、認めました。謝りもしなかったんです。事業主は自分で、だれも、わたしでさえ疑いを逃れられないと言ったんです。面と向かってわたしにそう言ったんですよ!」

「正確には、面と向かってではありませんね」

「ともかく、そう言ったんです」グウェンはまた鼻を鳴らした。「それで、電話を切りました。乗りこんで決着させようと思ったんですが、朝まで待つことにしました。いずれにしても、もう疲れきっていて……一か月、緊張状態でしたから。キャリーがいたので、お茶を入れました。キャリーは責められなかったんです。指示されたことをやっただけですしね。そのまま二人で話をしているうちに十時になって、警察が来たんです」

「警察は殺人を知らせたんですね」

「そうです」

「それでも、あなたは電話の件を話さなかった」

「はい」グウェンは答えた。「キニーネのことを知られたくなかったので」

「でも、もう話さなければならないでしょう」キャリーが続けた。椅子の端に腰かけ、指をねじりあわせている。「エイミーが逮捕されたんですから。そうですよね?」

ウルフは顔をしかめた。「そんなことは理由になりませんな」不機嫌そうな声だった。「ミス・ダンカンの利益になるより、害になるでしょう。いずれにしてもミス・ダンカンは嘘をついている、そう警察は考えています。お好きにどうぞ。わたしなら、警察にはなにも話さないでしょうが」

二人は話し合いをした。ウルフはさらにビールを飲んだ。ぼくは手で隠してあくびをした。ガスリー・ジャッドの代用品は、ぼくらにはひどく不都合になったようだ。ティングリーが八時に生きていたなら、ジャッドが七時半から七時三十五分の間に殺したとは考えづらいし、七時四十分と七時四十七分の間にいたもう一人のレインコートの男にも無理だろう。もちろん、二人とも八時過ぎに戻ってこられただろうが、ぼくの到着が八時八分なので、ぎりぎりだ。おまけに、正面入口以外から入らない限り、クリフに目撃された。クリフが嘘をついていないのなら、あるいはエイミーが、あるいはこの二人のパテ担当者が……。

二人がようやく腰をあげたとき、この先の方針はまだコイン投げで決める状態のようだった。成り行きから当然と思えたので、ぼくは二十三丁目まで送ると申し出た。二人は承知した。つまり、グウエンはそうすることになった。キャリーは地下鉄に乗ると言うので、一緒に三十四丁目まで行って、急行の駅で降ろした。

帰宅したら、お客が到着していた。レナード・クリフとエイミー・ダンカンが、ウルフと一緒に事務所にいたのだ。クリフはすっかり落ちこんで、疲れきった様子だった。エイミーはといえば、さらにひどいくらいだった。目の下が腫れて、顎がさがっている。ぼくのお気に入りだった頬の柔らかな曲線は消えていた。ウルフ当人は、苦虫を噛みつぶしたような顔をぼくに向けた。

ぼくは腰をおろした。「やれやれ」と口を開く。「もっと悪くなっていたかもしれないんですよ、そうでしょう？　警察が起訴して、刑務所に放りこんでたら？」

「ミス・ダンカンは」ウルフが怒鳴った。「保釈中だ。この事件は茶番じみてきた。クレイマー警視の話では、ナイフの柄にミス・ダンカンの指紋がついていたそうだ」

「まさか！」ぼくは両眉をあげた。「ほんとですか？　鉄の塊はどうでした？　おもりですけど」

「ない。検出されていない」

「はあ。そんなことだろうと思いました。ミス・ダンカンはナイフから指紋を拭きとるのは忘れたけれども、おもりで自分の頭を殴ったあとできれいに拭きとったと――」

「もう結構だ、アーチー。あくまでも滑稽なまねをしたいのなら――」

「滑稽なまねなんてしてません。茶番だというあなたの意見に賛成しているだけです」ぼくはウルフを睨み返した。「あなたがなにをしているのか、わかってますよ、自分でもわかっていますよね！あなたはさぼってるんです。ぼくが連れてきたあの二人の女性への対応は、惨めなものでしたよ！ぼくには足があって、それを活用しています。あなたには頭脳がありますが、それはどこへやったんです？　あなたはティングリーに腹を立ててるんです、あなたが指を振ってレバーパテにキニーネを入れないようにしろって命じる前に殺されたから。あなたはクレイマーに腹を立ててるんです、威厳を傷つけられたがら。あなたはぼくに腹を立ててるんです、ジャッドを連れてこなかったから。今度はミス・ダンカンに腹を立ててるんです、意識を失って倒れているときだれかに凶器のナイフへ指紋をつけさせたから」

　ぼくはエイミーに向き直った。「そんなことをさせちゃ、いけなかったんです。ウルフさんが頭を悩ませますからね」

ウルフは目を閉じた。長い沈黙が続いた。ウルフの人差し指の先が、椅子の肘掛けで小さな円を描いている。ようやく、まぶたが半分開いた。焦点を合わせた先が自分ではなくエイミーだとわかって、ぼくは胸を撫でおろした。ウルフは椅子にもたれ、腹の上で両手の指を握りあわせた。「ミス・ダンカン」と声をかける。「一つ残らず丁寧に調べる必要があるようです。あなたはいくつかの質問への回答に耐えられますか？」

「それは、はい」エイミーはきっぱり答えた。「なんでも——気分はいいので。大丈夫です」

「そうはみえませんな。あなたとクリフさんが真実を語っているとの仮定で進めていきます。仮定を捨てるのは、必要に迫られたときだけです。例えば、あなたが伯父さんの会社を辞めて、後にクリフさんの秘書になったのは、商売敵と手を組んだわけではなかったと仮定します」

「間違いありません」クリフが口を挟んだ。「ミス・ダンカンがティングリー社で働いていたことは知っていましたが、社長の姪なのは当社では把握していなかった。だからこそ、昨晩ティングリー社を訪れるのを見て、非常に驚いた。なにをしているのか、見当もつかなかったので」

「結構。すべて受け入れます」ウルフはエイミーに向かって話を続けた。「キニーネはミス・マーフィーの仕業だと言ったら、あなたはどう答えますか？」

「そんな——」エイミーは意表を突かれたようだった。「なんと答えたらいいのか、わかりません。どうしてわかったのか、お訊きします。キャリーがそんなことをするなんて信じられません」

「ミス・マーフィーは伯父さんに恨みを抱いていましたか？」

「わたしの知っている限りでは、ないです。特に恨んではいませんでした。もちろん、本当に伯父を好きな人はいませんでしたけど」

「ミス・イエイツはどうです?」

「ああ、あの人は大丈夫です。工場で働いている若い女性たちには煙たがられているようですけど、間違いなく有能な人ですから」

「あなたとはうまくやっていた?」

「それはそうです。お互いにあまり関わりがありませんでしたし。わたしは伯父の速記者だったので」

「ティングリー氏とミス・イエイツとの関係は?」

「考えられる限りでは良好でした。もちろん、ミス・イエイツは特別な存在でした。伯父はあの人なしではやっていけなかったんじゃないかと思います。わたしの祖父から事業を受け継いだとき、ミス・イエイツもそのまま働いてくれたんです」


ウルフは唸った。「相続の件ですが。伯父さんの遺志についてはなにか知っていますか? 事業を受け継ぐのはだれです?」

「さあ、いとこのフィリップだとは思いますけど」

「養子の?」

「はい」エイミーはためらい、声の調子を変えて訂正した。「フィリップが継ぐとわたしは思います。事業はずっと、父親から息子へ引き継がれてきましたから。でも、もちろんフィリップは……」ここで言いさした。

「事業で成果をあげていますか？」

「いえ。そこが問題なんです。フィリップはどんなことでも成果をあげていなくて。例外は……」言葉が途切れた。

「例外は？」ウルフが促した。

「お金を使うことだけ、こう言うつもりでした。ただ、ここ一年くらいは使おうにもお金がなくて。アーサー伯父さんが解雇したんです。たぶん食べるに困らないくらいのお金は渡していたと思いますけど。わたしはてっきり……昨日伯父さんに電話で会社まで来てくれと言われたとき、フィリップの話だろうと思ったんです。すごく急ぎのようでしたし」

「そう思った理由は？」

「それは……伯父が以前一度だけわたしに来てくれと連絡してきたとき、フィリップのことだったからです。わたしなら……フィリップをなんとかできると思っていたようで」

「そうだったのですか？」

「まあ……多少は」

「以前というのはいつです？」

「一年近く前です」

「伯父さんは、フィリップ氏をどうしたかったのですか？」

「それは……その、落ち着かせたかったんでしょう。事業に興味を持つようにするとか。フィリップが……わたしと結婚したがっていたことを、伯父は知っていたので。もちろん、フィリップは本当のいとこじゃありません、養子ですから。血のつながりはないんですが、結婚したくなかったんです。

愛していませんでしたので」

「伯父さんはあなたを説得して結婚させようとしていた?」

「いえ、ちがいます。伯父はわたしたちの結婚には大反対でした。そこはちょっと不思議に思ったんです。ともかく、フィリップを変えさせる影響力がわたしにあると考えていました」

「フィリップ氏自身はあなたとの結婚を諦めたのですか?」

「まあ……そんなそぶりはなくなりましたけど」

レナード・クリフは顔をしかめていた。「ちょっと」突然、エイミーに向かって質問した。「その人の人相は?」

「フィリップですか?」

「そうだ」

「そうですね……背は高いです。背が高くて肩幅があって、骨張った彫りの深い顔立ちです。皮肉屋なんです。つまり、皮肉屋っぽくみえるんですが」

クリフは椅子の肘掛けを平手で叩いた。「そいつだ! 今朝、警察署で見た。その人だった!」

「だとしたら、なんなんです?」ウルフが苛だった。

「そのことを話すために、ここまで来たんですよ! 昨日の夜に見たのは、その男だった! レインコートの男だ!」

「ほほう」ウルフは言った。「七時四十分に到着した人物ですか? ジャッド氏が引きあげたあとに?」

「そうだ!」

「どの程度、自信がありますか？」

「絶対に間違いない。警察署で見たときに気づいて、だれなのか突きとめようとしたんだが、警察に追い出された。今、エイミーの話す人相を聞いて――」

ウルフはエイミーに矛先を向けた。「フィリップ氏の住所は知っていますか？」

エイミーは首を振った。「いいえ、知りません。でも、そんな……信じられません……まさかあなたの考えでは……」

「わたしはまだ考えはじめてもいません。まずは考えるための材料を仕入れなければ」ウルフがこちらを向いた。「アーチー。フィリップ・ティングリー氏を発見して連れてこられるような人物を雇いたいのだが、心あたりは――」

聞いたのはそこまでだった。ぼくは事務所を出ていった。

二十四時間も経っていないのに、呼びにいかされる男はこれで三人目だ。一人目は到着時には死んでいた。二人目はぼくを刑務所に放りこむと脅した。三人目こそ連れてくるつもりだった。

ただ、見つけなければはじまらない。これが大仕事になった。ティングリーの家の有色人種のメイドから、住所は簡単に手に入れられた。二十九丁目の二番街の東。が、家にはいなかった。薄汚れたみすぼらしい五階建てのアパートで、エレベーターはなし。『フィリップ・ティングリー』の名札の呼び鈴を押したが、反応はなかった。呼び鈴の位置からすると、部屋は五階だ。ポーチのドアに鍵はかかっていなかったので、入って、暗くて臭い階段をあがっていった。建物内のドアには呼び鈴のボタンがなく、五階の奥の部屋もそうだったので、六回ノックをしてみたが、返事はなかった。

ぼくは階段の一番上に腰をおろし、二時間近く苛々しないようにしていた。

ぼくの覚えている限りでは、そこから五時までが一番気持ちの晴れない午後の一つだった。正攻法としては、ときどきウルフのために仕事をするフレッド・ダーキンを呼んできて見張りをさせ、その間に捜索をすればよかったのだろうが、ぼくは人の助けを借りずに配達をしたかった。二番街の安レストランで豆一皿とミルクを二杯口にしたあと、ぼくはもう一度あたってみたが、結果は同じだった。地下室の家主や他の間借り人への聞きこみは、言語の学習にはよかったが、それだけだった。四時半、ぼくはまた持ち場を離れ、電話ボックスから情報収集をしたが、完全な空振りだった。その遠足の間に、フィリップは巣に舞い戻っていた。五時過ぎにぼくが戻って、ただの暇つぶしのつもりでポーチの呼び鈴を押したところ、すぐにかちりと音がした。勢いづいて、五階までの階段を飛ぶようにあがった。

五階に着いたところ、奥の部屋のドアは開いていて、戸口にフィリップが立っていた。一目見て、エイミーの説明どおりだとわかっただけでなく、ぼくが歓迎されない不意打ちの客だと直感した。フィリップには温かみのかけらもなかった。

「なんの用だ?」ぼくが近づくと、フィリップは問いただした。

ぼくはにやりと笑った。「やあ。このあたりで五時間あなたを探してたんですよ」

「警察か?」

「いいえ。名前はグッドウィンで……」

この鼻持ちならないやつはドアを閉めようとしていた。それに逆らって、中へ滑りこんだ。

「出てけ!」フィリップは怒鳴った。「ここから出てけ!」

「おやおや」ぼくは抗議した。「こっちの用件も聞いてないのに。ぼくがサンタクロースじゃないってどうしてわかるんだ?」背後のドアを蹴って閉めた。急ぐことはない。どうせウルフは六時まで手が離せないのだから。「中で話そうじゃないか……」

油断していた。が、相手の行動はまったくの予想外で、気づけばつかまっていた。フィリップの長い骨張った指がぼくの喉をつかんでいただけでなく、その力の入れ具合で指に筋肉があることも伝わってくる。相手の手首をつかんだが、無駄だった。向こうが有利だ。ぼくは体を沈めてねじり、自由になったが、相手はそのまま攻撃を続けて、ぼくにつかみかかり、頬をひっかいた。拳がなんのためにあるのか知りもしないやつを殴るのは好きじゃないが、ひっかかれるのも好きじゃない。そこで左手で相手を押し返し、右手でフックを決めた。フィリップはよろめいたが、壁があったので倒れはしなかった。

「やめとけ」ぼくはぶっきらぼうに通告した。「こっちは別に――」

フィリップは身構えて、ぼくを蹴りやがった。しゃべると喉が痛んだし、頬にひっかき傷はあるし、今度はこれだ。ぼくはもう一度殴ったが、思ったより強い一発になった。フィリップは倒れずに腹を抱えて崩れ落ちた。溶けたみたいだった。それから動かなくなった。

屈んでフィリップの様子を確認したあと、そのまま室内の調査にとりかかった。ぼくがなにをしにきたかを知りもしないのに、激しくおもてなし精神を欠いた対応をした理由は、いるはずのない人物が家にいるからとしか考えられない。しかし、室内は空だった。寝室、台所、風呂があるだけだった。洋服ダンスやベッドの下までちらりと確認してから、住人のところへ戻った。フィリップは気を失ったままだった。

ぼくに訪問の目的を説明させることさえ乗り気でなかったのだから、ウルフの家まで送りたいというぼくの希望に、協力は一切得られないだろう。そこで、縛りあげることにした。狭い廊下で作業するには図体が大きすぎたので、台所へ引きずっていった。台所の引き出しから古い物干し綱を、浴室の物入れから粘着テープを見つけて、少なくとも蹴ったりひっかいたりせずに話を聞けるよう、手早くフィリップに処置をした。三本目の粘着テープで口をバツ印に塞いでいるとき、ぼくのすぐ後ろで呼び鈴が鳴った。

ぼくは飛びあがるように立った。呼び鈴はまた鳴った。

そういうことだったのか。客が来ていたのではなく、来る予定だったのだ。ポーチのドアを開錠するボタンが壁にあり、ぼくはそれを何度か押して、今終えたばかりの仕事の出来をざっと確認した。そのうえで台所から出てドアを閉め、共用廊下に出るドアを開けた。

絨毯のない階段の下のほうから、ためらうような足音が微かに聞こえた。頭が踊り場に出てくる前に、女だと判断した。実際、女だった。五階まであがると、女はまた足を止め、反対側を見てから、ぼくと目を合わせた。知らない相手だった。五十歳、もう少し上か。ミンクのコートを着た、細身でおしゃれな女だった。

ぼくは丁寧に声をかけた。「こんばんは」

女はちょっと息を切らせながら、こう質問した。「あなたが……フィリップ・ティングリーさん？」

ぼくは頷いた。「見てわからないんですか？」

この発言がなにかの的を射抜いたようだった。「どうして見覚えがあると？」鋭く聞き返された。

「さあ。公園にあるぼくの銅像のおかげとか」ぼくは一歩脇へ寄って、ドアから入れるようにした。「どうぞ」

女は一瞬ためらった。それから覚悟を決めたみたいに肩をそびやかし、ぼくをかすめるように通った。ぼくも続いて入り、居間兼寝室を指し示して、ドアを閉めた。目の前が真っ暗になった。お先真っ暗はもののたとえだが、いずれにしても、気のきいた暗中模索をやってみられそうだ。

ぼくは女性に追いついた。「コートを預かりますよ。座り慣れているような椅子じゃないでしょうが、我慢してください」

女は身震いしてぼくから体を引き、落ち着きなく周囲に目を配った。座りはしたが、すりきれて汚れた座面にかろうじて接触しただけだった。それから、こちらを見た。ぼくは自分を目の保養になると考えたことは一度もない。ぼくの魅力はどっちかといえば精神面だ。とはいえ、ヒキガエルでもないので、女の表情には腹が立った。

「どうやら」ぼくは思いきって言ってみた。「ぼくのなにかが期待どおりじゃなかったみたいですね」

女は軽蔑するような声を出した。「電話で話したとおり、わたしのほうでは感傷的な気持ちは一切ないし、これまでもなかったので」

「そうですか」ぼくは話を合わせた。「ぼくにも感傷的な気持ちはない」

「そうだろうと思った」仮にその声の吐息が屋根の縁から垂れたとしたら、つららができただろう。「どちらからも、そんなもの受け継いでいないでしょう。父親からも、わたしからも。あなたは悪党だって、兄さんが言ってました。それに、はったりだけの臆病者だってね。でも血筋を考えたら、そこは信じられない。はっきり言って、兄さんは間違ってると思う」女は言葉を切った。「だから来たのよ。兄さんは自分の提案をのむだろうと思ってるけど、わたしはそうは思わない。自分ならそうしないってわかってるし、あなたの半分はわたしのものだから」

ぼくは話についていこうと駆け足になっていた。一番いい手は、悪党になることに思えたので、冷笑を浮かべて、できるだけなりきることにした。「ぼくが臆病だとあいつは思ってるのか、そうなんだな?」ちょっと嫌な笑いかたをしてみた。「で、あいつの申し出をのむと思ってる? そんなつもりはないね」

「どんな条件なら受け入れるの?」

「こっちが要求したとおりだ。最後通告だ!」

「最後じゃない」女が鋭く言い返した。「あなたも間違ってる。兄さんが百万ドル出すと思ってるなら、ばかよ」

「そうするさ、そうするしかない」

「いいえ。出さない」女は椅子の上で身じろぎした。滑り落ちるんじゃないかと思ったが、大丈夫だった。「男はみんなばかね」悔しそうに言う。「わたしは冷静で、自分の面倒くらいみられるって思っていたけど、男にだめにされる運命だった。あの工場でまだ若い娘だったとき……男とはあれで縁が切れたと思ったけど……道は一つじゃないものね。あなたに権利が……なんらかの権利があることは否定しません。ただ、今回の要求はお話にならない。たしかに、兄さんの申し出もお話にならないけどね。自分のお金があったら……でも、ありませんから。強情なばかよ、あなたたちはどっちも。兄さんは妥協するってことをいつまでも覚えないけど、あなたもそうみたいね。でも、今回は覚えなくちゃいけない。二人ともよ」

ぼくは冷たい笑いを浮かべたままでいた。「あいつは強気なだけの大口野郎だ」と決めつけた。「妥協は一人じゃできない。向こうはどうなんだ?」

女は口を開いたが、また閉じてしまった。

「つまり」ぼくは皮肉な口調で続けた。「あんたもそんなに賢いわけじゃないみたいだな。ここに来て、いい子にしろって言い聞かせれば、なんかの足しになると思ってたのか? こっちがお人好しで、いいよ、手を打つって答えたら、あいつのところへとんぼ返りするつもりだったのか? ふん、賢いじゃないか、なあ?」

「わたしはせめて――」

「だめだ」ぼくは立ちあがった。「けりをつけたいんだろ。ぼくも同じだ。向こうもそう思ってる、それはこっちもわかってるんだ。いいだろう、一緒に会いにいこうじゃないか。そうすれば、あんたも両方に妥協しろって言えるだろう。で、だれがばかなのか、見極められる。行こう」

女はぎょっとしたようだった。「今からってこと?」

「今からだ」

女は渋った。反対した。ぼくは却下した。こっちが有利だったので、それを生かした。ぼくがコートを着たときには、女は座ったまま唇を噛んでいた。それから、立ちあがり、一緒に来た。

一階におりて歩道に出たところ、ぼくの車しかなかった。女はタクシーで来たようだ。フィリップ・ティングリーが車を持っているべきかどうか疑問に思ったので、知らん顔で角まで歩き、タクシーを停めた。女は五番街のちょっと東、七十丁目あたりの住所を告げたあと隅に身を寄せ、ぼくも返礼をした。乗車中、女は会話をするそぶりは見せなかった。

女はフィリップに支払いを任せた。この状況では少々けちくさい気がした。ポーチへ通じるドアは凝った造りで大きくて重く、その前で女は脇に寄った。ぼくは取っ手をさげて、押し開けた。屋内へのドアは呼び出しなしで開いた。女が通り抜けたので、ぼくも続いた。お仕着せ姿の男がドアを閉めた。

女は怯えているようで、青ざめてげっそりしていた。心底震えあがっている。男に声をかけた。

「兄さんは二階?」

「はい、ミス・ジャッド」

女は先に立って二階に行き、大きな部屋に入った。千冊もの本、暖炉、まさにぼく好みの椅子が何脚かあった。そのうちの一つに、好みではない男が座っていた。ぼくらが入っていくと、男は顔をこちらに向けた。

喉を締めつけられているような声が言った。「ガスリー、考えてみたんだけど……」

言葉が途切れたのは、ジャッドの燃えさかる炎のような目のせいだった。だれだって、言葉を失っただろう。

ぼくは近づいて、声をかけた。「エイケンはおそばに?」

ジャッドはぼくを無視した。油の染みを相手にしているような口調で、妹を問いただす。「こいつはどこから来たんだ?」

「長い話なんですよ」ぼくは言った。「でも、短くしましょう。こちらの女性はフィリップ・ティングリーのアパートに行きました。そこにいたぼくを、フィリップだと思ったんです」片手を振る。「人違いってことですね」

「人違い……」ジャッドは口がきけなくなった。それだけでも、入ってきただけの価値はあった。妹は凍りついたようにぼくを見つめていた。

ジャッドは妹に怒りをぶつけた。「出ていけ！」冷たく、怒りに満ちた口調だった。「ばかにつける薬はないな」

女はすっかりやりこめられて、出ていった。

ドアが閉められるのを待って、ぼくは口を開いた。「あれこれたっぷり話をしました。おもしろい状況ですね。これで、あなたに話を打ちきられたときに渡すつもりだった招待状を進呈できます。三十五丁目のネロ・ウルフを訪問してください」

「話はお前とする」ジャッドは歯を食いしばった。「座れ」

「それはだめです。こっちが先に招待したんですから。それに、ぼくはあなたが好きじゃありません。悪あがきをするんでしたら、タブロイド紙に情報を売って、その金で手を引きます」ぼくはドアを指さした。「お出口はあちらです」……。

ウルフは机の奥に座っていた。ぼくはノートを広げて自分の席についていた。ガスリー・ジャッドはウルフの机に近い証人席にいた。

ウルフはビールのグラスを空にして唇を拭き、椅子にもたれた。「どうやら」と口を開く。「事態がもう完全にあなたの手に負えなくなっていることを理解していないようですな。あなたにできるのは、わたしたちの時間を多少節約することくらいです。そうなれば、こちらもありがたいとは思いますよ。言質は一切与えません。必要とあらば、あなた抜きでもこちらで細かい情報を集められますから。あるいは警察で。警察は不器用なうえに、ときには適切な思慮分別を欠くこともありますが、掘る場所を指定されれば、きわめてよい仕事をします。フィリップ・ティングリーがあなたの妹の息子であることを、わたしたちは知っています。それが要でした。あなたが隠そうと懸命になっていたのは、その事実だったのです。残りは埋めていくだけです。例えば、フィリップ氏の父親はだれですか?」

ジャッドは目を細め、顎に力をこめて、黙ってウルフを睨んだ。

「フィリップ氏の父親は?」ウルフは辛抱強く繰り返した。

ジャッドは体勢を崩さなかった。

ウルフは肩をすくめた。「結構」そして、ぼくに目を向けた。「クレイマー警視に電話を。警視の部下ならこういうことはお手の——なにか言いましたか、ジャッドさん?」

「言った」ジャッドが嚙みついた。「ふざけやがって。フィリップの父親は死んだ。トーマス・ティングリー。アーサーの父親だ」

「そうですか。では、アーサー氏とフィリップ氏は兄弟なのですね」

「半分な」ジャッドは言葉より弾丸で返すような顔をしていた。「トーマスは既婚者で、奥さんとの間に子供が二人いた。息子と娘。息子がアーサーだよ」

「奥さんはご存命でしたか、そのときに……?」

「ああ。妹は一九〇九年にティングリーの工場に働きにでた。わたしはそのとき二十五歳で、ようやく世に出はじめたところだった。妹は十九歳。アーサーはわたしより一つ、二つ年下だ。父親のトーマスは五十近かったな。一九一一年、妹は妊娠して父親がだれかを打ち明けた。その頃には少し金ができていたから、妹は田舎に行かせた。同じ年の九月、男の子が生まれた。妹は顔も見ないうちから赤ん坊を嫌っていた。見ることを拒絶した。で、養育院に預けて、妹もわたしも忘れた。当時は自分のことで手いっぱいでな、注意しておくべきことに気を配る余裕がなかった。何年も経ってから、廃棄しておいたほうがいい記録が養育院にあるかもしれないと気がついて、問いあわせてみた」

「それはいつです？」

「たった三年前だ。そのとき、なにが起こったかを知った。トーマス・ティングリーは一九一三年に死んで、奥さんも翌年亡くなった。息子のアーサーは一九一二年に結婚したが、奥さんを事故で亡くした。一九一五年、アーサーは合法的に養育院から四歳の男の子を引きとった」

「それが問題の男の子だと、どうやって知ったのですか？」

「アーサーに会いにいった。その子が母親ちがいの兄弟だと知っていた。父親が死ぬ間際にすべて打ち明けて、子供の将来を頼んだそうだ。そのときはまだトーマスの奥さんが生きていたから、内密にな。二年後、アーサーの奥さんが子供のないまま亡くなって、アーサーは養子縁組を決めた」

「先ほどの話では、記録を探したとのことでしたね。アーサー氏が持っていたのですか？」

「そうだが、手放そうとしなかった。説得はしてみた。こちらからは……かなりの金額を申し出た。まあ、向こうも頑固で、好意的じゃなかったからな。それに、子供に期待を裏切られたんだよ、どうしようもないやつに育った」

ウルフは唸った。「そこで、あなたは他の手段で記録を入手しようとした」

「いや、そうじゃない」ジャッドの唇の片端がねじれてあがった。「人情劇にわたしをあてはめることはできない。柄じゃないからな。殺人だってそうだ。アーサーの性格はわかっていたし、生きている間は嫌がらせの恐れはなかったんだよ。それに、一つの点で譲歩した。書類を金庫内の鍵つきの箱に保管して、その箱と中身をわたしに遺すと約束した。ただし、保管場所をしゃべったわけじゃない。あとでわかった」

「いつです?」

「二日前」

ウルフの両眉があがった。「二日前ですと?」

「そうだ。月曜の朝、フィリップが事務所を訪ねてきた。顔を見るのは、生後一か月のとき以来だ。ただ、自分の素性はちゃんと把握していて、問題の書類の写しを持っていた。百万ドル要求されたよ」ジャッドは語気を強めた。「百万ドルだぞ!」

「ネタはなんですか、公表するとの脅しですか?」

「いや、そうじゃない。もっとあたりさわりのないことだ。養父がはした金――本人は『はした金』と言ってた――しかくれないうえに、遺言で相続人からはずされた。訪ねてきた理由は、それだけだと。アーサーもばかで、遺言書をフィリップに一回読ませただけじゃ気がすまなくて、当てつけに繰り返したんだろう。そのうち、鍵のかかった箱をわたしに遺贈するという条項で、フィリップがぴんときたわけだ。金庫から箱を盗んで開けたら、見いつけたってな。あいつの脅しは公表うんぬんじゃなく、幼児期に自分を遺棄したわたしと妹に賠償を求めて訴えるって話だった。もちろん、そうであっても同じことなんだが、体裁は整う。こっちにはどんな状況でも、あってはならないことがある、向こうはそれを知っていた」

　ウルフは言った。「それならばなぜ、金を払わなかったのです?」

「法外だからだ。百万ドルを、はいそうですかと出したりはしない」

「わたしは出しませんが、あなたには可能だった」

「こっちも出さなかった。だいたい、けりがつくという保証も要る。例えば、記録の原本すべての引き渡しが絶対条件だが、その点を約束できるのはアーサーだけだった。ただ、月曜には面会の都合がつかなくてな。だから、フィリップには一日延期してもらった。翌朝、つまり昨日、アーサーが電話をかけてきて、金庫から箱がなくなったと言った。ただ、それでもわたしの事務所や別の場所で会うことは承知しなかったんで、こっちから出向くしかなかった」


　ぼくはノートから目をあげて、にやりと笑った。「そうですか。で、引きあげるあなたと出くわしたんだ。そのときチョークで――」

　やつは失礼で、ぼくに目もくれずに話を続けた。「アーサーの事務室に行って、フィリップの要求と脅しの件を話した。アーサーはかんかんだった。フィリップをどやしつければ箱を戻すって考えだったが、わたしにはそうは思えなかった。こっちの提案は――ともかく、アーサーはまるで手に負えなかった。自分のやりかたを押しとおすつもりだった。アーサーがその日の午後にフィリップと話をする、それから水曜日の朝、つまり今日の朝、三人揃ってアーサーの事務室でかたをつけることになった。承知するしか――」

「それは通用しません」ウルフがぶっきらぼうに決めつけた。「今は言い逃れを一切やめてください」

「していない。今の話は――」

「嘘です、ジャッドさん。それではだめです。あなたがた三人は水曜の朝ではなく、火曜の夜にティングリー氏の事務室で会うことになっていた。あなたはそちらへ出向き……」

残りは聞き損ねた。呼び鈴が鳴り、ぼくが応対に出た。フリッツはまだ無理はできないのだ。ガラスを一目覗いただけで、嫌と言うほど知っている顔が見えた。チェーンをかけてから、限界の六インチまでドアを開いた。

「間に合ってます」ぼくはつっけんどんに告げた。

「やかましい」喧嘩腰の答えが返ってきた。「ガスリー・ジャッドに会いたい。ここにいるな」

「どうしてわかるんです?」

「自宅でそう言われた。チェーンをはずせ――」

「途中で車に轢《ひ》かれたかもしれませんよ。はっきりするまで、座ってお待ちください」

ぼくは事務所に戻り、ウルフに告げた。「クレイマー警視がジャッドさんとの面会を求めています。ここに行くと自宅で教えられたそうです」

したたかなジャッドが、すかさず要求した。「そちらの保証がほしい」

「無理ですな」ウルフは切り捨てた。「クレイマー警視を中へ」

ぼくはもう一度出ていき、チェーンをはずしてドアを大きく開けた。クレイマーは事務所へ向かった。ぼくはあとを追った。

挨拶代わりに唸ると、クレイマーは立ったままジャッドに向かって言った。「内密の話があります。ごくごく内密な。別の場所に移動したいなら――」

ジャッドは横目でウルフをちらりと見やった。ウルフは咳払いをした。

ジャッドは答えた。「座ってください。お話をどうぞ」

「いや、今警告したとおりです、ジャッドさん。きわめて他聞を——」

「もう返事がありましたよ」ウルフが言った。「できるだけ簡潔にお願いします」

「そうか」クレイマーはぼくらを順繰りに見た。「そういうことか、ええ？　だったらかまわない」

腰をおろし、目の前の床に革の鞄を置く。身を屈めて留め金をはずし、開ける。それから体を起こして、ジャッドを見やった。「二時間前、速達の小包郵便がわたし宛てで警察署に到着した」再度身を屈めて、鞄から品物をとりだす。「中身はこれです。お尋ねしますが、これに見覚えは？」

ジャッドが答えた。「ありませんね」

クレイマーの視線が動いた。「ウルフ、あんたはどうだ？　グッドウィン、お前は？」

ウルフは首を振った。ぼくは答えた。「無罪です」

クレイマーは肩をすくめた。「見てのとおり、鍵つきの金属製の箱です。蓋には『GJ』と不器用な文字が彫ってある。たぶん、ナイフの刃先を使ったんでしょう。この箱についての一点目。『GJ』の文字が蓋に刻まれている点も含め、まさにこのとおりの箱を、アーサー・ティングリーは遺書であなたに贈呈しています。今日の午後、本部長がその箱について問いあわせたところ、そんな箱は知らないし、中身がなにか見当もつかないという答えだった。それで合ってますか、ジャッドさん？」

「たしかに」ジャッドは認めた。「ホンバートの話では、遺書にはその箱がティングリーの事務室の金庫にあると書いてあったものの、実際にはなかったそうだが」

「そのとおりです。二点目は、鍵がこじ開けられていることです。包みを開けたときには、すでにそうなっていた。三点目は、中身です」クレイマーはジャッドを見やった。「このまま続けていいんですか？」

「どうぞ」

「結構」クレイマーは蓋を開けた。

「品物その一、赤ん坊用の靴が一足」クレイマーは持ちあげて、見せた。

「品物その二、あなたの投資会社に関する財政状態計算書の印刷物。一九三九年六月三十日付。ペンとインクで、あなたの名前に丸印がついてます。総資産の額、二億三千万ドルなにがしにも同じように丸印がしてある」

クレイマーは書類綴りを箱に戻し、次の展示品をとりだした。「品物その三、大判のマニラ封筒。封をされていましたが、封蠟が破られて、口折りを切って開けてあります。外側には、アーサー・ティングリーの筆跡で、このように書いてあります。『極秘。わたしが死去した場合、現状のままガスリー・ジャッド氏に引き渡すこと。アーサー・ティングリー』」

ジャッドは片手を差し出していた。「だとしたら、それはわたしのものだ」横柄な命令口調だった。

「そちらで開けたのなら――」

「そうじゃない。わたしは開けていません」クレイマーは封筒を渡そうとしなかった。「すでに開封されていた。これは間違いなくあなたの所有物で、最終的には必ずあなたに引き渡されるものですが、当面は警察で預かります。状況が状況ですから。中身は、一九一一年九月十八日付の『フィリップ』という名前の赤ん坊の出生証明書。マーサ・ジャッドなる若い女性がエレン・ジェイムズ・ホームに一時滞在したことに関する施設の記録四頁分。一九三六年七月九日付のアーサー・ティングリーの署名入りの自筆供述書。一九一五年五月十一日付、アーサー・ティングリーとフィリップ・ティングリーの正式な養子縁組の証明書。今、この場で書類を確認したいのであれば、わたしの立ち会いの――」

「いや」ジャッドが遮った。「その箱と中身を直ちに引き渡すよう要求する」

クレイマーは首を振った。「当面は――」

「動産占有回復訴訟で取り戻す」

「それはどうでしょうかね。殺人事件の証拠は――」

「ティングリーが殺されたこととその品とは、なんの関係もない」

「だといいのですが」クレイマーは本気でそう思っているような口調で答えた。「わたしは一介の警官で、あなたは自分の地位を心得ている。あなたのような地位の人間に、こんな問題があるとはね。地方検事は持て余して、こっちに押しつけたがっている。つまり、これは仕事で、それはそれだ。あなたにはマーサさんという妹がいますね。一九一一年にエレン・ジェイムズ・ホームに滞在していましたか？」

「賢明でありたいなら」ジャッドは氷のような口調で言った。「地方検事のやりかたに習うんだな」箱を指さす。「それが必要だ、引き渡しを要求する」

「そうですか、さっきも聞きました。おわかりでしょうが、たとえあなたが相手でも、こちらは態度を硬化させることができる。試してみましょうか。昨日の夜七時半にティングリーの工場に入ったのはあなたではない、そういう話でしたね。今も同じことを言いますか？」

「ああ」

「運転手を署へ連行するところです」

ジャッドは軽蔑するような声を出した。

「フィリップ・ティングリーも。頭ごなしな態度は改めたほうがいい。だれかが口を割る。大丈夫だと思うな。もしそちらが――」

電話が鳴った。ぼくが応答したところ、相手はフォスター巡査部長で、クレイマー警視と話したいと言われた。クレイマーはぼくの机まで来て、電話に出た。二分の間にクレイマーがしたのは、耳を傾けることと、唸ることだけでほぼ全部だった。最後にこう言った。「こっちへ連れてこい、ネロ・ウルフの家だ」そして、電話を切った。

「あんたが反対しないならな」クレイマーはウルフに言った。

「なにに？」ウルフが訊いた。

「フィリップ・ティングリーとのちょっとしたおしゃべりだ。自宅の台所で、縛られて口を塞がれているのを見つけた」……。

ぼくはフィリップ・ティングリーを憎めないなと思うようになっていた。これからもずっとそうだろう。その水曜日の夜七時にネロ・ウルフの事務所に入ってきたとき、フィリップの立場から状況を考えてみよう。強そうな刑事が二人、すぐ後ろにいた。回りは敵だらけだ。顎は腫れていた。頭もぼんやりしていた。足はぐらぐらする。ぼくが自分よりも強いのはわかっている。それでもぼくを見た瞬間、爆弾をしかけるのを頼まれただけみたいに、全速力で飛びかかってきた。いや、驚いた。野球の試合に勝つには、その意気だ。

刑事たちがフィリップに飛びついた。ぼくは急いで立ちあがったが、フィリップは押さえこまれていた。

「どういうことだ？」クレイマーが訊いた。

「個人的な問題です」ぼくは腰をおろしながら説明した。「口を塞いで縛りあげたのはぼくだったので。それはなんの関係も――」

ぼくはまた立ちあがった。骨張った体を不意に力いっぱい引っ張って、フィリップは刑事を振り払い、前に出てきた。が、ぼくに向かってきたわけではなかった。目標物を変更していたのだ。フィリップの狙いはクレイマーの膝の上にある金属製の箱だった。手を伸ばしただけでなく、奪いとった。刑事たちがまたフィリップに向かっていき、今回はさっきより手荒になった。一人が箱を取り返し、もう一人は殴り倒した。ぼくは加勢に駆けつけ、フィリップを起こして椅子に座らせた。フィリップは暑い日のシロクマみたいに息を弾ませながら、ぼくらを睨みつけたが、それ以上なにかしようとするのはやめた。

「警察を呼んだらどうだ」クレイマーは皮肉を言った。そして、ぼくを見る。「口を塞いだのはお前だと言ってたな。まずはそこから聞こうか」

ぼくは説明をはじめたが、またしてもフィリップが参戦してきた。今回は論戦だ。ジャッドに気づいていたのだ。「あんただな！」とわめく。「あんたの仕業だな！　父を殺して、盗ったんだ！　で、ぼくをはめた。あの女に会いにくるって言わせて、こいつを寄こした――」

「黙れよ」ぼくは言った。「ジャッドさんがぼくをどこかに行かせたことはないし、これからだってないね。あの人はあんたに会いにきたんだ、ただ代わりにぼくがいたんだよ」

「こいつが箱を盗ったんだ！」

「どうしようもないやつだな」ジャッドは不機嫌そうだった。「自分で自分の計画を台無しに——」

「もう結構」クレイマーが怒鳴った。「もし——」

「邪魔立て無用だ、警視——」

「なにが邪魔立て無用だ。気に入らないなら、弁護士を雇いにいけばいい。その箱を放すなよ、フォスター」クレイマーはフィリップに目を向けた。「見覚えがあるんですか？」

「あるとも。ぼくのものだ！」

「どうだかな。前に見たのは、いつ、どこで？」

「見たのは——」

「ばかなことを言うな」ジャッドが嚙みついた。そして、立ちあがる。「一緒に来い。なんとかしてやる。なにも言うな」


「手遅れですな、ジャッドさん」口を挟んだのは、ネロ・ウルフだった。「じっとしているか、家へ帰るかです。あなたの負けですよ」

「負けたことなど一度もない」

「くだらん。今まさに負けていますよ。あなたのいるこの家は、わたしの家です。わたしの邪魔をしようとするなら、グッドウィン君が喜んであなたをつまみだします」ウルフはフィリップに顔を向けた。「ティングリーさん。あなたは貧乏くじを引いたようですな。警察は箱を押収した。中身は知られてしまった。従って、ジャッドさんに使える強硬手段はなくなった。おまけに別の穴にも落ちてしまった。あなたに黙っていろと言ったジャッドさん自身が口を割ったのです。あなたが月曜日にジャッドさんを訪問したこと、その際の要求についても、われわれは知っています。あなたが見せたその箱の中身の写しについても。昨日の午後アーサー・ティングリー氏と話をしたことも。昨晩あなたとジャッドさんがアーサー氏の事務室へ行くという取り決めも――」

フィリップはジャッドに向かって歯をむき出した。「汚いネズミ野郎が――」

ウルフは気にも留めなかった。「さらに、あなたが現場に行ったことも把握しています。雨のなか、レインコートを着て徒歩で工場へ行き、七時四十分に建物内に入り、七分後に出てきた。中でなにを見たのですか？　なにをしたのですか？」

「答えるな」ジャッドが鋭く命じた。「こいつはただ――」

「うるさい」フィリップはかすれ声で冷たくあしらった。ふてくされてウルフを見る。「ああ、行った。事務室に入って、父が床の上で死んでいるのを見た」

「なんだと――？」クレイマーが思わず口を挟もうとしたが、ウルフが止めた。「わたしがやります。ティングリーさん、思い出してください。あなたの想定より、こちらはもっと知っているかもしれません。あなたは現場に七時四十分に着いた。合っていますか？」

「ああ、その頃だ」

「それで、ティングリー氏は死んでいた？」

「ああ」

「八時にティングリー氏が生きていたという証拠があったら、どうします？」

「あるはずがない。ぼくが着いたときには死んでいたんだから」

「ミス・エイミー・ダンカンは現場にいましたか？」

「いた。気を失って床に倒れていた」

「建物内のどこかで、人を見かけましたか？」

「いや」

「ティングリー氏の事務室以外に、どこに入りましたか？」

「どこにも入っていない。まっすぐ事務室に行って、そのまま出た」

「あなたは七分間建物内にいました。なにをしていたんですか？」

「それは……」フィリップは言いよどんで、椅子で身じろぎした。「エイミーの脈を確かめた。連れだしてやりたかったんだが……勇気がなかった。ちゃんと息はしていたし、脈もしっかりしていた。それで……」言葉が途切れた。

「それで？　それから、どうしたんです？」

「箱を探した。金庫の扉は開けっぱなしだったのに、入ってなかった。他にも何か所か探してみた。そうしたら、気のせいかもしれないが、エイミーが身動きする音を聞いたんで、出ていった。いずれにしても、ジャッドが現場にいて父を殺し、箱を持ち去ったと思ったから、見つかりそうもないと判断した。だから、出ていったんだ」

ウルフはフィリップにしかめ面を向けていた。「あなたは」と追及する。「自分がなにを言っているのか、わかっていますか？　頭は正常ですか？」

「なんの問題もないね」

「意味がわからん。あなたは先に金庫から箱を盗み出し、所有していた。どうして昨晩事務室で探したりできたのですか？」

「所有していなかったからだよ」

「なにを言っているのですか。愚かなまねは――」

「持っていなかったと言ってるだろう。前は持っていたさ。ただ、そのときは持っていなかった。ぼくの家に来て、持ち去ったやつがいる」

「だれです？　いつのことですか？」

「半分血のつながった兄貴だよ。アーサー・ティングリー。昨日の午後、アパートに来て、どうやって入ったのかは知らないけど、箱を見つけたんだ」

それじゃあ、とぼくはノートの頁をめくりながら思った。キニーネについて聞きこみにいったとき、ティングリーは用事で事務室を出たが、そういう事情だったのか。

ウルフが尋ねた。「そう思う根拠は？」

「本人が言ってたからだ。昨日の夕方には、箱を金庫に入れていた」

「つまり、昨日の午後五時には、箱はティングリー氏の事務室にある金庫に入っていたのですか？」

「そのとおり」

「そして、二時間後、七時四十分に戻ったときには、なくなっていた？」

「なかった。ジャッドが事務室にいたんだ。ジャッドが盗った。この汚い悪党が逃げられると――」

「静かにしてください」ウルフが鋭く遮った。そして、目を閉じる。

ぼくらは座っていた。ウルフの唇が動いている。突き出して、引っこめる。ジャッドがなにか言おうとしたが、クレイマーが黙らせた。クレイマーもぼくと同じく、ウルフのこの癖を知っている。

ウルフが目を開いたが、その視線はジャッドでもフィリップでもなく、ぼくに向けられていた。

「昨日、雨が降りだしたのは何時だ?」

ぼくは答えた。「午後七時です」

「七時ちょうどか?」

「たぶん、少し過ぎていました。少し、ですが」

「その前は霧雨も降っていないんだな?」

「はい」

「結構だ」ウルフはフォスター巡査部長に向かって、指を一本、軽く動かした。「その箱をください」

フォスターは箱を渡した。

ウルフはフィリップ・ティングリーに目を向けた。「金庫からこの箱を盗んだとき、あなたは鍵を持っていなかった。そこで、こじ開けなければならなかった?」

「いや」フィリップは否定した。「ぼくはこじ開けていない」

「金属に鏨《たがね》で穴が開けられ、ねじった——」

「どうしようもないね。やったのは、ぼくじゃない。ジャッドだろう。ぼくは錠前屋に持ちこんで、鍵をなくしたと説明して合鍵を作らせたんだ」

「では、昨日の午後は鍵がかかっていたのですか?」

「そう」

「結構」ウルフは満足そうだった。「それで片づいたようです。試してみましょう」ウルフは両手でしっかりと箱を持ち、左右に激しく振った。聞き耳を立てているようだが、靴が金属製の箱の側面にあたる音しか聞こえなかった。ウルフは得たりと頷いた。「文句なしだ」と宣言する。

「ばかばかしい」クレイマーが言った。

「決してそんなことはありません。クレイマー警視、いつか……いや、ちがう、絶対にないでしょうな。あなたとアーチーと少し話をしたいのですが。あなたの部下にこちらの紳士たちを表の応接室へ連れていってもらえますかな?」

ぼくら以外が防音仕様のドアで閉めきられると、クレイマーは顎を突き出してウルフに近づいてきた。「いいか――」

「だめです」ウルフはきっぱり告げた。「あなたがここにいるのは黙認しますが、それだけです。お客を一人、令状でわたしの家から引きとってほしいのでね。その準備段階として、ティングリー氏の事務室からなにが押収されたのかを知りたい」

「だが、仮にジャッドが――」

「だめだ。お望みなら全員引きとってください、ここから連れだしてかまいません。そうなれば、わたしは一人で進めます」

「だれがティングリーを殺したか、わかってるんだな?」

「もちろんです。すべて把握しています。ただ、必要なものがあるのです。あの事務室から、なにが運び出されましたか?」

クレイマーはため息をついた。「どっちみち、あんたは忌々しいやつだな。死体。血まみれのタオル二本、ナイフとおもり。ティングリーの机から出てきた、中身の入った小さな瓶五本。内容物は分析させたが、キニーネは入ってなかった。通常の定期的サンプルだという話だった」

「押収したのはそれだけですか？」

「そうだ」

「他にサンプルの瓶は見つからなかった？」

「ああ」

「では、まだ現場にあるはずです。なければならない。アーチー、手に入れてきてくれ。見つけて、持ち帰るように。クレイマー警視が向こうにいる部下に電話して、手伝わせてくれるだろう」

「ふん」クレイマーは唸った。「電話するだと？」

「わかりきったことです」

「ぼくなら」とぼくは口を挟んだ。「捜し物の名人ですよ。ただ、なにを探すのかわかってると、よりよい結果を出せるんですが」

「くだらん！　昨日の昼食でわたしが吐き出したものはなんだった？」

「ああ、あれですか？　承知しました」ぼくは事務所を出た。


ティングリー社まで、車でたったの三分だ。ウルフがクレイマーに電話をかけさせるにはそれより時間がかかるかもしれないと踏んで、ぼくはタクシーで東二十九丁目に向かい、ロードスターを拾って、そこから工場へ向かった。石段をあがった先の入口ドアには鍵がかかっていたが、ノックしようと拳を持ちあげたちょうどそのとき、中から足音がして、すぐにドアが開いた。大男がぼくを見おろした。

「あんたがグッドウィンか？」男は訊いた。

「ぼくはグッドウィンさんで、クレイマーおばさん――」

「わかった。聞いてたとおりのやつだな。入れ」

ぼくは指示に従い、先に立って階段をのぼった。ティングリーの事務室では、大きな顔に小さな薄い口のやつが待っていて、新聞が散乱したテーブルに向かって腰をおろしていた。

「あんたたちが手伝ってくれるんだな」ぼくは言った。

「いいとも」テーブルの男が小ばかにしたように答えた。「運動もしたほうがいいだろうからな。ただ、この部屋を調べたのはボーウェンだ。ボーウェンのあとで、ちょっとでもなにか見つかると思ってるなら――」

「もういいよ」ぼくは愛想よく応じた。「ボーウェン本人に問題はないさ。ただ、ひと味足りないんだな。科学的すぎるんだよ。定規や測径器《キャリパス》を使うんだろう。ぼくは頭を使うんだ。例えば、その机は調べただろうから、百対一で未解明の部分は一インチもない。ただ、あの帽子を調べるのを忘れていたら？」ぼくはかかったままのティングリーの帽子を指さした。「可能性はある。帽子を調べるのに科学的なところはなにもないから。おろして、眺めるしかない」

「すばらしいご意見だ」薄い唇が言った。「もう少し説明してくれよ」

「いいとも、喜んで」ぼくは歩いていった。「ティングリーがなぜ帽子にお目当ての品を入れるのかって質問かな？　論理的な場所なんだ。ティングリーは瓶を持ち帰りたがっていた。その一方で、机やわかりやすい場所を嗅ぎ回りかねない人物から隠しておきたかった。ティングリーはわかりやすいやつじゃなかった。ぼくもそうだ」手を伸ばして、帽子をおろす。

お目当ての品は帽子の中にあった！

これで、何年もの間にぼくに起こった不運すべての埋め合わせができた。こんなことはもう二度と起こらないだろう。一つも期待していなかったので、帽子から転がりでたときは、危うく落とすところだった。それでも、ちゃんとつかまえて、握りしめ、確保は完了した。ごく小さな瓶だった。工場でサンプルを入れるのに使う瓶だ。中身は三分の二くらいで、ラベルに鉛筆で『一一一一四—Y』とメモしてあった。

「ほらね」ぼくは興奮で声が震えないように必死だった。「頭の問題だよ」

二人はぐうの音も出ず、目を丸くしてぼくを見ていた。ぼくは小型のポケットナイフを出して、刃先で瓶の中身を少しすくいとり、口に運んだ。いや、甘いのなんの——つまり、苦かったのだ！

ぼくは吐き出した。「きみたち二人を昇進させてやろう」おおらかに声をかける。「給料もあげてやる。それに一か月の休暇だ」

ぼくは現場を離れた。コートと帽子すら脱いでいなかった……。

フリッツがインフルエンザから復帰した初日に夕食を遅らせなければならないのは非常に残念だったが、しかたなかった。キャリー・マーフィーの到着を待つ間、ぼくは厨房に行ってミルクを飲み、インフルエンザの後遺症で味がわからなくなることがよくあると教えて、フリッツを元気づけようとした。

七時半、ウルフは机に向かい、ぼくは自分の席でノートを広げていた。ぼくの近く、すぐ後ろに警官が控えている椅子に座っているのが、フィリップ・ティングリーだった。その向こうに、キャリー・マーフィー、グウェンドリン・イエイツ、それから警官がもう一人。クレイマーはウルフの机の反対側の端に近い席で、隣がガスリー・ジャッドだった。だれ一人楽しそうな様子ではなかった。特にキャリーがそうだった。ウルフはクレイマーから会合の仕切り役を引き継いで、最初にキャリーにとりかかった。

「この件にあまり時間をかけるべきではない」ウルフは無愛想だった。つまり、時間がかからないことを望んでいるのだ。夕食の時間が迫っている。「ミス・マーフィー。昨日の夜、話し合いのためにミス・イエイツのアパートに行きましたか？」

キャリーは頷いた。

「ミス・イエイツは電話をかけましたか？」

「はい」

「相手はだれで、何時でしたか？」

「アーサー・ティングリー社長にかけました。時間は八時でした」

「自宅ですか、事務室ですか？」

「事務室です」キャリーは言葉を切り、唾をのみこんだ。「最初に自宅にかけてみたのですが留守で、事務室にかけたら社長が出たんです」

「ミス・イエイツはティングリー氏と話しましたか？」

「はい」

「あなたは?」

「話していません」

ウルフの視線が動いた。「ミス・イエイツ。ミス・マーフィーのお話は正しいですか?」

「はい」グウェンは力強く請けあった。

「ティングリー氏の声は聞けばわかる?」

「もちろん。昔からの付き合いで――」

「当然ですな。ありがとう」ウルフはまた視線を動かした。「フィリップ・ティングリーさん。昨日の午後、お父さん、いやお兄さんは午後七時半に事務室へ来るよう依頼しましたね。それでよろしいですか?」

「決まってるだろ」挑むような口調だった。

「行きましたか?」

「ああ。ただ、七時半じゃない。十分遅れた」

「ティングリー氏と会いましたか?」

「死んでいるのを見た。ついたての陰になった床の上で。エイミー・ダンカンも同じところで気を失ってるのを見つけた。脈をとって――」

「自然な行動ですな。人間である以上、人間性を示した」ウルフは顔をしかめた。「アーサー・ティングリー氏の死は、確認しましたか?」

フィリップは怒鳴った。「見ればそれくらい――」

「喉を切り裂かれていた?」

「そう。血が飛び散って――」

「ありがとう」ウルフは素っ気なかった。「ガスリー・ジャッドさん」


二人の視線が空中でぶつかりあった。

ウルフはジャッドに向かって指を一本動かした。「さて、ジャッドさん。どうやらあなたに審判を下してもらわなければならないようです。ティングリー氏は八時に生きていたとミス・イエイツは証言し、七時四十分に死んでいたとフィリップさんは言う。七時半にどのような状態だったか、教えてもらいたい。話してくれますか?」

「断る」

「だとしたら、あなたは愚か者だ。自身の地位にものを言わせた圧力は、もうすべて消えてしまったのですよ。ただ、今回の問題が報道機関には伏せられる可能性はまだ残っている。わたしが口を開かない気になればですが。それでも、法律関係の役人とはちがって、わたしには大衆の好奇心から有名人の好ましからぬ秘密を守る義務はない。わたしは仕事をしているのであり、あなたは少し手を貸すことができる。断るなら――」ウルフは肩をすくめた。

ジャッドは鼻から息を吐いた。

「それで?」ウルフがせかした。

「ティングリーは死んでいた」ジャッドは簡単に答えた。

「では、あの建物に入って、現場の事務室に行ったのですね? 七時半に?」

「ああ。それが約束の時間だった。ティングリーは喉を切られて床に倒れていた。その近くで、見たことのない若い女性が意識を失っていた。わたしは事務室には一分もいなかった」

ウルフは頷いた。「わたしは警察官ではないし、ましてや地方検事ではありません。それでも、法廷で今の話を証言する必要に迫られることは絶対にないとみて間違いないと思います。当局はあなたに面倒をかけたくないのです。それでも、召喚状により証言台に立たされた場合には、今言った内容を真実だと誓う覚悟はありますか？」

「ある」

「結構」ウルフの視線がすばやくグウェンに移動した。「ミス・イエイツ。あなたは今でも電話の相手がティングリー氏に間違いなかったと考えますか？」

グウェンはウルフの視線をしっかり受けとめた。「はい」その声からは揺るぎない意志が感じられた。「他のかたが嘘をついていると言っているのではありません。わたしにはわからないのです。わかっているのは、だれかがアーサー・ティングリーの声をまねていたとしたら、空前絶後のうまさだったということだけです」

「あなたは今でも、話した相手がティングリー氏だったと考えている？」

「はい」

「昨日帰宅した際、傘の水を切るために風呂場に置いたと、今朝わたしに話したのはなぜですか？」

「それは……」

グウェンは口をつぐんだ。その顔を見れば、なにが起こったかは一目瞭然だった。グウェンの心で警報が鳴っているのだ。なにかが騒ぎたてている。「気をつけろ！」

「なぜ？」さっきまでより声が微かに弱くなったが、どこまでも落ち着いている。「そんなこと言いましたか？　覚えていませんが」

「わたしは覚えています」ウルフは断言した。「その話を持ちだした理由は、あなたの帰宅時間は六時十五分だったとも話していたからです。雨が降りだしたのは七時です。それならばなぜ、あなたの傘は六時十五分に水を切る必要があったのですか？」

グウェンは鼻を鳴らした。「あなたがなにを覚えていようと」皮肉っぽく続ける。「わたしの話の内容をあなたがなんと言おうと、言っていないものは――」

「結構。その点を言い争うのはやめましょう。考えられる説明が二つあります。一つ目、あなたの傘は、雨にあたらずに濡れた。二つ目、あなたの帰宅時間は証言の六時十五分ではなく、大幅に遅い時間だった。わたしとしては、二つ目の説明を有望視します。アーサー・ティングリー殺害事件で唯一納得できる推理に見事にあてはまりますから。あなたが自身の言葉どおり六時十五分に帰宅したのなら、七時十分に会社の事務室に入ったミス・ダンカンの頭を殴るのにはあまり好都合ではありません。もちろん、帰宅後に事務室へ戻ることもできたでしょうが、だからといって事情は少しも変わるわけではない」

グウェンは笑った。これは失敗だった。口の周りの筋肉には意志の力が効いていなくて、引きつったからだ。結果として、自信たっぷりの不敵な笑みではなく、参っているようにみえただけだった。

「事の起こりは数週間前です」ウルフは続けた。「今朝自分で言ったように、〈ティングリーの一口美食〉の事業と工場はあなたにとって人生のすべてだった。それ以外に人生は存在しなかった。P&B社が事業買収を持ちかけたとき、あなたは警戒した。そして、熟考の末、遅かれ早かれティングリー氏は事業を売却するだろうと結論づけた。古い工場はもちろん見捨てられる。おそらく、あなたもだ。あなたにとっては耐えがたいことだった。妨害工作を検討し、思いついたのがパテに異物を混入することだった。商品の評判が必要程度にさがれば、P&B社は買収を望まないだろう。二つの災いのうち、あなたは被害が少ないと思われるほうを選んだ。商品の評判はいずれ回復すると見こんでいたにちがいない」

キャリーは呆気にとられて上司を見つめていた。

「その作戦はうまくいきそうだった」ウルフは認めた。「唯一の問題は、あなたが自信過剰だった点だ。あなたは作戦の成功と工場の全存在物と進行を完全に掌握していると考え、ティングリー氏が密かに手を回してあなたを調べるとは夢にも思っていなかった。昨日の午後、ミス・マーフィーがあなたの製造したパテのサンプルを持っていたことを知り、その点に気づいたわけです。状況を検討して対策を講じる時間はなかった。サンプルはすでにティングリー氏に引き渡されていたためです。ティングリー氏はあなたを工場に待たせておき、その間にフィリップ氏を帰らせて、姪に電話をした。あなたはその事実を知らなかったようですがね。それから、ティングリー氏はあなたを事務室に呼び、咎めた」

「嘘です」グウェンの声はかすれていた。「嘘です！　社長はわたしを咎めたりしていません。ぜんぜん――」

「くだらん！　ティングリー氏はあなたを咎めただけでなく、証拠があると告げた。ミス・マーフィーがその日の午後早い時間に提出した瓶、あなたの作ったパテからのサンプルの瓶です。おそらく、あなたは解雇された。告訴するつもりだと言われたのかもしれません。あなたは許してほしいと泣きついたのでしょう。ティングリー氏が洗面台で身を屈めた際も、背後から嘆願していた。あなたが机からおもりをとっていたことに、ティングリー氏は気づいておらず、気づかずじまいだった。氏はおもりで殴り倒された。あなたはナイフをとりにいき、殺害は完了した。死体を床に置いたまま、あなたは室内を捜索した。ティングリー氏がミス・マーフィーから入手したサンプルの瓶を探していたのです。そのとき、足音が聞こえた」

息をのむような音が、グウェンの喉から漏れた。

「当然、あなたは警戒した」ウルフは話を続けた。「しかし、足音は一人で、おまけに女性だった。そこであなたはおもりを持ってついたてに身を隠し、足音の主がだれであれ、まっすぐ事務室に向かい、入ってくることを願った。実際、そうなった。ミス・ダンカンがついたてを行き過ぎると同時に、あなたは殴りつけた。そのとき、あることを思いつき、即座に実行に移した。ミス・ダンカンの指をナイフの柄に押しつけたのだ。もちろん自分の指紋は拭きとってあり——」

キャリーが恐怖でくぐもったあえぎ声を出し、ウルフは言葉を切った。グウェンから目を動かさずに、解説する。「ミス・ダンカンに罪を着せるつもりがあったとは、考えにくいですな。おそらく、計算したのでしょう。緊張下でとっさに大急ぎでやってのけたにしては上出来な計算だった。おもりは拭かれて、ナイフの柄がそのままだとわかれば、ミス・ダンカンがティングリー氏を殺したのではなく、殺人犯が罪をなすりつけようと下手な小細工をしたのだと思われる。そうなれば、あなたから疑いがそれる可能性も高まる。あなたはミス・ダンカンとは良好な関係で、恨みはなかった。急いでやったにしては、非常に巧妙な工作です。急いでいたのは、瓶が見つからず、半狂乱の状態だったからです。金庫の扉が開いていることにはすでに気づいていて、内部は確認してあった。が、見直してみたのです。瓶は見あたらなかったが、鍵のかかった金属製の箱が棚にあった。とりあげて揺すってみたところ、瓶が入っているような音がした」

クレイマーが怒鳴った。「なんだと」

「もしくは」ウルフは続けた。「入っているとあなたに思わせる音がした。箱には鍵がかかっていた。もう一度工場へ行って、こじ開けるのに必要な道具をとってくるのは……だめです。もう充分でした。おまけに、瓶はもうそれらしい場所にはなかったため、箱に入っているにちがいなかった。あなたは逃げ出した。箱を持って、裏口から出た。表にはだれかいるかもしれない。ミス・ダンカンを待っている車とか。あなたは雨のなか急いで家に向かった。そのときは間違いなく雨が降っていて、傘をバスタブに置き、荷物を片づけた直後、ミス・マーフィーが到着した」

「嘘です！」キャリー・マーフィーが思わず口を出した。

ウルフは眉をひそめた。「なぜ嘘なのです？」

「それは、ミス・イエイツが……ミス・イエイツは……」

「濡れてもいなかったし、落ち着き払っていたから？　そうだっただろうと思います。並外れて冷静かつ優秀な頭脳が三十年間にわたり、パテに明け暮れることに満足していたのです」ウルフの視線はまだグウェンに向けられたままだった。「ミス・マーフィーと話しているうちに、あなたは策を思いついた。ティングリー氏に電話をかけてもおかしくないように会話を導き、実際にかけた。最初は自宅で、次は事務室。そして、会話をでっちあげた。その思いつき自体が秀逸だが、その後の対処は天才的だ。あなたは電話の件を警察に話さず、ミス・マーフィーにも話さないよう勧めた。八時前にだれかが事務室に入ったか、ミス・ダンカンが意識を取り戻していたら、その話は逆風になると計算していたのだ。だれかが本当に事務室に入っていたと判明したら、ミス・マーフィーが電話の件を吹聴したとしたら、ティングリー氏の声をまねただれかにだまされたと言える。あるいはミス・マーフィーに揺さぶりをかけるために通話をでっちあげたとさえ言い抜けられる。だれも事務室に入っていないと判明すれば、電話は有効な武器だ。ミス・マーフィーの裏づけもある」

クレイマーがしびれを切らして唸った。

「もう、そんなにありません」ウルフは言った。「ただし、あなたはミス・マーフィーのいる家で箱を開けるわけにはいかなかった。それに、警察も来てしまった。あなたにとっては苦しいときだったはずです。機会に恵まれるとすぐ、あなたは蓋をこじ開けた。瓶がないとわかったときのあなたの失望と困惑は想像がつきます。子供の靴が一足と、封筒が一通だけですからね。あなたは苦しい立場に陥り、焦りできわめて愚かなことをした。箱を自分のアパートに置いておくのは無理な話で、厄介払いしたかったのは当然です。しかし、なぜクレイマー警視に郵送したのですか？　なぜおもしでも入れて、川に投げこまなかったんです？　あなたは封筒の中身を改めたのでしょう。そして、警察が箱を手に入れれば、容疑はガスリー・ジャッドさんとフィリップさんにかかると考えた。あなたは自分を見失っていたにちがいありませんな。容疑をフィリップさんかジャッドさんに向ける代わりに、まるで逆の結果になったのですから。二人のうち、どちらも警察に箱を郵送しそうにないのは明らかだ。ですから、別の人物がなんらかの方法で入手したことになる」

グウェンドリン・イエイツは体をまっすぐに緊張させて座っていた。落ち着いているし、堂々と向きあっていた。もう言葉にならない声が喉から漏れることもないし、嘘だと声を荒らげることもなかったし、やりそうにもなかった。手強い女で、気を引き締めていた。

「しかし、今のあなたは自分を見失ってはいない」ウルフの口調は、どこか感嘆しているようでもあった。「計算をしているのではありませんか？　わたしが自分の発言の一部しか、あるいは何一つ証明できないと計算している。ティングリー氏が昨日あなたに話した内容、現場を出た時刻、金庫から箱を持ち去ったこと、その箱をクレイマー警視に送りつけたこと、どれも証明はできません。昨夜八時に電話でティングリー氏の声をまねただれかが現場にいなかったことさえ、証明はできないのです。なにも証明できません。例外は一つだけ」

　ウルフは椅子を引き、机の引き出しを開けてなにかをとりだした。立ちあがって、机の角を回って移動し、キャリー・マーフィーの目の前にその品を突きつけた。

「これをよく見てください、ミス・マーフィー。見てのとおり、三分の二ほど中身の入った小さな瓶です。ただの白いラベルが貼ってあり、鉛筆の覚え書きがあります。『一一―一四―Ｙ』これにはなにか意味がありますか？　この『Ｙ』は『ＹＡＴＥＳ《イエイツ》』の意味ですか？　よく見て――」

　しかし、キャリーには結果を宣言する機会はもちろん、よく見る暇さえ与えられなかった。八フィート離れた場所にいたグウェンが、ものすごい勢いで飛んできたのだ。声はまったく出さなかったが、予想もつかない速さと力で伸ばした手の指先は、狙いの品をつかみ損ねた勢いで、ウルフの目を突くところだった。ウルフはその手首をとらえようとしたが、失敗した。そのとき、警官が椅子を離れてグウェンを捕まえた。後ろから上腕をつかみ、押さえこんでしまった。

グウェンは立ったままだった。もがこうともせず、さがったウルフをじっと見つめていた。そして、わめいた。「どこにあったのよ?」

ウルフは説明した……。

ぼくらはディナーと呼ぶにふさわしい夕食の席についていた。そこに、玄関の呼び鈴が鳴った。ぼくが応対に出た。

入ってきた二人は、どう見ても一杯必要な様子だった。レナード・クリフは暗い洞穴からこちらを覗いている生命体のようだったし、エイミー・ダンカンの顔は青白くむくんで、目が血走っていた。

「ウルフさんに会いにきた」クリフが口を開いた。「弁護士と話してきたところだ。その話では――」

「興味ありませんね」ぼくは素っ気なく遮った。「ウルフさんは事件から手を引きました。終了です。かたがついたので」

エイミーはあえぐような声をたてた。クリフがぼくの腕をつかむ。「そんなはずはない、ありえない! ウルフさんはどこだ?」

「夕食の最中です。ところで、ぼくはあなたたちに電話で連絡しようとしていたんです。いくつかお知らせがありますから。ミス・イエイツが逮捕されました。先ほどどこの家から連行されたばかりです。ウルフさんは自分にキニーネを食べさせた罪で起訴させたがっていますが、警察は殺人罪で裁判にかけたいみたいです。どちらの件でも、有罪です」

「なんだって!」

「嘘でしょ!」

「ほんとです」ぼくは軽く手を振った。「ぼくが証拠を入手しました。すべて片づいたんです。もうあなたがたの写真が新聞に掲載されることはないでしょうね」

「つまり……あの人が……警察は……事件を……ぼくらは……」

「まあ、そういう言いかたもできます。つまり、事件は見事な解決に至ったわけです。あなたたちはまたごく普通の市民ですよ」


二人はぼくをじっと見つめ、お互いを見つめ、それからしっかりと抱きあった。状況からして、単なる物理的引力ではありえないだろう。ぼくは立ったまま辛抱強く見守った。ほどなく、咳払いをしてみた。二人は気にも留めなかった。

「立ってるのに疲れたら」ぼくは声をかけた。「事務所に二人がけの椅子がありますから。ぼくらは夕食後にそちらへ行きます」

ぼくはウルフの相伴をしに食堂に戻った。今夜はブランデーでフランベしたシギの料理だ。

ウルフとアーチーの〝仲間たち〟の紹介

フリッツ・ブレンナー

ウルフのお抱えシェフ兼家政担当。独身。スイス人で母語はフランス語。アーチーより年上でウルフとの付き合いも長い。基本的に穏やかで礼儀正しい性格。部屋には近代フランス料理の父エスコフィエと美食研究家ブリア＝サヴァランの胸像を飾っている。女性を敵視しているわけではないが、ウルフに近づく女性には警戒の目を光らせ、万が一にも自分の主人や領土（ウルフの家）に手を出されることがないようにしている。アーチーの代わりに電話や来客の応対もこなし、ときには銃を手にすることもある。美食家ウルフが死んでも手放そうとしないほどの天才シェフ。

セオドア・ホルストマン

ウルフの蘭栽培係。独身。ウルフの半分の体重の小男。ウルフが植物室にいると邪魔にしているようなそぶりをするが、なんらかの事情でウルフが来なかったりすると非常に心配する。ウルフを甘やかしているとアーチーは考えている。

ソール・パンザー

ウルフの手助けをする、腕利きのフリーランス探偵。なで肩で、鼻が目立つ小男。いつも着古した茶色のスーツと帽子で、掃除夫やタクシー運転手に間違われることもある。目立たない外見とは裏腹に、すばらしい頭脳と体力と技能の持ち主。うっかりミスとはおよそ縁がなく、記憶力も抜群で、ちらっとでも見た人の顔を瞬時に覚えてしまう。ウルフの信頼も絶大で、アーチーに隠れて捜査を進めようとするときはソールに裏どりを依頼し、アーチーがへそを曲げることも多い。いつでも冷静沈着だが、『料理長が多すぎる』で十四時間の列車の旅に出かけるウルフを見送りにきた際、声を詰まらせた。尾行とピアノとポーカーの名手。

フレッド・ダーキン

ウルフの手助けをする、フリーランス探偵。既婚者で家庭人。ごつくてはげ頭のおしゃべりなアイルランド人。ピアノの運搬人を思わせる風貌。切れ者とまではいかないが、尾行がうまく、目端はきく。ウルフ初の長編『毒蛇』や『ネロ・ウルフ最後の事件』にも登場する。

オリー・キャザー

ウルフの手助けをする、フリーランス探偵。背が高く細身で、一見サラリーマンふうのおしゃれな男。自分の頭のよさを過信し、アーチーと競争しようとしたり、フレッドを下にみたりしている。アーチーが留守の隙に、嫌がらせでその席に座るのが好き。初登場は『毒蛇』で、『ネロ・ウルフ最後の事件』にも登場。

クレイマー

ニューヨーク市警察殺人課の警視。ウルフの好敵手であり、理解者であり、協力者となることもある。大柄で肩幅があり、体重は一九〇ポンド。大きな赤ら顔が特徴。基本的には礼儀正しいまじめな人間で、乱暴なふるまいはしない。正直で公正で、優秀な警官である。愛妻家。葉巻を嚙む癖がある。ウルフとは対立することが多く、アーチーが花火にたとえる派手な大喧嘩を繰り広げる。ときにはウルフやアーチーを逮捕することも辞さない。ウルフの机の端に近い赤革の椅子が指定席で、座りかたで機嫌がわかる。とはいえ、ウルフが天才であること、アーチーが優秀な探偵であることは認め、一目置いており、手を組んで事件を解決する場合もある。なぜかファーストネームははっきりしない。

パーリー・ステビンズ

クレイマーの部下、巡査部長。ごつくて筋肉質の大柄な男で、いかにも警官らしい正直な目をしている。ただし、粗野で二枚目ではない。アーチーはそのときの気分や関係によって、パーリーとステビンズで呼び分けている。石頭で融通はきかないが、どこか憎めない。自分なりの正義を求めているからだろう。

ロークリッフ

クレイマーの部下、警部補。背が高く、がっしりした二枚目。上昇志向が強く、正義よりも自分を優先し、頭の回転は速くない。アーチーとは犬猿の仲。アーチーは天国に行くか地獄に行くかを選択する際には、ロークリッフの反対に行くと発言している。興奮するとどもり、事情聴取の際にはアーチーはどもらせて憂さ晴らしをする。

マルコ・ヴクチッチ

ニューヨークの一流レストラン〈ラスターマン〉のオーナーシェフ。ウルフの幼なじみ。ウルフをネロと呼ぶことのできるごくわずかな友人の一人で、同郷のモンテネグロ人。女好きの大男でライオンのような髪をしている。前妻の一人とは、相手の浮気で離婚。その女性絡みでウルフは事件に巻きこまれた（『料理長が多すぎる』）。長編『黒い山』で殺害され、ウルフは仇をとるためにアーチーと一緒にモンテネグロまで行って、犯人を捕らえた。マルコの死後、ウルフは遺言執行者となって、〈ラスターマン〉の監督を任されており、アーチーと連れも含めて食事代の負担を求められることはなく、特別待遇で利用できる。同店にはウルフ専用の特大の椅子がある。

ロン・コーエン

『ガゼット』紙の記者、アーチーの友人。社での地位は高く、机には三台の電話があり、いつもどれかでだれかと話している、早耳の情報通。アーチーが事件について問いあわせると、すぐに必要な情報を教えてくれる。その際には抜け目なくアーチーからも事件の内実を聞きだそうとする。ポーカーがうまい。

ナサニエル・パーカー

ウルフの弁護士。事件絡みでアーチー、もしくはウルフや依頼人が重要参考人として逮捕された場合に、法律的な対処を担当する。背の高い痩せ型の中年男性。ウルフが会うたびに握手をする数少ない人物。事件によってはヘンリー・パーカー弁護士が登場するが、関係は不明。

リリー・ローワン

アーチーの友人。初登場は長編『シーザーの埋葬』で、金髪碧眼のすばらしい美人。行動力があり、頭の回転が速く、ダンスがうまい。アーチーが軍情報部に所属して音信不通だったときには、居場所を探しだしてワシントンまで追いかけてきたことがある。父親は配管業から成りあがった政財界の重鎮で、母親はウェイトレスだった。親から千七百万ドルの遺産を受け継いでおり、言い寄る男性は数知れずだが結婚願望はまったくなく、仕事もせず悠々自適に遊び暮らしているため、世間からは悪女と思われたりもする。センスがよく、ルノワール、ゴッホ、セザンヌなどの絵画を所有。アーチーがある女性と結婚すると嘘の宣言したときには（「クリスマス・パーティー」）、ウルフはミス・ローワンをどうするつもりだと責めた。アーチーは食事やダンスに出かけるのはもちろん、リリーの自宅や別荘にもよく遊びにいく。だれもが認めるアーチーの〝本命〟。

訳者あとがき

突然ですが、読者の皆様にとって、仕事とはどのようなものでしょうか？　辞書の定義では「しなくてはならないこと」「勤め」などとなっていますが、ウルフにとっては「できればしたくないこと」であり、次のようなとらえかたのようです。

1. 快適な生活を支えるために金を得る方便。
2. 不愉快な経験をし、特に大嫌いな女にも会わなければならない苦役。
3. アーチーに小突かれたり、追いこまれたりしてしかたなく行う労働。
4. 自分の天才ぶりをアピールし、自己顕示欲を満足させる場。

日本では「仕事＝生きがい」とみなす考えも珍しくはありませんが、欧米では少しとらえかたが異なり、伝統的に仕事を懲罰と考える傾向があるようです。貴族のような悠々自適が理想の暮らしで、長い休暇をとり、早期退職が憧れだったりするわけです。ヨーロッパ出身のウルフにとって、まさに仕事はお仕置きで、「災難」そのものです。ですから、「謎解きそのものが報酬なのです」などとは口が裂けても言わず、事件の捜査中はおしなべて不機嫌で、ときには逃げ出したりすることもあります。

そんなウルフの「災難」のなかでも、特に怒りが感じられる事件を三編集めてみました。ウルフの当然の怒りに同情したり、身勝手な怒りを笑っていただければと思います。

さて、今回はウルフものの作品タイトルについて少し注釈を加えたいと思います。ウルフファンの読者はすでにお気づきかもしれませんが、ウルフの作品では、タイトルがそのまま本文中に出てくることが多いのです。ちょっとひねりがきいているものもあり、訳者としては毎回頭を悩ませることになります。例として、既刊のウルフ作品のタイトルを少しご紹介しましょう。

論創社で出版した最初の短編集『黒い蘭』。これは原題〝Black Orchid〟をそのまま訳しただけで、本文にも黒い蘭が出てくるためそのまま通用し、訳者としては楽で助かります。次の短編集『ようこそ、死のパーティーへ』の原題は〝Cordially Invited to Meet Death〟。「○○に謹んでご招待申しあげます」という招待状などによく使われる言い回しを利用したもので、招待先が「死」というわけです。これは本文中での使用を優先させて日本語のタイトルをつけました。論創社での最初の長編『殺人は自策で』。原題は〝Plot It Yourself〟で、「構想は自分で練ろう」のような意味です。これもそのまま本文中に出てくるのですが、本来の意味を崩さず、文章中で通じるようなかたちにして、なおかつ、単行本のタイトルとしてふさわしいものにしたいと考えました。その結果、本文中は「作品は自作で」、タイトルは『殺人は自策で』と変則的なものとなりました。今回の短編集でも、原題はどれもなかなか日本語にしづらいものばかりでした。

「悪い連〝左〟」（Home to Roost）は、原題を直訳すれば、「鶏はとまり木のある鶏小屋に帰る」といった意味で、実際は慣用句として「因果応報」のように使われます。最初のタイトルは、〝Nero

Wolfe and Communist Killer"「ネロ・ウルフと共産主義の殺人者」といった直接的なものだったのですが、一工夫感じられるかたちに変更したようです。せっかくですので、その工夫を活かしたいと思ったのですが、話に鶏はまったく関係ありませんし、「因果応報」は仏教用語なのでウルフの作品とは合わず、最初のタイトルの雰囲気も感じさせようと最終的にこの「連〝左〟」を採用しました。なお、本文中では「連鎖」になっています。

「犯人、だれにしようかな」(Eeney Meeny Murder Mo) は、日本でもよく使われる、「どれにしようかな、神さまの言うとおり」の英語版にあたるイニ・ミニ・マニ・モをもじり、マニ (Miney) の部分を殺人《マーダー》 (Murder) にしたものです。日本語のおまじないそのまま、もしくは前半か後半のみをタイトルにすることも考えたのですが、せっかくの殺人《マーダー》がうまく訳題に入らず、少々苦肉の策でこのかたちに落ち着きました。

最後の「苦い話」は、ウルフの初登場作品で、*The American Magazine* 一九四〇年十一月号に掲載され、没後刊行の短編集に収録されました。本書では初出誌を底本として訳出し、適宜、単行本を参照しています。古い作品のせいか、他の作品と明らかに雰囲気が異なっています。また前二編とちがい、この「苦い話」はタイトルが本文中には出てきません。ウルフ作品の例に漏れず、暗い雰囲気はないのですが、苦いパテにはじまり、ほろ苦い結末まで、徹頭徹尾『苦い』話、というわけでこのような日本語タイトルにしました。

ウルフ作品のタイトル、いかがでしょうか。能書きはともかく、訳者としてはなんとか気に入ってもらえたらと毎回祈るような気持ちです。

熱心な読者の皆様にはもうおなじみかもしれませんが、本書ではウルフの〝仲間たち〟を改めてご紹介させていただきました。長きにわたったシリーズでもあり、人物によってはあまり出てこない時期があったり、いろいろ変遷もあったりするのですが、登場した場面を思い出しながら楽しんでいただければと思います。

悪い連〝左〟（Home to Roost）

初出誌「The American Magazine」1952年1月号の表紙。画像はwolfgangs（https://www.wolfgangs.com/）より引用。短編集 *“Triple Jeopardy”*（1952,Viking Press）へ初収録。

ウルフのところへ、甥の死に納得のいかないラッケル夫妻が訪ねてきた。甥のアーサーは共産主義者と思われていたが、実はＦＢＩのスパイだったため、正体を知られて殺されたとの主張だった。警察もＦＢＩも秘密保持を理由に捜査の状況を明かそうとしない。ウルフは国家の安全を脅かす可能性があると考え、ＦＢＩに独自捜査の可否を問いあわせるが、取りあってもらえない。気遣いを無にされたウルフはＦＢＩに不快感を持ち、捜査に乗りだす。アーサーが毒殺された場にいた共産主義者たちは五人。ウルフは犯人を突きとめ、ＦＢＩの鼻を明かせるのか。

まずはマイルドな怒りから。ウルフはしょっちゅうニューヨーク市警のクレイマー警視と対立しますが、今回はＦＢＩともいざこざを起こし、腹を立てています。ウルフとＦＢＩの丁々発止の対決は、『ネロ・ウルフ対ＦＢＩ』（原題は〝The Doorbell Rang〟）という長編でも読むことができます。ただ、この事件で一番怒ったのは、無断でミセス・ラッケルが押しかけてきて、話を遮ってばかりだったことかもしれません。米国の『赤狩り』時代を強く感じさせる内容ですが、差別助長の意図や偏見はないことをお断りしておきます。

犯人、だれにしようかな《イニ・ミニ・マーダー・モ》 (Eeney Meeny Murder Mo)

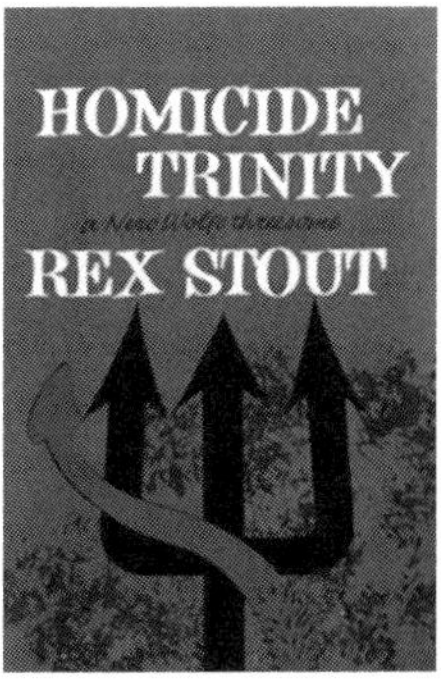

「犯人、だれにしようかな」を収録した短編集の原書 *“Homicide Trinity”* (1962,Viking Press)

ウルフは油の染みをつけてしまったネクタイを事務所の机に放りだしたまま、蘭の世話にいってしまう。ウルフの身勝手さに腹を立てるアーチーだが、そのさなかに依頼を希望するバーサ・アーロンが訪ねてくる。バーサは法律事務所の事務員で、事務所の弁護士の一人が背信行為を働いているところを見てしまい、対応を相談したいと言う。アーチーは植物室にいるウルフに説明するため事務所を離れたが、その隙にバーサはウルフのネクタイで絞殺されてしまう。怒り心頭に発するウルフは、容疑者の四人の弁護士のなかから犯人をだれにするのか、自ら判定に乗りだす。

ウルフは『偉大な精神と品性』を備えた名探偵ではありますが、内実はなかなかのわがままものです。細やかな神経の持ち主である一方、無精をして面倒ごとを人に押しつけたり、外出はいやだ、あれが食べたいこれが食べたいなど、小さな子供のように駄々をこね、自分の思いどおりにならないと癇癪を起こします。ただ、今回は自分のネクタイを凶器にされたわけで、ウルフが怒るのももっともでしょう。最後にはさらに怒りますが、その場面はアーチーが凍りつくほどの見ものです。

苦い話（Bitter End）

「苦い話」を収録した短編集の原書
"Death Times Three"
(1985,Bantam Books)

　ウルフのお抱えシェフ、フリッツがインフルエンザで寝こんでしまった。ウルフとアーチーは間に合わせの食べ物で味気ない食事をする。が、瓶入りのレバーパテを口に運んだウルフは思いきり吐き出す。食べかすをかけられて怒るアーチーに、ウルフはパテに毒が入っていたと告げる。ウルフは自分の食べ物に対する冒瀆《ぼうとく》に立腹し、犯人を見つけることを誓う。そこへエイミー・ダンカンという若い女性が、伯父の工場で生産したパテにキニーネが混入されており、犯人を捕まえてほしいと依頼しにくる。が、捜査を開始して早々、工場の主アーサー・ティングリーが殺害されてしまった。キニーネ混入の犯人は殺人にも手を染めたのか。ウルフは自らのために犯人を突きとめようとする。

　前述のとおり、他の作品とは少し趣向がちがっています。まず、文章の体裁では章にわかれておらず、行があいているだけだったり、『……。』で文が終わったりしています。赤革の椅子がなく、ステビンズ巡査部長の代わりにフォスター巡査部長で、屋上の蘭も三千株です。ウルフも多少は歩いたりします。ウルフ通の読者なら、ちがいを楽しんでいただけるのではないでしょうか。ウルフやアーチーは年をとらないものの、アーチーがまだ警察に遠慮がちだったり、後年に輪をかけて無茶だったり、時間の流れや原点を感じられる作品です。美食家のウルフは食べ物を非常に重要視しており、怒り度は最高です。

この『激怒編』でウルフの短編集は一区切りとなります。今後はウルフの未訳長編をご紹介していきたいと思いますので、どうぞよろしくお願いいたします。毎回同じ締めくくりとなりますが、この本を手にとってくださったウルフファンの皆様に心より感謝申しあげます。

〔著者〕
レックス・スタウト
本名レックス・トッドハンター・スタウト。1886年、アメリカ、インディアナ州ノーブルズヴィル生まれ。1906年から二年間、アメリカ海軍に下士官として所属した。数多くの職を経て専業作家となり、58年にはアメリカ探偵作家クラブの会長を務めた。59年にアメリカ探偵作家クラブ巨匠賞、69年に英国推理作家協会シルバー・ダガー賞を、それぞれ受賞している。1975年死去。

〔編訳者〕
鬼頭玲子（きとう・れいこ）
藤女子大学文学部英文学科卒業。インターカレッジ札幌在籍。札幌市在住。訳書に『ポッターマック氏の失策』、『ロードシップ・レーンの館』、『殺人は自策で』（いずれも論創社）など。「論創海外ミステリ」の〈ネロ・ウルフ〉シリーズ短編集では翻訳と編纂を担当。

ネロ・ウルフの災難《さいなん》　激怒編《げきどへん》
――論創海外ミステリ　295

2023年2月22日　初版第1刷印刷
2023年3月10日　初版第1刷発行

著　者　レックス・スタウト
編訳者　鬼頭玲子
装　丁　奥定泰之
発行人　森下紀夫
発行所　論 創 社
〒101-0051　東京都千代田区神田神保町2-23　北井ビル
TEL:03-3264-5254　FAX:03-3264-5232　振替口座 00160-1-155266
WEB:https://www.ronso.co.jp

組版　加藤靖司
印刷・製本　中央精版印刷

ISBN978-4-8460-2221-1
落丁・乱丁本はお取り替えいたします。